나의 삶은
평범하지 않았다

MY LIFE

나의 삶은
평범하지 않았다

조영식 자서전

좋은땅

1. 1954년 11월 25일 경북 의성군 단북면 이연리 318번지에서 태어남
    * 아버지 조상기, 어머니 신수연 사이에서 둘째로 태어남
    * 내 나이 두 살 때 아버지가 돌아가셔서 아버지에 대한 기억 없음
2. 1961년 단북국민학교 입학
    * 1967년 단북국민학교 졸업
    * 1967년 안일중학교 입학
    * 1968년 안일중학교 중퇴
    * 중퇴 이유: 공부에 흥미를 잃어 갈 무렵 등록금 문제로 엄마의 부
      담을 덜어 드리고자 학업을 포기
3. 1971년 서울 성동구 중곡동 소재 대성공업사 입사
    * 철판으로 옷장과 책상 제조
4. 1973년 군 입대 신검에서 4급 판정
    * 예비군으로 편성 훈련만 받은 보충역으로 분류
    * 훈련 중 조교(현역 군인)들의 거친 말과 기압으로 현역(해병대) 입
      대를 지원했으나 4급 판정자는 입대 불가로 포기
5. 1975년 대성공업사 퇴사
    * 중곡동 택지개발 사업으로 공장 폐업

6. 고향에서 3년간 농사

〈대기업 취업 도전기〉

7. 1978년 경상북도 구미시소재 홍명공업주식회사 입사
   * 국내 최초 CONTAINER 제조업체
   * 직업훈련소에서 3개월간 CO_2 용접 교육 수료 후 현장 배치 WELD-
     ING PART
   * 현장 배치 1개월 후 조장 임명
     - 사내 기숙사 사감 역할 겸임
     - 구미공단 내 동국방직(주) 근무 중이던 지금의 아내와 연애 후
       결혼

8. 1980년 홍명공업(주) 퇴사 후 경상남도 거제시 소재 대우조선주식
   회사(사내 하청) 입사
   * 용접자격시험(ABS) 취득 후 현장 배치

9. 1980년 울산 소재 현대정공주식회사(특별 채용) 입사
   * 울산시 염포동 현대정공(주) 제2공장 CONTAINER 제조
   * 직책: 현장조장으로 임명(WELDING PART)

* 현재 : 현대자동차 5공장

10. 1987년 멕시코 현지법인 HIMEX사로 파견 근무(직책: Super visor)

    * 멕시코 치안 불안으로 숙식은 미국 SANDIEGO에서 멕시코 TI-JUANA로 국경 넘어 출퇴근(COTAINER와 추레라 새시 제조업체)

11. 1988년 파견 근무 마치고 귀국

    * 생산부 소속 QC 사무실 근무

12. 1995년 현대강관주식회사로 전출

    * 컨테이너 제조 사양 산업으로 전 종업원 계열사로 전출

    * STEEL&ALUMNUM 파이프 제조

    * 현재: 현대제철주식회사

    * 생산관리부 현장 출하반 근무

    * 대의원 신분으로 노동운동

13. 1999 중국 길림성 소재 길림현대(주)로 파견 근무(PIPE 제조)

    * 직책: 생산부장

14. 1980년 파견 근무 마치고 귀국

    * 생산관리부 출하 사무실 근무

15. 2006년 현대하이스코(전신: 현대강관) 회사 퇴직

* 당진공장(구: 한보철강) 인사 발령으로 사표

* 사내 하청업체 운영

16. 하청업체 반납으로 모든 현직에서 조기 은퇴

17. 배낭여행

* 중국: 운남성, 길림성, 광시성

17. 2018년 4월 중학교, 8월 고등학교 검정고시 합격

18. 2019년 방송통신대학교 중어중문학과 입학(19학번 과대표 역임)

19. 각종 자격시험

* 2019 SHK 3급 합격

* 2020 한자자격시험 2급 합격

* 2021 한자자격시험 1급 합격

20. 2023년 방송통신대학교 졸업

머리글

  나는 자서전이란 글을 쓰려고 했을 때 첫 문장을 어떻게 시작을 해야 하는지, 그리고 어떻게 마무릴 지어야 할지, 내가 살아온 굴곡진 삶에 나의 풍부한 상상력을 가미시켜 자서전에 미사여구(美辭麗句)로 풀어 놓을까 한다.

  뚜렷하지 않은 내 머릿속 기억의 보따리를 풀어 글로 다시 태어나게 하기 위해 내 머릿속 희미한 기억들을 긁어모아 자서전이라는 책으로 엮을 것이다. 쓰기 전에 두려움이 내 손을 머뭇거리게 하지만 그래도 쓰고자 하는 갈망이 쓰지 않으면 내 삶의 마침표가 없을 것 같다. 내 삶 자체가 한 편의 파란만장한 드라마 같은 인생 여정이었다. 나의 한 많은 보따리를 펼쳐 놓고 싶은 갈망 때문에 글로 옮겨야만 한다. 비록 처음 대하는 글쓰기이지만 뚜렷하지 않은 기억에 아름다운 상상력을 입히고 예쁜 포장지로 감싸 세상에 빛을 보게 할 것이다.

  자서전이란 나의 역사를 말한다. 대한민국 역사의 흐름 속에서 나 개인의 인생 여정을 기록하는 것이며 한 인간의 장편소설 같은 일기장이다. 인간은 그 능력만 되면 노년의 나이쯤에 본인의 역사를 쓰고 싶어 한다. 노년에 외로움도 삶의 무상함도 완화시켜 주는 자서전이라는 글을 쓰면서 되돌아보는 시간을 가질 것이다. 나의 자서전을 통해 많은 이들과 소통을 할 수만 있다면 하는 조그마한 기대도 가져 본다.

나의 인생 여정은 '대하소설' 열 권 정도의 분량이라서 말로 풀어내기엔 너무 길다.

그러나 글쓰기 재능도 없는 놈이 주제넘게 연필을 잡을 수밖에 없었다.

이 땅에 남자로 태어나 철들 무렵 우리 집이 일반적이지도 않고 부족한 점이 너무 많은 가정이라는 것을 알았다. 내가 자라 어른이 되면 우리 집의 부족한 점을 메꾸어야겠다는 생각을 어린 나이임에도 불구하고 그때 난 이미 가슴속 깊이 각오를 다지고 있었다. 그때의 각오를 지금까지 살아오면서 하나하나 사회와 부대끼며 나의 삶 속에 녹아내리게 했다. 그때의 각오를 다하지는 못했지만 그래도 남자로서의 삶을 후회 없이 살아온 지난날에 감사를 드린다. 나 자신에게 수고했다고, 고마웠다고, 이런 나의 인생사를 자서전 안에 채우게 해 준 것에 고마울 따름이다.

자서전에 들어앉을 내용들은 누구나 쉽게 이해할 수 있는 단어들로 채웠다. 그리고 조금은 난잡하다는 소리를 들을지 몰라도 사랑의 표현은 사실적으로 표현했다.

이런 내용으로 나의 자서전을 만들려고 했을 때 '내가 글을 표현할 수는 있을까?' 걱정이 앞서기도 하고 내가 쓴 글을 '남들이 읽고 욕은 하지 않을까?'라는 우려도 많았다.

어떤 지인은 나에게 충고 아닌 충고를 해 주었다. "당신은 평범한 사람인데 사회적으로 내놓을 만한 것도 없는데 그리고 또 사회적으로 성공한 인물도 아닌데 무슨 자서전을 쓴다는 말을 하는지?"라고 반론을 펴며 자서전에 대한 모독이라고 일반적인 논리로 부정적의 견해를 강하게 피력했다. 그러나 난 그분의 말에 동의를 하면서도 그냥 평범한 사람이 자서전을 쓰면 안 된다는 오래된 고정 관념을 내가 과감하게 깨뜨리고 싶었다. 맞다. 파란만장한 삶을 살다가 그 인생 말년에 이름깨나 알리고 부(富)도 남부럽지 않게 축적을 하고 사회에 기부(寄附)깨나 한 그들만이 자서전을 쓸 자격이 있다고 정론을 펴는 것이 우리나라의 정서요 정형화된 시대의 흐름이다. 하지만 난 비록 사회적으로 유명하지도, 사회적으로 우뚝 선 사람도 아닌데 그리고 많은 이들에게 알려진 인물도 아니다. 그러나 나는 우리나라 자서전에 대한 정의를 다시 정립하고자 했다. 그리고 자서전의 고정 관념을 깨고 평범하지 않았던 사람의 인생사가 굴곡진 삶이라면 많은 이들에게 또 후대들에게 나의 인생사를 남기고 싶었다.

남들이 보기엔 평범해 보일지 몰라도 난 책 제목처럼 나의 삶이 평범하지 않았다고 본다. 그리고 너무나 파란만장한 삶을 살았다고 보기 때문이다. 그래서 대학 4년 동안 공부를 하면서 글쓰기란 과목에 코를 박고 공부를 했다. 이제 여건이 갖춰져 자서전을 써야만 한다는 나의 신념을 굳히게 되었다. 내가 파란만장한 삶을 통해 '대한민국의 국민으로서 이런 삶을 살아온 사람도 있었구나.' 또 70, 80년대 대한민국의 산업화 과정에서 밑바닥 노동자들은 어떤 삶을 살아왔는가를 보여 주고 싶었다.

이제 나의 인생사에 마무리를 할 70이라는 나이를 먹고 보니 '이제는 그야말로 나의 삶을 정리하는 시기가 아닌가.' 하는 생각이 모든 우려와 두려움을 누르고 나에게 펜을 잡게 하는 힘을 주었다. 돈과 명예를 얻고자 숨 가쁘게 달려오면서 눈물도 피도 흘려 본 사내 대장부의 인생 여정에 정리의 필요성을 느껴 나의 인생에 대해 조용히 글로써 남길까 한다.

지난날의 상황들을 한 문장, 한 문장 써 나갈 것이다.

그때의 내 삶을 수면 위로 끌어올려 자서전에 옮겨 놓을 것이다.

내 머릿속에 든 지식을 짜내고 그 지식을 꿰어 맞추고 오래된 기억들을 뽑아서 자서전에 옮겨 놓을 것이다. 그 속에 담길 내용들이 오물을 뒤집어쓰고 있어도 좋다. 세상의 빛을 보게만 해 주자. 오물을 뒤집어 쓴 과거사를 때로는 아름답게 포장을 하고 때로는 사실대로 글로 만들어 낼 것이다.

난 자서전이 나의 내면세계를 들여다보고 나를 관찰해 보는 것이라 생각한다. 지난날 몸과 마음이 심하게 꼬여 버린 실타래처럼 얽힌 일

화들을 곱씹어 보거나 또 내가 했던 행위들에 가슴에 손을 얹고 양심에 비춰 보는 시간들을 글로 옮기면서 반성도 하고 수고했다고 칭찬도 해 줄 것이다. 이제 젊은 날의 아름다웠던 백역사(白歷史) 같은 일들과 흑역사(黑歷史) 같은 기억조차 하기 역겨운 일들은 이제 다시는 내게 일어나지 않을 것이다. 그냥 내 머릿속에 넣어 두는 것보다 밖으로 끄집어내어 빛을 보게 해 주는 것도 괜찮을 것 같다.

나의 자서전 쓰기는 출생에서 출발하여 오늘날 지금의 나를 발현해 오는 것이다. 가진 거라곤 내가 지금까지 살아온 굴곡진 인생사뿐인데 글로 옮기는 것은 맨땅에 헤딩하는 마음으로 한 자 한 자 써 내려갈 것이다.

자서전을 쓰려고 할 때 나는 이런 생각을 했다. '나이를 더 먹기 전에, 내 머릿속 기억이 사라지기 전에, 나의 파란만장한 삶의 여정이 오롯이 머릿속을 채우고 있을 때 그것들을 끄집어낼 수 있는 뇌의 기능이 고갈되지 않았을 때 글로 남겨야 한다.'는 일념 하나로 자판을 두드려 본다.

글로 옮기는 기술이 미천하여도 비록 습작이 되더라도 써야만 한다. 내가 죽기 전에 출간할 자서전의 밑그림을 그리기 위해 난 많은 책들을 읽었다.

내 머릿속 상상력의 곳간이 가득 차 있어야 글이라는 예쁜 아기가 태어난다. 이 상상력이 부족하거나 없다면 책을 낼 수가 없다. 글 또한 쓸 수가 없다.

나의 인생은 좌절과 질곡을 만나고 위기의 순간을 겪은 과정이 있었음에도 나는 더 강해졌다. 또 파란만장한 과정을 거칠수록 나의 강인한 정신력으로 적응해 왔다.

자서전은 본인의 생각과 느낌을 망라한 일기 형태의 글이다. 인생을 걸어오면서 옷깃을 스친 무수한 인연들과의 얼기설기 얽힌 내용들을 나를 중심축에 놓고 여정을 기록하는 것이다.

자서전 속 등장인물은 주로 친구, 연인, 스승, 학우, 회사 동료이다.

이 많은 등장인물들 하나같이 실명도 이니셜도 아닌 3인칭을 사용하기로 했다.

나는 사회적으로 성공한 인물도 사회적으로 인정할 만한 것 하나 없이 매일매일 시계 바늘처럼 돌아가는 일상을 어떻게 부대끼며 살아왔는지 내가 밖으로 드러내지 않는다면 나의 삶을 글로써 아름답게 사실적으로 옮겨 놓을 수가 없었을 것이다. 나는 이렇게 겁도 없이 세상에 책을 내놓고 싶어 자판기를 두드려야만 했다.

나는 오래전부터 나의 굴곡진 인생사를 글로써 옮겨 볼 생각이 있었다. 그러나 나는 글치인데다 학력이 없으니 어휘력 또한 없었다. 글을 쓴다는 것은 많은 단어와 풍부한 상상력이 머릿속 가득 채워져 있어야 하는데 내 머릿속에는 그 단어들이 없었다. 상상력 또한 없었다. A4 용지 한 장 채우기도 버거운 글짓기 실력으로 쓰기 분야엔 문외한이었던 내가 방송대에 들어가 4년 동안 과제물 제출 때마다 익힌 글쓰기 공부로 이제는 모든 것을 떨칠 수 있게 되었다. 내 글을 읽고 모든 이들이 감동을 받거나 고귀하신 판사님도 깔깔 웃을 수 있는 그런 글을 쓰고자 한다. 내가 자서전을 아무리 잘 써도 내 자서전을 읽고 받아들이고 느끼는 것은 읽는 분들의 몫이다. '내가 전하고자 하는 나의 인생사를 독자들이 잘 이해는 할까?', '나의 자서전의 의도를 알아차릴까?'라는 생각으로 독자 편에서 글을 써야 할 것 같다.

자서전을 쓰면서 나의 어떤 부분은 아무에게도 보여 주고 싶지 않은 내용도 있지만 글로 풀어내지 않고 내가 죽고 나면 아무도 볼 수도 없고 그냥 내 육신과 함께 불태워질 것 같아 써야만 할 것 같다. 나의 자서전을 접하는 독자들에게 나의 치부를 보여 주기 위해 쓰는 게 아니라 가감 없이 쓰는 재미 그 자체가 너무 좋고 가슴이 뛰고 가슴이 뻥 뚫릴 것 같다.

이 글을 많은 분들이 보고 나와의 인연이 된다면 나의 보람이요 가문의 영광이 아닐까. 나에게도 팬이 생긴다는 것은 상상도 못 할 일인데 절대 만날 수 없는 생면부지의 독자들과 나의 만남은 글 하나 때문에 생긴 이 얼마나 눈부신 기적인가 말이다.

나는 글을 쓰기 전에 각종 사전들을 첫 장부터 마지막 장까지 자서전에 유용한 단어들은 하나도 빠짐없이 모조리 내 머릿속에 넣으려고 했으나 안 들어가겠다는 놈들은 죄다 메모를 해 두었다. 이렇게 적어 둔 단어들을 글로 옮길 때마다 어휘에 맞는 단어들을 끄집어내 그 문장에 필요한 자리에 옮겨 놓았다.

자서전은 사실적인 상상력으로 글을 쓰라고 많은 교수분들이나 학자분들은 말한다. 남자가 한 여자를 이성으로 흥미와 호기심을 많이 가진다면 그 호기심을 더 가까이 두기 위한다는 마음으로 글을 써야만 한다. 나의 삶에 사실적인 것에 풍부한 상상력을 보태면 글이 아름답고 매끄러워진다. 못생긴 아내도 미스코리아로 변신시키고 거친 삼베옷을 걸친 아내도 비단옷으로 입혀 예쁜 여자로 탈바꿈시켜야 한다. 사막 같은 환경도 나비가 날아다니는 아름다운 무릉도원으로 만들어야 한다.

나의 글에 아름다운 연금술사로 채워 놓아야겠다는 각오로 자서전을 쓸 것이다.

생동감 넘치는 서술력으로 독자분들을 사로잡아야 한다는 각오로 자서전을 쓸 것이다. 내 자서전을 접한 독자분들이 기분이 좋아지고 웃음을 덤으로 얻어 갔으면 하는 마음으로 글로 옮길 것이다.

나는 수많은 책들과 눈맞춤을 하면서 단순히 글자와 눈을 맞춘 게 아니라 책 속의 내용들을 내 것으로 만들기 위해 잡아먹듯이 읽어 갔다.

이런저런 과정을 다 거치고 내가 쓴 글자들이 한 권의 책이 되어 나온다면 큰 잔치라도 하고 싶다. 아니 출판기념회라도 하고 싶다. 아니 무언들 못 할까.

이야말로 함안조(咸安趙)씨 가문의 영광이다. 책을 내는 이유는 나의 삶을 글로 옮겨 보고픈 마음에서 책을 냈지만 나에 대한 글을 읽어 주는 독자분들을 위해 글을 써야만 한다. 나의 글을 소중히 여겨 주는 독자들에게 나는 감사의 마음을 가질 것이다. 잠깐의 스쳐 지나가는 인연의 소중함을 이제 더 오래도록 더 깊이 기억되는 독자들에게 나의 글이 선물이 되고 나의 자서전으로 인해 독자들에게 미소 짓게 할 수 있다면 하는 심정으로 이 글을 쓸 것이다. 또 나의 자서전을 읽고 독자들의 고달픈 삶의 응어리를 긁어 주는 따스한 마음의 손길이 될 수만 있다면 내 머릿속에 갇혀 있는 나의 지난날의 삶들을 참기름 틀에 넣고 쥐어짜 내는 심정으로 손가락에 피가 나도록 자판을 두드릴 것이다.

목차

나의 年歷 ··· 4

머리글 ··· 8

1. 고향 마을 ····················· 24

연혁과 경관 ··· 24

내 기억 속의 고향 마을 ································ 26

수구초심(首丘初心)으로 찾는 내 고향 ········ 27

2. 엄마 엄마 울 엄마 ················· 31

불같은 엄마의 성격 ···································· 32

배고픔 ·· 34

엄마에 대한 아련한 나의 기억 ···················· 36

시골 오일장에서 외갓집을 찾았다 ·············· 37

엄마의 손맛 ··· 39

고려장 ·· 41

엄마 요양원에 갈래? ··································· 43

엄마의 죽음 ·· 44

3. 한 많은 삶을 살다 가신 우리 할머니 ······ 50

4. 첫사랑 ······················· 55

첫 데이트 ·· 60

어디서 무얼 하는지 ····································· 63

5.   **컴퓨터가 이상해요** ································· 68

6.   **이상형의 여인** ···································· 74

       처음 보던 날 ······································ 77

       그녀를 향한 나의 움직임 ······················ 83

       3개월이란 시간 ·································· 87

       아찔한 순간들 ···································· 90

       남자의 호기심 ···································· 93

         ◆ 그녀와 헤어질 시간 ···················· 96

7.   **유년 시절** ··· 99

       고모네 집 ··· 101

       둘째 외삼촌 집에서 우산을 만들고 ········· 102

       서울살이 시작은 판자촌에서 ················· 103

8.   **참 나쁜 놈** ······································· 106

       시골 촌놈이 시골 촌놈을 상대로 금품 갈취 ····· 106

       밤업소 방문 ······································ 113

       패싸움 ··· 115

       젊은 청춘을 데리고 다시 고향으로 ·········· 116

       맞선 ··· 117

       무조건 쳐들어간 처녀의 집 ·················· 120

9.   **배낭여행** ··· 122

       첫 배낭 메고 간 여행지에서 ················· 122

       오지의 다이족 집에서 하룻밤 ··············· 130

극장에서 중국인 보온병을 깨뜨리다 ·················· 132

미얀마 국경 지대를 가다 ·················· 133

두 번째 떠나온 여행 ·················· 134

고속도로 휴게소에서 버스가 나를 두고 가다니 ·················· 136

10. 사회생활 ·················· 139

서울 대성공업사 ·················· 141

11. 대기업 취업 도전기 ·················· 144

안양소재 현대양행(주)[현재: LS엠트론(주)] ·················· 147

◆ 대형농기계 제조 ·················· 147

◆ 창원소재 현대양행(주)[현재: 두산중공업(주)] ·················· 149

12. 구미소재 흥명공업주식회사 ·················· 153

기숙사 사감 겸임 ·················· 156

약목(왜관) 친구들 ·················· 156

현장에서 목격한 끔찍한 대형사고 ·················· 157

13. 거제도 대우조선(주) ·················· 159

거제도 대우조선소로 직장을 옮기다 ·················· 159

14. 울산 현대정공(주) 2공장
(현재: 현대자동차 5공장) ·················· 166

산업스파이가 되다 ·················· 172

생산부 5라인 웰딩 조장 ·················· 175

담당 부서장님의 명언 중 명언 ·················· 176

하청업체 품질 관리차 방문 ·················· 177

제안제도 활동으로 대상을 받다 ·················· 179

3일간 철야철주(徹夜徹晝) ·················· 180

15. **멕시코 공장(HIMEX)으로 파견 근무** ·················· 183

출국 ·················· 184

멕시코 공장 준공식 ·················· 192

현지인들의 작은 스트라이크 ·················· 193

미국 캘리포니아 운전면허증 도전기 ·················· 195

임시로 머물다 국경을 넘어가는 도시(TIJUANA) ·················· 197

미국과 멕시코 국경 도시 ·················· 198

회사 축제 ·················· 199

멕시칸들의 싸움 ·················· 200

멕시코의 윤락가 ·················· 201

이런 유락가도 경험해 보았다 ·················· 204

혼자 돌아본 멕시코 농촌 마을 ·················· 207

16. **미국 서부 둘러보기** ·················· 209

BALBOA PARK ·················· 209

LA 코리아타운 ·················· 210

SAN FRANCISCO ·················· 211

LAS VEGAS ·················· 215

HOOVER DAM ·················· 217

GRAND CANYON ·················· 217

사막 한가운데 휴게소에서 한국 여인을 만나다 ·················· 219

미국 경찰이 집에 왔다 ·················· 220

교민들이 운영하는 교회에 가 보았다 ·················· 220

미국 술집에 가 보았다 ················· 221

샌디에고 HIGH SCHOOL에서 영어 공부 ········· 223

일요일 오후 금발의 백인 여성들 ·········· 224

주거단지 안 미모의 관리인 ············· 224

사무실 여직원 ··················· 225

미국인들의 생활 주거지 ·············· 226

새벽 조깅 ····················· 226

미국에 이민 온 초등학교 친구를 만났다 ······ 227

콧수염을 기르다 ················· 228

미국 국경검문소에서 난감한 상황 발생 ······· 229

미국의 흑인 슬럼가 ················ 229

SEA WORLD ··················· 230

신대륙 발견과 날벼락 ··············· 230

귀국 통고를 받고······ ·············· 232

귀국 후 QC사무실 근무 ·············· 235

컨테이너 사업이 사양길 ·············· 236

17. 울산 현대강관주식회사(파이프 제조)
(현재: 현대제철주식회사) ········· 238

중국 공장 파견 근무 ················ 238

나의 본성을 본 총경리 ··············· 239

저세상 문 앞까지 갔다 온 사건 ·········· 241

중국공장 파견근무 나의 생활상 ·········· 242

귀국 후 출하반 사무실 근무 ············ 243

실습차 온 여고생 ················· 245

대기업 하청업체 사장이 되다 ··········· 246

30여 년의 현직에서 은퇴 ············· 247

18. 배움 ·········· 250

중학교 입학 ·········· 250

울산대학교 평생교육원에서 중국어를 접하다 ·········· 253

19. 해외 어학연수 ·········· 254

산동사범대학교 ·········· 254

서남대학교(충칭시 소재) ·········· 258

필리핀 어학연수 ·········· 259

이곳에 진출한 사기꾼 ·········· 265

20. 검정고시로 꿈을 이루다 ·········· 269

방송통신대학교 입학 ·········· 271

배움의 넋두리 ·········· 273

나의 당돌함은 그 누구도 말리지 못한다 ·········· 276

긍정적인 용기 ·········· 277

한자1급 시험에 도전기 ·········· 281

엄마 저 대학을 졸업했어요 ·········· 282

방송대 신문에 게재된 내용 ·········· 286

대학 생활 ·········· 288

　◆ 신입생 환영식 ·········· 288

　◆ 신입생 MT ·········· 289

21. 졸업식 ·········· 293

졸업여행 ·········· 295

　◆ 백두산 가는 날 아침 ·········· 295

　◆ 한국 공항 같은 연길공항 ·········· 297

◆ 백두산 아래 이도백하 ·················· 299

◆ 가마꾼 ·················· 300

◆ 연길 새벽시장 ·················· 302

22. 행복한 노후 ·················· 304

사람이 살아가는 데 필요한 지혜 ·················· 307

지난날들을 반추하며 ·················· 308

노인에게 찾아온 고독 ·················· 314

아름다운 노후 ·················· 315

나도 노인이라니 ·················· 318

노후 준비는 빠르면 빠를수록 좋다 ·················· 321

이런 노인으로 내몰리지는 말자 ·················· 323

삶과 죽음 ·················· 324

삶의 넋두리 ·················· 330

헬스장 ·················· 333

나만의 여름 산장 ·················· 336

나의 텃밭에서 ·················· 339

글을 마치며 ·················· 342

1

고향 마을

  내가 태어나고 자란 묵계 마을은 엄마 품속 같은 나의 고향이고 그리움의 향수이다.

  내가 자란 곳이 고향이며 그곳이 묵계 마을이다.

  나의 고향 마을 묵계라는 마을의 형성 유례는 포털 사이트에 들어가 검색해 보면 '이연'이라고 하는 마을은 들판 한가운데에 있으며 1628년 전씨가 개척하였으며 마을 앞에 미기지(彌基池)라는 못이 밋기또는 묵계라 하였으며 삼한 시대 난미리미동국(難彌離彌凍國)인 부족 국가가 이곳이라는 추정을 하고 있다.

연혁과 경관

  지금으로부터 약 390여 년 전에 용궁전씨(龍宮全氏)가 묵계라는 마을을 처음으로 개척하였다. 그 당시에 마을 주변에 미기지(彌基池)라고 하는 연못이 있었으며 이 연못의 이름은 '미기지'에서 밋기라고 하다가 묵계라는 명칭을 얻게 된 것이다. 학설에 의하면 조선 시대 영조 때에 간행된 『상산지(商山誌)』에 따르면 이 마을을 묵계(墨溪)라고 표시되었다고 한다.

현재는 넓디넓은 안계평야 한가운데 마을이 앉아 있으니 영농의 편의성 하나는 너무 좋다. 옛날엔 5일마다 열리는 안계장이 의성군 서부 지역민들의 만남의 장이었던 곳이다. 묵계 마을과 안계라는 조그마한 상업 도시와는 2km 떨어진 지점인데 구미, 상주행 지방도로(묵계로)가 고향 마을 앞을 지나가고 있어 교통은 편리하다.

또한 삼한 시대에 있었던 부족 국가인 難彌離彌凍國의 소재지가 이 마을이라는 추정은 하고 있지만 정확한 문헌은 알 수가 없다.

단북면 소재지 전역이 황색 점토질이라 비가 오면 골목길은 뻘밭이 된다. 흔한 말로 마누라 없이 살아도 장화 없으면 살기가 힘든 고장이었다. 그러나 지금은 모든 골목길을 말끔하게 시멘트 포장이 되어 있어 질퍽거림도 먼지 날림도 없어 삶의 질이 좋아졌다.

안계평야의 넓은 들판에서 생산되는 쌀은 의성군에서 쌀의 거점 지역으로 선정되어 선진 영농에 주력을 기울이는 고장이다.

처음 마을의 형성 과정에서 龍宮全氏가 개척한 마을이었지만 청주한씨(淸州韓氏)도 많은 세대를 이루었고 그 외 많은 성씨가 이주하여 함께 살아가는 대한민국의 성씨 백화점 같은 시골 촌락이다. 한때는 120여 호가 넘는 마을이었다. 그러나 지금은 대한민국 어느 시골 마을이나 똑같은 현상을 겪고 있는 아이 울음소리 없고 인구 유출로 수십

여 가구만 살아가고 있으며, 그 구성원들 다수가 노인분들이다.

얼마나 더 이 마을이 유지될지는 불을 보듯 뻔하다.

내 기억 속의 고향 마을

나의 고향은 묵계는 넓디넓은 들판 한가운데 터를 잡고 있다.

배산임수(背山臨水)도 아니요. 북산남천(北山南川)도 아니다. 넓디
넓은 평야 한가운데 자리 잡고 앉아 있는 전형적인 농촌 마을이다. 한
겨울엔 북풍한설을 오롯이 맞고 한여름의 뜨거운 태양의 열기를 뒤집
어쓰고 살아온 환경이었지만 그래도 나의 고향엔 정이 간다. 지금은
벼를 재배하는 논으로 변했지만 나의 어린 시절의 기억으론 마을 주변
엔 늪지대가 펼쳐져 있었다. 늪 가장자리에서 놀던 가물치는 겨울이면
마을 주민들의 주 단백질 보충원이었다.

매년 겨울, 늪지대의 물을 퍼내고 고기를 잡는 날이면 온 동네가 물
고기 잔치를 했었다.

이런 우리 고향은 관아가 있지도 양반들이 모여 사는 곳도 아니었
다. 그렇다고 어느 가문의 집성촌도 아니다. 이곳저곳에서 넓은 들판
하나 보고 이주해 온 민초들이 부대끼며 삶을 이어 온 마을이었다.

120가구가 넘는 가구들이 옹기종기 모여 사는 시골 마을치고는 규
모가 꽤 큰 촌락을 이루고 있었다. 기와로 지붕을 번듯하게 이고 있
는 집은 몇 채뿐이었고 대부분의 집들은 흙벽돌로 담을 쌓고 나지막

한 높이에 볏짚으로 지붕을 이고 삶의 형편은 가난을 이고 살아온 전형적인 농촌 마을이었다. 가을이 되면 온 동네가 노랗게 변한다. 일 년에 한 번씩 지붕을 덮고 있던 볏짚을 바꾸어 주어야만 하는 연례행사였다. 마을 전체의 삶이 넉넉한 마을은 아니었나 보다. 여러 성씨들이 한마을을 이루고 살다 보니 삶이 힘들 때면 삶의 고달픔을 이웃들과의 싸움으로 풀었는지 늘 고성이 끊이지 않았다. 이 싸움의 소리는 소음이 되어 이 집 저 집 담장을 넘었다. 이렇게 요란스런 마을이었지만 나에겐 많은 친구들과 어울려 놀이도 공부도 함께했던 나의 어린 시절을 보듬어 준 엄마 품속 같은 마을이다. 마을에 잔치라도 있으면 웃음이 가득하고, 초상이 나면 온 마을 사람들이 함께 도움을 주고 슬픔을 함께 나누는 그림이 내 기억 속에 남아 있다.

묵계라는 마을에 나의 조상들도 이주의 짐을 풀고 이 마을의 주민이 되었다. 마을을 이룬 선조들도 운명에 따라 이곳에 정착을 했을 것이다. 지금도 마을에 남아 세대를 이어 가고 있는 분들에게 늘 고마움을 표하고 싶다.

수구초심(首丘初心)으로 찾는 내 고향

마을을 지켜 주신 님들이 있기에 고향의 냄새가 그리움이 고플 때 언제라도 찾아가서 고향 마을의 공기를 허파에 가득 채우고 오면 모든 병이 사라지는 느낌이다. 세월의 흐름에 옛 인적은 간데없지만 그래도 마을의 냄새는 옛날 그 냄새다. 이 골목 저 골목도 그대로다. 그러나 옛날의 시끌시끌하던 인적은 없다. 산속 같은 적막뿐이다. 그래도 좋다. 너무 좋다. 首丘初心이라 했던가. 나도 이제 이 고사성어가 가슴속에 와닿는다.

그나저나 내 고향 경북 의성군은 지역 경제 규모가 너무나 열악하여 전국에서 가장 배고픈 고장으로 남게 되었다.

서울 강남은 배 터져 죽고 경북 의성은 배고파 죽는다는 표현이 어쩌면 이상적인 표현인지 모르겠다. 다 시대의 흐름인 것을 미약한 내가 어쩌지 못하겠네…….

고향 마을은 자연의 혜택을 마음껏 받지를 못하면서도 아직도 사람들이 살아가고 있다. 산도 강도 가까이 없다. 자연환경은 육지의 옷과도 같아 대지를 감싸 안음으로써 그 아름다움과 쾌적한 환경을 만들어준다고 하는데 고향 마을은 주 소득원인 논농사를 주로 생업으로 삼으며 넓디넓은 들판 한가운데 고향 마을이 자리 잡고 앉아 있어 여름엔 숲속에서 불어오는 바람도 없다. 겨울엔 북풍의 차가운 바람이 오롯이 마을 전체를 할퀴고 지나간다. 그래도 이곳에서 나고 자란 난 별로 마을의 자연 환경에 대한 불만은 없다. 그저 그립기만 하다. 사랑하는 애인 그립듯이 그립다.

동시대의 경험을 공유하고 있는 사람들과 나고 자란 고장이라 그런지 몰라도 고향 친구들은 그냥 편하고 즐거웠던 기억만 남아 있다.

물은 생명의 원천이요 흙은 생명의 터전이고 고향은 나의 정신이다.

누구나 어디에 살던 인간은 존재감이 있어야 한다.

어디에서 살던 묵계라는 이름에 먹칠을 하지 말아야 한다.

어릴 적 눈이 오는 날에는 함박눈이 하늘에서 솜 같은 눈송이들이 마을을 하얀색으로 물들였다. 한 송이, 두 송이 소리 없이 내리는 눈은 백색의 채색으로 고향 마을에 쌓여만 갔다. 들판 위에도 초가지붕 위에도 함박눈은 사뿐히 내려앉는다. 해가 지고 어둑어둑해지는 마을은 집집마다 밥 짓는 연기로 또 다른 색상으로 아름다운 풍경화를 그려 냈다. 우리 집 초가지붕도 하얀 물감으로 물을 들이고 희미한 불빛만이 지금이 밤이라는 사실을 알려 준다. 처음 보는 눈이 좋아 어쩔 줄 모르고 짖어 대는 강아지들의 합창 소리와 아이들의 노는 소리가 마을에 울려 퍼진다. 한겨울 속 어린 시절 나의 고향 마을은 동화 속 같은 그림이었다.

어쩌다 고향 마을에 가면 하늘도 공기도 내 것인데 땅은 내 것이 아니다.

오늘의 고향 마을이 있는 것은 과거의 혹독한 시기를 이겨 낸 우리네 조상들이 이곳에서 살아 주었기 때문이다. 우리 마을은 현재까지도 유지되고 있으며 또한 우리네 후손들이 살아갈 수 있는 터전이다.

나의 고향은 이제 수십 채 남은 세대, 주민 다수가 60세를 넘긴 분들만 마을을 지키고 있으며 밤이 찾아와도 동네 개조차 짖지 않아 고요한 적막만 감돌 뿐 지나다니는 사람조차 없다. 이러다 몇 년 지나면 마을이 소멸될 가능성이 크다. 우리나라 농촌 마을의 안타까운 현실이다.

그 마을이 마음에 들던 아니던 나의 고향이다. 나의 후배들이 후손들이 영원히 뿌리를 내리고 살아갈 곳이다.

나의 고향 마을은 나를 아름답게 클 수 있도록 나를 포근히 안아 준 곳이었다.

나의 성장 과정을 은근히 바라보며 용기도 주시고 때로는 아버지를 대신해 질타도 아낌없이 내려 준 고마운 고향 마을이다.

고향이라는 모든 것을 잊고 오로지 돈의 노예가 되어 주야도 모르고 국내든 해외든 돈이 모여 있는 곳이라면 어디든 마다하지 않았던 젊은 시절. 이제 노후의 아름다운 삶을 살기 위해 어린 시절 향수가 짖게 서려 있는 고향 마을에 발 도장을 자주 찍어야겠다.

나의 삶은 평범하지 않았다

2

엄마 엄마 울 엄마

엄마는 돌아가신 지도 이미 오랜 세월이 지났지만 아직도 내 가슴속에 나와 삶을 같이하고 있다.

엄마, 엄마 제발 오래도록 살아 줘. 엄마를 미치도록 사랑한다.

오늘 저녁엔 재첩국을 좀 끓여 주면 안 돼?

오늘 저녁엔 된장찌개에 호박잎을 곁들이면 안 돼?

오늘 저녁엔 뒷산에 피어난 이름 모를 버섯으로 찌개를 끓여 주면 안 돼?

내가 먹고 싶다고 하면 뭐든지 다 해 주시던 우리 엄마.

왜 엄마는 지금 내 곁에 없나요.

왜 엄마는 나를 두고 저세상으로 갔나요.

아버지의 죽음과 함께 찾아온 가난과 고독은 엄마의 삶을 집요하게 물고 늘어졌다. 엄마가 원한 것은 아니었지만 불가피하게 엄마의 삶을 물어뜯는 가난과 슬픔을 잊기 위해 한때는 서울 하늘 아래에서 참기름

병을 머리에 이고 동네를 돌아다니시며 팔곤 하셨지요.

그때 부끄럽지는 않으셨나요?

그때 문전 박대는 당하지 않으셨나요?

엄마 무거운 삶의 무게를 어떻게 감당하셨나요?

불같은 엄마의 성격

마을 골목 끝자락 어디선가 엄마의 욕지거리가 온 동네를 오염시키고 있다.

엄마는 오늘 또 누구와 싸움을 하는지?

온 동네가 시끄럽다. 분명히 엄마의 성난 목소리다.

바람을 타고 들려오는 엄마의 목소리는 이 세상에 존재하는 욕설은 몽땅 토하시고 계신다. 오늘은 또 어느 분하고 맞짱을 뜨고 계시는지 엄마의 성격은 유(柔)하질 못하다. 조그마한 것도 이해 부족으로 큰 싸움판을 만들곤 한다.

싸움 소리 쫓아가 보면 엄마의 손은 하늘을 찌르고 입에서 나오는 소리는 차마 글로써는 옮길 수 없는 쌍욕들이다.

동네 사람들은 싸움 구경만 하고 말리지는 않는다. 그 당시 볼거리가 귀한 때라 불구경과 싸움 구경은 그 당시 사람들에겐 즐거움을 주는 거리 문화였다.

그래서 그런지 "내 편 이겨라. 니 편 이겨라." 다들 좋아하는 사람을

　　　　　　　나의 삶은 평범하지 않았다

정해 놓고 응원을 하는 그림이다.

다들 싸움을 말리기보다는 박수와 '와~~와' 응원의 소리가 주변의 공기를 데우고 있었다.

싸움판에 끼어든 건 나 혼자다.

"엄마 또 싸우나. 그만하고 이제 집에 가자."

엄마도 이제 지쳤는지,

오랜 시간 동안 싸웠는지,

고사리 같은 아들의 손과 말 한마디에 순응하신다.

엄마의 손을 잡고 오는데도 그 분(憤)을 못 이겨 엄마는 싸움판에서의 욕을 계속 쏟아내고 있다.

"엄마, 이제 싸움 그만 좀 해라. 동네 부끄럽지도 않나?"

엄마는 삶의 한(恨)을 싸움으로 풀어내는 것 같다.

흥분의 절정에 있는 엄마지만 어린 아들의 손에서 순한 양(羊)이 되어 있었다.

엄마의 분이 풀리자 소란한 골목길이 소낙비에 매미 소리 멈추듯 고요가 찾아왔다.

엄마는 늘 가슴속 깊은 곳에 쌓인 응어리를 이렇게 싸움으로 풀어내시고 있었다.

한바탕 그 소란을 피우고 들어오시면 한결 마음이 개운하신지 엄마는 몸도 마음도 가벼워 보이신다.

인간들이란 한평생 마음 편하게 살아간다면 그만인 것을 성격 때문에 자신의 욕심 때문에 아등바등 피 터지는 싸움질을 하며 살아간다.

배타심보다는 이타심으로 주변 이들을 대하면 다툼이란 없지 않을까.

엄마의 삶을 생각하면 생각할수록 싸늘한 통증이 가슴을 후빈다.

엄마의 삶이 얼마나 괴롭고 외롭고 쓸쓸함을 풀어낼 길이 없었으며 저렇게까지 했을까? 아버지와 함께 풀어야 하는데 의논할 상대도 없다. 엄마도 여잔데 엄마의 바람막이 울타리도 없다.

가슴속 한을 안고 살다 가신 울 엄마.

이제는 맺힌 한 다 풀어내셨나요.

배고픔

아침에 방문을 열자 저 앞 들판을 지나 우뚝 솟은 만경 산자락이 아침 인사를 한다.

오늘 따라 안개 속에서 고개를 살짝 내밀고 나를 반긴다.

안개 옷 허리쯤에 내리고 아침 기지개를 펴고 있는 만경산이 늠름하다.

우리 동네는 안개 속에서 아직 잠이 덜 깬 듯 수줍은 듯 알몸을 드러내지는 않고 있다. 굴뚝마다 뽀얀 연기가 하늘을 향해 춤을 추고 있다. 아침밥들을 짓나 보다. 그러나 우리 집은 엄마가 일어나 부엌으로 갈 필요성을 못 느끼는지 이불 속에서 나오질 않는다. 솥으로 들어갈 쌀이 없는데 자식들 입으로 먹일 식량이 없는데 엄마는 이불 속에서 피

눈물을 쏟고 있나 보다.

난 어린 나이지만 우리 집에 가난의 커다란 바위덩어리가 짓누르고 있다는 사실을 알고 있었다.

어린 난 우리 집 사정을 너무나 잘 안다. 너무 일찍 철이 들었다.

이런 집안의 사정을 잘 알기에 엄마에게 배고프다는 말도 하지 않았다.

해가 중천 마루에 뜨자 엄마도 이불을 걷고 부엌으로 나가신다.

자식들 입에 무언가를 먹여야겠다는 엄마는 나물과 옆집에서 빌려온 쌀 몇 톨이 들어간 멀건 갱죽(羹粥)을 끓여 자식들 입에 넣어 주셨다.

잘 익은 옥수수를 내게 주시던 울 엄마. "엄마도 먹어."라고 했더니 "너나 먹어라." 하시던 울 엄마. 언제나 "너나 먹어라. 난 배 안 고프다." 하시던 울 엄마. 나 어릴 때 엄마는 아무것도 먹지 않아도 배가 고프지 않은 줄 알았다. 그러나 내가 보지 않는 곳에서 고픈 배 움켜잡고 주린 배고픔 참으시던 울 엄마. 저 가슴이 메어 옵니다. 엄마, 내가 맞난 것 사 드릴게요. 엄마 보고파요. 엄마 생각에 눈물이 얼굴을 가립니다.

어머니는 자식 입에 무엇이든 넣어 주려고 보자기 하나 허리춤에 동여매고 더운 여름날 들판으로 나가신다. 남의 보리밭에서 보리 이삭을 줍느라 날이 저문 것도 모르고 보자기 가득 보리 이삭을 품고 오신다. 엄마는 모든 곡식 알갱이는 땀이 주신 선물이라고 하셨다. 그 보리 이삭들을 엄마는 보석 대하듯 소중히 대하셨다. 이런 보리 이삭은 말려서 막대기로 두들기거나 손으로 비벼 탈곡을 하여 미숫가루를 만들어 자식들에게 먹이곤 했다. 그 미숫가루는 우리의 배고픔을 달래 준 고마운 엄마표 미숫가루였다.

시골집 안마당은 엄마의 텃밭이다. 그곳에서 엄마는 각종채소들을 키워 먹었다. 엄마는 텃밭에서 씨를 뿌리고 그것들이 싹이 나고 커 가는 모습에 엄마의 시름을 잊고 자식들에게 배고픔을 잊게 해 준 그 텃밭에서 삶의 재미를 느끼시고 있었다.

자식들을 위해 밤낮없이 땀을 흘리신 울 엄마.
남의 집 일이라면 마다하지 아니하고 새벽잠 설치시며 일 나가시던 울 엄마.
돈 되는 일이라면 무슨 일이든 웃으며 집을 나가시던 울 엄마.
엄마 그곳에서는 편안한 삶 살고 계시지요.
엄마 그곳에서는 배고픔이 없지요.

엄마에 대한 아련한 나의 기억

엄마와 함께 길을 가는데 엄마가 땅에 떨어진 감꽃을 하나 집어 주신다. 엄마가 주어 주신 그 감꽃 맛은 다디달았다. 수정을 마치고 떨어진 감꽃의 떫은맛이 입안 가득 퍼져 온다. 이내 그 맛은 단맛으로 마술을 부린다. 갑자기 지난날의 엄마와 감꽃이 생각이 나자 가슴이 아려 온다. 참으로 이상하다. 세월이 성큼 흘러 대여섯 꼬마였던 내가 이제 노인이 되었지만 그때의 떫은맛이 아직도 생생하게 남아 있다. 그때 나에게 그 떫은맛이 달콤함으로 다가오게 한 울 엄마.

이렇게 까맣게 잊고 있던 추억 하나가 불쑥 떠오를 때가 있다. 또 엄마의 생각이 가슴 가득 저며 온다. 불쌍한 우리 엄마. 엄마는 힘든 삶을 살아오면서도 나에게 꿀을 물어다 준 꿀벌 같은 엄마였다.

엄마에게는 삶에 찌든 특유의 엄마표 냄새가 난다.

이 세상 어느 고가의 향수가 이보다 더 향기로운 냄새가 날까?

돈 주고도 살 수 없는 엄마표 땀내음.

시골 오일장에서 외갓집을 찾았다

나의 어린 시절 시골 오일장 날이면 엄마 치맛자락 붙잡고 졸졸 따라 나서곤 했다. 엄마가 머리 위에 이고 가는 쌀 한 되박이 오늘 엄마가 시골 장에서 쓸 돈이다. 난 맛나는 것 얻어먹으려는 얄팍한 동심 때문에 흙먼지 일렁이는 신작로 길을 엄마 따라 걸어갔었다. 엄마는 이런 수고스러움의 고생을 평생 동안 하셨다. 어디서 왔는지 시골 장날은 사람들로 붐빈다. 사람들 사이를 비집고 간다는 것은 여간 어려움이 아니다. 혹여 엄마의 치맛자락을 놓칠세라 나의 손에 긴장의 힘이 들어간다. 그래서인지 엄마는 마지막 이 세상을 하직하고 저승으로 갈 때 나보고 "저 어린 것을 두고 내 어찌 갈꼬." 눈물 흘리시던 엄마의 마음은 오십을 넘긴 나를 보고도 엄마의 눈에는 어리디어린 아이로 보였나 보다.

오늘 오일장엔 내 신발(나무로 된 슬리퍼) 사러 갔다가 엄마는 친정 오빠를 찾았다.

가게 주인아주머니가 엄마보고 "아주머니 혹 정순 아닌교?" 한다. "나 정순이 맞는데요." 엄마의 눈에선 눈물이 고인다. 두 분은 많은 사람들이 보고 있는데도 아랑곳하지 않고 껴안고 울고만 계신다. 가게 안에서 이 모습을 보고 계시던 남자분이 나오며 엄마보고 "니 내 동생이구나." 하신다. 바로 막내외삼촌이다. 늘 엄마에게 "우리는 외갓집이 왜 없노?" 하며 원망 섞인 말을 했었는데 이제 그 외갓집을 찾았다.

외숙모도 외삼촌도 나를 안아 주셨다.

이렇게 가까운 곳에서 외삼촌은 시골 장터에서 철물점 장사를 하고 계셨다. 외갓집에서 운영하고 있는 철물점은 시골 장날이면 장사가 잘 되는 가게로 보였다.

이후에 난 엄마의 형제들 나의 외갓집 식구들을 다 만나 볼 수가 있었다.

이렇게 찾은 외갓집은 외삼촌 3분에 이모 한 분, 엄마의 형제분들을 다 만날 수 있었다.

엄마의 이산가족은 이렇게 하여 상봉의 기쁨을 맛보았다.

엄마의 손맛

엄마의 음식 솜씨는 나를 감동시켰다. 엄마가 만든 음식은 내 입속에서 춤을 춘다.

나에게 오랜 시간이 흘렀어도 엄마가 나에게 만들어 준 모든 음식들은 나에게는 고향의 맛, 엄마의 맛처럼 내 입맛에 남아 있는 그 맛이다.

내 입맛을 일깨워 준 엄마의 손맛은 잊을 수 없는 맛이다. 고향의 그리움, 엄마의 그리움의 맛이다.

음식은 코 맛, 눈 맛, 혀 맛의 순서대로 맛을 느낀다고 한다지만 엄마표 맛은 그냥 혀에 붙는다. 차마 목구멍으로 넘기기 아깝다. 오래도록 혀에게 맡기고 싶다.

엄마가 끓여 주신 된장찌개는 정말 맛이 좋았다. 그런데 가끔 커다란 구더기가 내 눈에 들어오기 전에 입으로 들어 올 때가 있다. 그러나 그 맛에 취해서 정신없이 먹던 숟가락을 멈추었다.

"엄마, 이게 뭐꼬. 구더기 같다."

"아이다. 밥풀때기다."

"엄마 나도 눈 있다."

"그냥 먹어도 안 죽는다." 하시면서 엄마는 숟가락으로 그 구더기를 건져 밖으로 휙 집어 던져 버린다. 그렇게 맛나던 엄마표 된장찌개가 갑자기 구역질로 바뀐다. 된장찌개 그릇 속엔 구더기가 우글거리는 것으로 보인다. 더 이상 숟가락이 된장찌개 그릇 속으로 들어가지 않는다. 그래도 엄마가 끓여 주신 구더기표 된장찌개 맛 하나는 정말 잊을 수가 없다. 아들의 입맛에 맞추려고 모든 재료를 다 동원한 것인데 그 놈의 구더기 한 마리가 저녁 만찬을 엉망으로 만들어 버렸다.

하지만 그 구더기를 보기 전에는 그 무엇과도 바꿀 수 없는 맛이었다.

엄마의 끓여 주신 재첩국 맛도 잊을 수가 없다. 그 맛을 찾아 하동이라는 곳에 가 보았다. 혹 엄마가 끓여 주신 그 맛을 볼까 하여 먼 길 마다하지 않고 갔었으나 그 맛을 찾을 수가 없었다. 엄마표 재첩국과는 비교가 되지 못했다.

한여름 더위도 아랑곳없이 발품을 팔아 낙동강에서 잡은 재첩으로 엄마의 손맛을 더해 부추와 밀가루, 고춧가루로 엄마표 재첩국을 끓여 내셨다.

여름이면 엄마가 끓여 주신 그 맛을 난 잊을 수가 없다.

마을 뒷동산에 비가 온 뒤 엄마는 산을 오르신다. 그곳에서 버섯을 채취하여 엄마표 버섯찌개를 끓여 주셨다.

버섯, 밀가루, 고추, 부추 등의 재료에 엄마의 손맛을 더해 끓여 주신 엄마표 버섯찌개 맛은 내 혀와 찰떡궁합이었다.

엄마가 살아생전에 이 아들에게 엄마의 맛을 남겨 주신 이 3가지 음식 맛은 죽는 그날까지도 잊지 못할 엄마표 음식이자 엄마의 손맛이다.

고려장

시골에 홀로 계신 엄마는 매달 한 번은 울산 공기를 마시고 가셨다.

그날도 여느 때와 같은 길로 모시고 오는데 엄마가 시골 마을도 보이지 않은 산속 길을 끝없이 달려가자 엄마가 차 안의 침묵을 깨우신다.

"아범아! 나 여기다 고려장 할라고 데리고 오나?"

"엄마 무슨 소리를 그렇게 하노."

"농담이다. 농담도 못 하나."

"농담도 농담도 농담 나름이지. 그런 말은 함부로 하는 게 아니다."

아들놈이 살갑게 오손도손 얘기하며 주변의 풍경 설명도 하고 갔어야 했는데 엄마는 너무 심심하여 농담을 던진 것인데 난 받아들이지 못했다. 엄마는 주변의 산속을 보고 옛 조상들의 고려장 풍습이 생각이 났었나 보다. 나이 70이 되면 부모님을 지게에 지고 산 속 깊은 곳에 움막을 짓고 얼마간의 먹을 양식과 부모를 두고 산을 내려간 썻지 못할 불효의 풍습이 고려 시대에 있었다고 한다. 이런 것들은 다 우리네 조상님들이 살아온 삶이었다. 그 시절엔 효도라는 개념보다는 그 시대의 좋지 못한 풍습이었을 것이다. 엄마는 아들과의 무료함을 달래기 위해 이야기의 실타래를 풀려고 한 것이었는데 내가 신경질적인 반응을 보였으니 말이다. 지금 돌이켜 보면 엄마에게 미안하고 또 미안하다.

먼 거리를 오는데 차 안이 너무 조용하니 나름 엄마는 심심해서.

내가 엄마에게 먼저 농담도 하고 재미나는 얘기도 했어야 했는데.

가도 가도 끝없는 산속 길을 가면서 재미나는 얘기로 엄마를 심심하지 않게 해 드렸어야 했는데 심심함을 참지 못하시고 그냥 차 안의 공기를 바꿔 볼 엄마의 농담이었는데 내가 슬기롭게 받아들이지 못했습니다. 엄마, 두고두고 죄송함이 가득합니다.

산길 모퉁이를 돌자 경찰 아저씨들이 차를 세운다.

"속도위반입니다. 면허증 좀 봅시다."

주머니에서 면허증을 꺼내 경찰 아저씨에게 건네자 갑자기 엄마가 차에서 내리며 아들 같은 경찰 앞에 무릎을 끌고 한 번만 봐 달라고 빌고 계신다.

"아주머니 일어나세요."

"엄마 일어나라. 이런다고 이 사람들이 봐 줄 것 같나? 엄마 빨리 일어나라."

아들 사랑은 이런 것이다. 몸소 보여 주신 장면이었다. 백 마디 말보다 갑작스런 엄마의 행동이 나를 감동을 먹게 해 주셨다. 엄마의 사랑. 엄마의 아들 사랑은 각별했다. 난 엄마의 사랑을 알면서도 고맙다는 표현은 하지 않았다. 아니, 못 했다.

지나간 일들을 후회하는 건 어리석은 짓이라고들 하지만.

"엄마 미안해.", "엄마! 나도 엄마만큼 엄마를 사랑해."

나의 삶은 평범하지 않았다

엄마 요양원에 갈래?

어느 날 잠든 엄마의 얼굴을 자세히 쳐다보았다. 젊은 날 곱디고운 피부는 어디로 가고 엄마의 얼굴엔 깊이를 알 수 없는 주름들로 가득하다. 백옥 같던 고운 자태는 어디에도 찾을 길 없는 엄마의 얼굴이다. 엄마 언제 이렇게 늙으셨나요. 누가 우리 엄마를 이렇게 만드셨나요. 엄마를 이렇게 만든 세월을 미워합니다.

엄마의 나이 팔십을 넘기고 기력이 쇠약해지자 엄마가 밥해 주는 거랑 그리고 엄마 몸 관리도 문제가 되고 요양원에 가면 모든 게 엄마에게 편하실 거라는 나의 짧은 생각으로 한 "엄마! 집 근처 요양원이 하나 생겼다는데 그냥 구경이라도 한번 가 볼래?"라는 말이 내 입에서 떨어지기도 전에 아주 강하고 화난 어조로 "나 죽으라고 그곳에 갖다 놓을라 카나? 난 죽어도 집에서 죽을란다."라는 거부의사를 강하게 표하셨다. 난 엄마를 위한 배려의 발상이었고 엄마는 그런 배려의 제의를 단칼에 잘라 버리는 것은 죽어도 가지 않겠다는 표현이다. 이렇게 요양원 근처에 가 보지도 못하고 없었던 일로 마무리를 하고 나서도 엄마에게 늘 미안한 마음이었다.

엄마, 내가 모자지간이라는 끈으로 이어져 있는 끈을 내가 가벼이 생각했나 봅니다. 남은 엄마의 여생 저랑 더 친하게 지냅시다.

그리고 돌아가시는 그날까지 효자다운 효자 노릇은 못 하더라도 함께 부대끼며 사람 살아가는 삶 속으로 들어가 그렇게 살아갑시다. 나름의 다짐을 했었다.

엄마의 죽음

나는 엄마의 죽음에 몸속의 모든 장기들이 토해 내듯 오열을 해야만
했다. 너무나 슬프다. 이 세상에서 버팀목이 되었던 울 엄마, 이제 엄
마가 없다는 것이 너무나 슬픈 일이다. 엄마, 그 길을 가지 않으면 안
되나. 엄마 잃은 슬픔이 내 몸속에서 나가질 않는다. 이제 엄마는 내
곁에 없다. 보고파도 볼 수가 없다.

이제 엄마를 놓아주어야 하는데.
멀리 떠나도록 엄마를 놓아드려야 하는데.
너무 사랑하니까 놓아드려야 하는데.
엄마의 사랑을 이제 받지 못해도 놓아드려야 하는데.
엄마를 사랑한다는 사실이 더 중요하기 때문에 엄마를 놓아드려야
한다.

남쪽 갔던 재비도 계절이 바뀌면 다시 돌아오는데.
잎새 떨군 나무들도 봄이 오면 새싹이 나오는데.
개울가 개나리도 봄이 오면 다시 피는데.
왜 엄마는 한 번 가면 돌아오지 않는지.

엄마 저와 왜 영영 이별을 해야 하나요.

병원에서 엄마를 지극정성으로 보살피던 누이로부터 연락이 왔다.

엄마가 운명을 했다고, 엄마가 돌아가셨다고.

그냥 목이 메인다.

눈물이 쏟아진다.

방 안이 갑자기 어둡다.

엄마의 울타리가 타 버리고 재만 남는다.

허허벌판에 나 혼자 버려진 기분이다.

엄마가 사용하던 침대가 말끔히 치워져 있었다.

침대엔 엄마가 없다.

엄마의 온기는 남아 있는데 엄마는 없다.

엄마의 체취는 남아 있지만 엄마는 없다.

정말 엄마가 돌아가셨나 보다. 눈에선 눈물이 흐른다. 아 아, 이제 영원히 볼 수 없다는 것에 슬픔이 앞을 가린다.

마지막 엄마를 보듬었던 침대를 껴안고 오열(嗚咽)을 하고 말았다.

엄마, 나를 두고 엄마 혼자 가시는 그 발걸음이 가볍던가요

엄마, 이 아들을 두고 가던 발걸음이 무겁지는 않던가요?

엄마는 돌아가시기 이틀 전 죽음 앞에서 그렇게 당당할 수가 없었다.

여러 번 죽어 본 경험이 있는 사람처럼 표정도 의연하게 그리고 담담한 표정으로 "이 어린 것들을 두고 내 어찌 갈꼬." 하던 엄마~~~~.

망나니 같던 손자에게도 정신 차리라고 말씀하시던 엄마….

그 모습이 마지막일 줄이야.

나는 엄마의 죽음에 오열을 하고 말았다.

눈두덩이가 짓무르도록 울었다. 울지 않으려고 아무리 이를 악 물어도 솟구치는 눈물, 내 어찌 할 수가 없었다.

너무나 슬프다. 이 세상에서 기댈 만한 엄마가 없다는 것이 너무나 슬픈 일이다. 엄마, 그 길을 가지 않으면 안 되나. 슬픔은 내 몸속에서 나가질 않는다. 이제 엄마는 내 곁에 없다. 보고파도 볼 수가 없다.

엄마의 삶 하늘에 맡기고 나니 그렇게도 편안하던가요.

그렇게 엄마가 간 그곳은 다툼도 없는 천국이던가요.

엄마의 어깨를 짓눌렀던 고통의 삶을 다한 그날까지 이어 온다고 얼마나 힘든 나날이었어요.

이제 모든 것 내려놓으시고 엄마의 삶을 옥죄는 이 없는 천국나라로 가시기 바랍니다.

난 엄마의 모습을 떠올리며 소리 없는 눈물을 쏟아야만 했다. 이 뜨거운 눈물이 나의 몸을 녹이고 있다. 이렇게 온몸이 녹아 눈물이 되어 엄마 곁으로 가고자 했다.

나의 삶은 평범하지 않았다

내 몸에 물기가 다 빠져 나가도록 울고 또 울고 내 두 눈이 짓무르도록 하염없이 울었다.

살아생전 울 엄마는,

"나 죽거든 태우지 말고 땅에다 묻어도고."라고 내 앞에서 노래를 부르셨다.

예. 그리 해 드릴게요. 고향 마을 양지바른 곳에 엄마를 모실게요.

엄마와의 약속은 태풍에 종잇장 날아가듯 나는 지키지 않았다.

엄마, 미안해. 정말 미안해.

엄마! 매장을 하면,

깊은 산속 혼자 누워 있으면 무서울 낀데.

구더기가 엄마의 눈과 코, 귀 그리고 입으로 들락거리며 엄마의 육신 갉아먹을 낀데.

땅벌들이 엄마의 몸에 독침을 놓을 낀데.

장마가 오면 엄마의 몸은 물에 잠길 낀데.

세월이 가면 엄마의 몸은 까맣게 변하면서 썩을 낀데.

이런 고통을 당하는 것보다는.

엄마 참아야 해.

조금만 참으면 돼.

처음은 좀 뜨겁지만 곧 괜찮아질 거야.

좁은 항아리 속은 엄마가 답답하실 것 같아 한지(漢紙)에 모실게요.

엄마의 육신 고향 산천 양지바른 곳에 흩뿌려 드릴게요.

가벼워진 엄마 육신, 가고픈 곳 어디든 가 보세요.

저도 이제 늙은 할아버지가 되었어요.

주변에 사람이 있어도 아무도 없는 것 같아요. 엄마도 그땐 그랬지요. 그런 마음이 들었지요. 이 아들에 대한 섭섭한 마음, 지금에서야 엄마의 그때 그 마음 알 것 같습니다. 외롭습니다. 괴롭습니다. 모든 게 혼자입니다. 사막에 저 혼자만이 사막을 헤매고 있습니다. 언제 죽음이 닥쳐올지 모르는 공포심에 떨고 있습니다. 아무도 저에게 나침판을 주는 이 없습니다. 낮이나 밤이나 그냥 두렵습니다. 공포 그 자체입니다.

하늘나라로 가신 울 엄마, 그 길이 이리도 멀다 하여 아직도 못 오시나요.

배고픔 참지 못하고 젖 달라고 매달렸던 울 엄마, 보고파요.

한 번 가면 올 수 없나요?

자식 입에 음식 들어가는 걸 보시고 미소 지으시던 울 엄마.

그토록 먼 길 혼자 가셨나요?

그곳엔 눈도 오나요?

꽃도 피나요?

아부지는 만났나요?

엄마의 육신 화로에 맡기고 내 몸 용서할 수 없어.

　두 손 모아 빌며 빌며 눈물 쏟아내도 용서할 수 없었답니다.

두고 가신 엄마의 육신, 가슴에 안고 고향 산천 뿌릴 제,

내 눈물 엄마와 함께 풀잎 속으로 들어가니

이내 억장 무너지고 산천이 떠나가도록 목 놓아 울었답니다.

못난 아들 늘 잘되라고 기도드리시던 울 엄마.

　이제 영영 올 수 없는 그 길을 가셨군요.

　임종을 앞두고 "저 어린 것들을 두고 내 어이 가야 할꼬." 하시던 울 엄마, 이제 편히 쉬십시오.

3

한 많은 삶을 살다 가신
우리 할머니

　엄마의 배 속을 박차고 나와 보니 우리 집은 흙집에, 흙수저에 아빠라는 사람은 보이지 않고 엄마가 4식구 식솔들을 먹여 살리고 있는 가난한 집안이었다. 매끼 먹는 죽 그릇 속에 쌀알은 헤엄을 치고 있다. 그야말로 초근목피로 매끼를 때우고 있는 집안의 아들로 태어났다.

　엄마는 삶의 한을 할머니에게 풀고 계셨다. 그래도 시어머니인데 막무가내로 욕을 쏟아내고 있다.

　어린 나이인 내가 할머니와 엄마 중간에 개입을 해야만 했다.

　"할매 너무 머라 카지 마라."

　할머니가 너무 불쌍하다.

　할머니는 끼니도 우리와 함께하지 못한다.

　마실 갔다 때가 되면 집이라고 들어오신 할머니.

　엄마 눈에 들어온 할머니는 엄마 입에서 나오는 욕을 오롯이 받아야한다.

　단지 이유라면 왜 동네방네 돌아다니면서 엄마의 흉을 보냐고?

온 동네 다니면서 엄마의 흉을 본 할머니 때문에 엄마는 '멍석말이'를 당했다는 것이다.

그 이유로 할머니는 엄마로부터 온갖 욕을 바가지로 먹는다.

엄마의 무자비한 욕의 공격에 할머니는 아무런 대꾸 한마디 없이 다 안으신다.

밥이 있으면 나이 드신 어른이 먼저 드시게 하는 것이 효(孝)라고 공자님은 말씀하셨는데 엄마에게는 이런 孝라는 공자님의 말씀 따윈 머릿속엔 없나 보다.

불쌍한 우리 할머니는 엄마로부터 제대로 된 시어머니의 대접 한 번 받아 보지도 못하고 할머니는 돌아가시는 그날까지 엄마에 대한 원망 한마디 없으셨다.

"엄마 할매한테 너무 머라 카지 마라. 할매가 불쌍하지도 않나? 엄마, 그 죄 다 어떻게 받을 낀데."

엄마의 구박을 못 견디시고 엄마의 눈을 피해 실과 바늘을 팔러 간다고 단봇짐을 챙기고 집을 나가는 불쌍한 우리 할머니.

입으로는 아무 말씀도 안 하시고 손자의 손을 잡은 할머니는 눈에서 하염없는 눈물만 쏟아 내신다.

한참을 그렇게 손자의 손을 잡고 있던 할머니는 힘없이 저의 손을 놓으시면서 말없이 집을 나서신다.

난 골목길을 돌아서 가시는 할머니 뒷모습을 보고 한없이 복받쳐 오는 슬픈 감정의 눈물을 쏟아야만 했다.

"할매 가지 마라. 할매 안 가면 안 되나."

비가 오나 눈이 오나 더위도 추위도 온몸으로 안으시고 이 동네 저 동네, 이 집 저 집 구걸하시러 가시는 우리 할머니. 할머니 빈자리에 천지가 슬프다고 울고 나도 울고 매미도 울고 덩달아 개구리도 질세라 울어대는 밤입니다.

"할매 이제 가면 언제 올 낀데. 할매 안 가면 안 되나?"

"할매 잘 갔다 와. 아프면 안 돼."

"할매 내가 어른 될 때까지 살아야 한데이."

할머니는 지금 내 곁에 안 계신다.

60년 전에 먼 길 떠나 가셨다.

먼저 떠나보낸 자식들(아버지, 작은고모) 곁으로 가셨다.

그토록 목메어 찾으시던 사할린 삼촌도 보지 못한 채.

할머니, 이제 사할린 삼촌도 큰고모도 다 할머니 곁으로 가셨어요.

할매, 지금 어디 있나요?

할매, 그곳에선 뭐라 카는 사람 없지요?

나의 삶은 평범하지 않았다

할매, 그곳에선 배부르게 밥은 먹나요?

할매, 그곳에선 기침은 멈추었나요?

이제 가면 언제 오나?

산이 높아 못 오나?

물이 깊어 못 오나?

우리 아들 도기야!

도기야 도기야!

늘 사할린에 계신 작은아들 생각에 노래 부르시던 할머니.

이제 그 삼촌도 할머니 곁으로 갔어요.

할매가 그토록 찾으셨던 삼촌은 만나셨나요?

할매, 정말 미안해.

내가 너무 어려서 할매의 방패가 못 되어서요.

할매의 배고픔을 어떻게 해 드리지 못해서요.

할매의 기침을 멈추게 약도 못 해 드려서요.

이제 그곳에서 아무 걱정 없이 계시지요.

아무도 욕하지 않는 그곳.

고통도 없는 그곳.

할머니 영원히 잘 계십시오.

할머니 정말 미안해요.

두고 온 어린 손자의 울음소리는 하늘나라에서도 들린다는데 할머니 저 울음소리 들리나요. 보고파요. 할머니.
쥐면 깨질세라 불면 날아갈 세라 금쪽같은 사랑으로 손자를 보듬어 주신 우리 할머니. 영원히 영원히 잘 계십시오.

나의 삶은 평범하지 않았다

4

첫사랑

내가 이 글을 쓴다고 하여 없는 그녀가 내 곁에 오는 것도 아닌데. 내 사랑이 돌아오는 것도 아닌데. 그러나 이 모든 것을 잃어버렸음에도 글로 남김으로써 여전히 살아 있는 나 자신과 그녀가 만날 수 있는 공간을 만들어 볼까 한다.

그때 그 시절로 되돌아가 젊은 시절을 Reset해 보고 싶다는 심정으로 글을 쓸까 한다.

그때의 상황들을 한 문장, 한 문장 써 나갈 것이다.

그때의 동선들을 반추하며 글로 옮길 것이다.

그때의 각본 없는 연출을 고해성사(告解聖事)하듯 토해 낼 것이다.

제목을 첫사랑이라고 해 놓고 이런 글을 써도 될까 하는 생각 때문에 고민을 많이도 했다. '이 글을 쓰게 되면 이 글과 관련이 있는 그녀에게 누가 되지는 않을까?' 하는 생각도 든다. 또 '너무 리얼하게 써도 될까?' 하는 많은 감정이 교차 한다. 지나치게 감정적이지 않게 써야 할 것 같다. 인칭에도 신중을 기했다. 실명도 아니고 이니셜도 아니고 그냥 그녀라고 했지만 그래도 우선 사과를 하고 그녀에게 이해를 구한다.

나는 이 모든 것들의 장애물을 뛰어넘고 편안한 마음으로 자서전이라는 책에 지난날의 추억을 적어 남김으로써 독자가 읽어도 그냥 재미 속으로 빠져들게 할 수만 있다면 하는 심정으로 글을 쓸까 한다.

초등학교 6학년 때부터 그녀가 내 눈이 들어오기 시작했다. 키도 크고 여성스러움이 묻어나는 여학생이었다. 학교에서나 동네에서나 그녀가 내 눈에 들어오면 내 어린 가슴에 그녀가 이성으로 느껴지고 정신이 혼미해졌었다.

이런 나의 마음을 아는지 모르는지 그녀는 내 앞에서만 그런지, 아님 성격이 그런지 몰라도 여자의 자태에 조금의 흐트러짐도 없었다. 나를 전혀 의식하지 않는 것 같다.

그 어린 시절 어린 마음에 그녀에게 한마디 말조차 걸어 보지 못했다. 어쩌다 마주칠 때면 두근거리는 가슴 안고 그냥 집으로 올 수밖에 없었다.

몸은 집에 와 있지만 마음은 뛰쳐나가려고 한다. 그녀에 대한 그리움에 지쳐 온밤 뜬눈으로 지새웠다.

"용감한 남자는 미인을 얻는다(勇氣的男人得到的美女)."라는 중국 속담도 있는데, 여자 앞에 서면 용기가 어디 갔는지 없다.

이제 막 사춘기라는 시기에 접어든 나이지만 이성에 대한 끌림은 억제 불능일 정도지만 해결 방법에는 문외한이었다.

초등학교 졸업이라는 하나의 매듭이 지어지자 각자의 삶을 위해 그녀는 나보다 먼저 대구로 삶의 터전을 옮겨 갔다. 그녀가 없는 이 고향 마을은 텅 빈 것 같다.

그녀는 중학교 진학을 포기하고 어린 나이지만 집안의 살림을 보태기 위해 그 시절 공장으로 가는 게 유행처럼 번지고 있는 그 길을 갔었다.

이제는 내 눈에 그녀는 보이지 않는다. 그녀를 향하는 그리움에 그녀의 집 앞을 왔다 갔다 해 보았지만 그녀의 그림자도 보이지 않는다. 벙어리 냉가슴만 앓는다. 내 가슴속은 그녀를 보고픈 마음뿐이다. 이러다 상사병에 걸릴 수도 있겠다는 생각이 든다.

중학교 수업 시간에 책 속의 글이 그녀의 얼굴로 보인다. 내 눈이 정신병을 일으킨다.

마을길을 걸어도 다리에 힘이 나지 않는다. 나뭇가지에 앉아 울어대는 꾀꼬리 울음소리도 소음이다.

이러던 어느 날 그녀 집 앞에서 그녀의 조카를 만났다. 몸과 마음이 멀고도 먼 거리에 있다지만 '어떻게 하면 나의 마음을 전할까?' 하는 마음과 '나의 마음을 글로 전할 수 있지 않을까?' 하는 생각에서 편지 한 장을 늘 주머니에 넣고 다녔었다. "이거 고모에게 전해 줄 수 없을까?" 주머니 속 편지를 꺼내 조카에게 주었다. 조카분이 나의 마음을 적은 편지를 받고는 "전해 줄게요." 했다. 이 대답은 내가 지금까지 살아오면서 가장 아름다운 말이었다. 나의 마음에 희망적인 가능성이 보인다. 이제 그녀와의 Communication이 이루어진다는 희망이 보이자 세상의 모든 게 아름답게 보인다.

그리고 몇 주 후 그녀의 마음을 담은 편지가 답장이 되어 우체부의 손에서 나의 손으로 전해졌다. 편지 봉투에 그녀의 이름을 보는 순간 나의 심장이 멈출 것 같은 기쁨이 온몸을 감싼다. 내용을 확인한다는 생각보다는 나와의 관계에 긍정의 사인으로 그녀가 보낸 귀중한 한 통의 편지에 감동을 먹고 그냥 이 순간을 느끼자. 오래도록 그녀의 냄새가 묻어 있는 편지 봉투에 입맞춤했다. 들뜬 마음의 진정을 찾으려고 나의 가슴에 품고 오랜 시간 그녀를 느꼈다. 얼마의 시간이 지난 후 제정신이 돌아와 봉투 안의 내용에 대해 눈길을 가져가야겠다는 생각이 미친다.

그 속에 내제된 그녀의 내면세계의 일단을 본다는 것은 가슴 설레는 것이다.

혹 나의 뜻과는 상반되는 내용이라면 하는 우려의 마음도 한구석엔 있었다.

내용은 내가 보낸 문장에서 조금도 벗어나지 않은 순수함이 묻어난 내용이다.

그래. 처음부터 진도 나간다는 것은 아니다. 시간이 필요하다. 역시 남자와 여자로서 오고 가는 연정의 내용은 없었다.

그녀가 현재 처해 있는 환경 그리고 나에 대한 안부 등등….

나의 용기와 자신감이 운명을 만들어 준다는 사실을 그때 처음으로 알게 되었다.

아~~ 이렇게 천생연분은 결코 먼 곳이 있지 않았다. 뜻이 있고 용기가 있으면 내 주변 가까이 가지고 올 수 있었다. 나의 용기 하나면 솔로 부대를 전역할 수 있을 것 같다.

우리 두 사람은 편지를 주고받으면서도, 명절이면 한마을에 있었지만 둘만의 데이트는 없었다. 아직까지는 남녀 사이가 아닌 친구의 개념으로 편지를 주고받는 사이였다. 나 자신에 대한 정체성을 놓지 못하고 비교 하위만 머릿속에 넣고 있었으니 더 이상의 용기가 나질 않았다.

나는 나 자신의 정체성에 대해 넉넉하지 못한 집안의 태성 때문에 극심한 내면적 갈등을 겪고 있었다. 매사에 적극성을 띠지 못하고 늘 소극적이며 남들과의 비교 하위에 있다는 생각이 늘 머릿속에 잠재돼 있어 나와 그녀와의 극복할 수 없는 Gap을 메울 수 없는 불가능이란 현실에 둘의 결합이란 불가능이란 전제가 늘 따라다녔다. 또한 나는 나에 대한 나를 너무나 잘 알고 있다. 그녀에게 늘 적극성을 가지고 교제를 했어야 했는데 나의 정체성 때문에 그러지를 못했다. 그리고 난 자신에게 늘 자괴감에 빠져 있었다.

첫 데이트

매번 이렇게 젊음의 시간을 허비한다면 영원히 이루어질 것 같지 않다. 뭔가 결단을 내려야 할 시점이다.

밤마다 처녀, 총각들이 한방에 모여 그냥 얼굴 보고 아무얘기나 해도 가슴 설레고 하던 그 시절.

같은 초등학교를 함께 졸업한 친구들은 명절이라고 고향에 모이면 함께 어울림을 가지는 것이 커다란 열락(悅樂)이었다. 놀이 문화가 없던 그 시절 피 끓는 남녀의 유일한 놀이 문화였다.

오늘 저녁, 내가 있는 용기, 없는 용기 다 짜내서 그녀와의 데이트를 가져 봐야겠다고 단단히 마음먹고 모임 장소에 갔다. 그녀와 난 평소와 같이 눈인사만 하고 친구들과 어울림에 열중하면서 기회만 보고 있는 나에게 찬스가 왔다. 그녀가 화장실을 가기 위해 밖으로 나가는 기회를 놓치지 않고 나도 아주 자연스럽게 화장실 가는 척 밖으로 나왔다.

한겨울의 밤바람이 웅웅 소리를 내면 옷깃 안으로 파고든다.

그녀도 이런 기회를 바라고 있었는지 우린 아주 자연스럽게 어둠 속으로 들어갔다. 우린 이렇게 둘만의 시간을 처음으로 만들었다. 처음 둘만의 데이트라 그런지 몹시도 어색하다. 우리 두 사람은 말이 없다. 그저 어두운 마을 앞 들판길을 손도 잡지 않고 그냥 걸어갈 뿐이다. 이럴 땐 이렇게 하라고 인생 선배들이 좀 가르쳐 주었더라면 오늘 같은 날 이 시간에 유용하게 써먹을 낀데….

나의 삶은 평범하지 않았다

남자의 용기가 곧 연애의 성공 비결이라고 하는데 그런데 난 그 용기가 없다. 내 몸 어느 구석에도 없다.

좋은 말로는 순하고 착한 남자라고 하지만 이럴 땐 바보다. 그냥 바보다.

나는 오늘 그저 가볍게 그녀를 알아가는 정도의 아주 가벼운 스킨십? 가벼운 마음으로 그녀와의 데이트를 갖기를 원했다. 그녀와의 첫 대면 데이트인데 나는 아직도 이성과의 교제라는 것을 해 본 적이 없고 순진한 마음과 숙맥 같은 성격으로 그녀와의 데이트에 무슨 말을 해야 하고 행동은 어떻게 해야 하는지를 몰랐다. 20대 초반의 나인데도 그때를 유추해 보면 그냥 바보였다. 내 머릿속엔 늘, 항상, 바보, 바보, 바보….

그녀와의 결혼이라는 것은 어느 정도 Level이 맞아야 하는데….

어느 것 하나 내세울 것이 없다.

비교 하위라는 생각들이 내 몸 가득 채우고 있다. 지금 이 시간, 나는 이럴 때 어떻게 해야 할지, 무슨 말로 분위기를 잡아 가야 할지를 모르겠다. 연애는 이렇게 하는 거야라고 나에게 동기 부여를 해 주어야 하는데…. 그냥 분위기 따라 흘러가는 대로 시간을 보내자. 들뜬 마음을 억제하고 자연스럽게 분위기에 충실하자. 손도 잡지 못했지만 오늘 밤은 그녀와의 첫 데이트로 인생의 좋은 추억만 남기자.

차가운 겨울바람 속 드넓은 들판을 걸으며 그녀는 대구의 생활, 나는 서울 생활에 대한 것만이 이야기 주제다. 이것 말고 남녀의 본능에 충실한 얘기들로 채워야 하는데, 내가 리드를 해야 하는데. 오로지 삶에 대한 얘기만이 두 사람의 입에서 나올 뿐 사랑의 감정은 가슴 저 밑바닥에서 올라오지 않고 있다. 그런데 그녀는 가던 길을 멈추고 언덕에 등을 기대고 나를 향한다. 나도 그녀를 안듯이 그녀 앞에 섰다.

난 키스 경험은 엄마 젖가슴에 입맞춤해 본 것 말고는 전혀 없었다.

모든 걸 본능에 맡기자.

그리고 이성의 끌림에 맡기자.

마음에 다짐에 다짐을….

말보다는 행동이 자연스럽게 이루어지는가 하는 순간.

"오늘 너 마음대로 해라."

그녀의 조용하면서도 또렷한 말이 고요한 밤의 공기를 가른다. 그녀의 입에서 나온 떨림의 음이 내 귀를 때린다. 내가 잘못 들었나. 갑작스런 그녀의 말이 내 가슴에 훅 들어오니 모든 나의 행동이 마비가 왔다. 아니 Panic 상태가 되었다. 사랑의 세포들이 일제히 일어나 막 일을 하려고 하는 순간 그 한마디는 나의 Libido을 잃게 하고 나로 하여금 주저앉게 만들었다. 갑자기 운우지정(雲雨之情)까지도 허용하겠다는 그녀의 한마디에 나는 아무 말도 하지 못했고 여성스런 모습을 기대했던 나의 마음을 일순간 얼게 만들어 버렸다. 몹시도 당황스럽다. 나의 근육이 있는 대로 굳어진다. 난 본능에 이끌려 가던 나의 몸과 마음이 더 이상 나아가지 못하고 더 이상의 진전이 없었다. 이렇게 둘의 행동이 정지가 되고 어색한 분위기는 차디찬 공기를 더 냉각시켰다.

그리고 우린 그 이후 더 이상의 편지도 만남도 없었다.

그녀가 그런 말을 하지 않고 내가 리드하는 대로 본능의 끌림에 순응했더라면 그날 밤 우리는 운우지정으로 만리장성을 쌓지 않았을까?

두 사람의 젊음에서 나오는 Libido의 열기로 엄동설한의 차가운 공기도 녹여 내지 않았을까?

추위에 웅크리고 자던 새들도 화들짝 놀라 밤하늘을 깨우지 않았을까?

우리 둘은 친구의 관계에서 애인이라는 관계 설정으로 정리되지 않았을까?

어떤 환경 때문에 어떤 분위기 때문이라는 것도 변명에 불가하다.

그녀와 나 사랑의 결실이 이루어지지 않은 것은 케미 사랑이란 것이 우리 둘 사이에 존재하지 않았던 게 아닌가.

이렇게 첫사랑이란 나의 아름다운 단어가 슬픈 결실로 막을 내렸다.

어디서 무얼 하는지

너는 지금 어디서 무엇을 하고 있는지? 너도 지금 살아 있다면 할머니가 되어 있겠지. 만날 수만 있다면 내가 너에게 그냥 미안하다고 사과하고 싶다.

그때의 상황을 논하기 전에 무조건 미안하다고 사과하고 싶다.

너도 어디에선가 행복하게 잘 살고 있겠지?

이제 너나 나나 다 삶의 끝자락을 잡고 있는 인생이다.

만날 수만 있다면 손 한 번 잡아 보고 싶다.

그냥 말없이 그저 손 한 번 잡아 보고 싶다.

그냥 손잡고 조용히 너의 체온을 느끼고 싶다.

살아오면서 힘든 삶은 없었는지 우린 이제 젊음으로 돌아가 지구를 흔들어 세상을 놀래 킬 힘은 없지만 이제는 정적인 마음밖에 없다. 학창 시절 많은 여자아이들 가운데 유독 네가 내 마음속으로 들어온 것은 몽상의 사랑이 아닌가 한다.

지워지지 않는 너의 그림자는 내 머릿속엔 아직도 있다. 내 마음속에도 있다. 어디서 살고 있는지? 어떻게 변했을까? 때로는 세월의 흐름을 거슬리고 철부지 젊은 시절로 되돌아가 리비도 넘치는 남녀가 되는 상상의 나래를 펼쳐 보기도 했다.

그녀는 늘 편지로 남동생 돌보듯 이런저런 나의 삶의 길잡이 역할을 많이도 해 주었다. 젊음의 피가 끓고 Libido가 넘치는 그때였건만 우리 둘은 남녀 간에 오고 가야 할 사랑이라는 말은 순수함 때문인지 쑥스러움 때문인지 한 번도 해 보지 못했다.

그녀와 난 그날 이후로 소식이 두절되자 밤마다 괴로운 몸을 이리저리 뒤척이며 온밤 많은 생각을 하다 어느덧 여명이 밝아올 무렵 겨우 마음을 정리하고 잠이 들 수 있었다.

그녀를 향한 그리움에 목젖이 아프다. 그리고 그녀를 향한 나의 눈엔 이슬이 맺힌다. 이 나이에도 아직도 메마르지 않은 감정이 남아 있나 보다. 가슴이 허전하다.

하늘의 먹구름들이 내 가슴 가득 메우고 있는 듯하다.

그녀를 향한 야릇한 감정, 자나 깨나 앉으나 서나 그녀의 생각에 잠긴다. 나의 몸과 마음은 유행가 노래 가사처럼 가슴이 젖어 온다. 사랑은 사람을 바보로 만드는지 나의 그 뻔뻔한 배짱도 다 어디로 가고 그녀에게 정식으로 데이트 신청 한 번 못 해 보고 그렇게도 내가 갈망했던 아름다운 사랑의 결실을 만들지도 못했다.

인간을 창조하신 조물주는 사람을 만들어 세상에 보낼 때부터 정해진 운명이라는 것을 우리 둘의 손에도 쥐어 주었나 보다.

조물주는 두 사람에게는 짝을 만들면 안 된다고 했나 보다.

그래서 우리 둘은 운명적으로 연을 이어 가지 못하고 거기서 끝을 맺었나 보다.

나는 네가 그리웁고 보고파서 별짓을 다 해 봤다.

그러나 그 어느 것 하나 나의 목마름에 답해 주지 않았다.

또한 채워 주지도 않았다.

하늘도 무심하시지.

내 주변엔 어둠이 깔린다.

그대에게 나의 마음을 준다 하면

나의 진실을

나의 사랑을

나의 배려를
그대의 한은 풀릴 것인가

차갑고 어둡고 말없는 그대 얼굴
내 울며 떨며 그대를 불러 본다
이 밤이 지새도록

이제는 그대의 눈
그대의 입
그대의 손도
내 기억 속엔 사라졌다.

좋아하는 여자 앞에 서면
아무 말도 못 하고
아무 행동도 못 하고

너 앞에만 서면 입이 얼음이 되었다
너 앞에만 서면 몸이 얼음이 되었다
너와 나의 열기로 나의 입을 녹일 수 있었을 낀데
너와 나의 리비도로 너의 몸을 녹일 수 있었을 낀데
우린 이렇게 나의 입도

나의 삶은 평범하지 않았다

우린 이렇게 서로의 몸도

녹이지 못하고 말았구나

두 사람 사이에 특별히 장애물이란 게 존재한 것도 아니었는데 나의 미숙함이 이런 결과물을 가져온 게 아닌가?

사람은 잘하던 일도 멍석을 깔아 주면 중단하고 만다더니 절절함, 간절함 그리고 소망이 깃든 나의 마음을 너에게 왜 전하지 못했을까? 그녀가 내 앞에 아름다운 멍석을 깔고 나를 갈망했는데도 난 너에게 아무런 이성의 본능을 보여 주지도 행동도 못 하고 그냥 멍청한 바보의 남자가 되었구나.

내 모든 것을 송두리째 너에게 준다 한들 나의 살을, 피를, 나의 내음을 그대에게 준다 한들 그 한은 풀릴 것인가? 차갑고 어둡고 말 없는 그대 얼굴, 내 울며불며 그대를 불러 본다. 이 밤이 지새도록 이제는 그대의 눈, 그대의 입, 그대의 손도 내 기억 속에서 나가고 없다.

내 눈에 넣어 두었던 그녀의 모습도 내 귀에 담아 두었던 그녀의 목소리도 내 코에 너의 체취도 이제는 나의 머릿속엔 지워졌나 보다. 이 세상 어디에게도 너를 찾을 길이 없구나.

5

컴퓨터가 이상해요

"집에 있는 컴퓨터가 고장 난 것 같은데 좀 봐 줄 수 있나요?"

산행 중 여성 회원분이 나에게 간절함이 묻어나는 부탁을 한다.

"예!"

집에는 아무도 없었다. 그녀는 벽에 걸린 사진을 소개했다.

"남편은 오래전에 저세상 사람이 되었으며 미혼인 두 자녀를 두고 있어요."

"아~~ 예."

아주 세세하게 나에게 사진 속 가족 소개를 해 준다.

집 안 분위기는 혼자 살고 있는 여인의 신비로운 비밀이라도 품고 있는 양 묘한 매력을 풍기고 있다.

남자를 움직이게 하는 끌림의 냄새가 난다.

순간 내 가슴속 무언가 알 수 없는 감정이 온몸 가득 차오른다.

여자 혼자 살고 있다는 공간에 두 사람만 있다. 당장 뭔가가 일어날 것만 같다.

아무 일도 일어나지 않는다면 오히려 이상하다고 말할 수 있다.

묘한 감정이 저 가슴속 밑바닥에서 올라온다.

그동안 지옥 바닥에서 자고 있던 Libido가 기지개를 켜고 있다.

컴퓨터 앞까지 나를 인도하고 그 여인은 안방으로 들어간다.

컴퓨터의 고장이라는 게 아주 간단한 것이었다. 누구나 컴퓨터에 대해 약간의 지식만 있으면 고칠 수 있는 문제였다. 그 여인의 산악회 카페로 들어가 이것저것 보고 있는데 안방에서 나오는 그 여인이 입은 옷은 섹시한 잠옷이다. 화장도 다시 했나 보다. 조금 전 그 여자가 아니다. 첫날밤을 맞이한 새색시의 모습이다.

"오빠 뭐가 고장이었는데?"

그 연인의 몸은 내 몸과 틈이 없어진다. 목소리도 끈적거리는 톤이다.

아~ 아, 나도 남자인가. 피가 끓고 있는 남자인가 보다.

젖은 여인을 보면 그 무엇이 일어나야지. 그렇지 않다면 사내라 할 수 없는 것 아닌가?

피가 요동치기 시작한다.

뜨거운 피가 한곳으로 모인다.

뜨거운 피의 열기가 온몸을 데우고 있다.

libido가 내 몸 가득 차오른다.

더 이상 아무런 행동을 하지 않는 것은 조물주 신에게 죄를 짓는 것이다.

이미 나의 소중이가 오늘 목욕시켜 주지 않으면 자폭하겠다고 머리에 붉은 띠를 두르고 있다.

서서히 나의 향기로운 본성은 바람결에 춤을 추고 있다.

이제는 본능에 따라 내 몸을 맡겨야 한다.

이성의 세계에서 본능의 세계로 넘어가는 길이 비행기 활주로 같다.

나의 손은 자연스럽게 여인의 허리를 감았다.

서로가 서로의 입술을 찾아 진한 kiss를 하며 거실 가득 사랑의 열기로 채웠다.

그날 밤 우리 두 사람은 雲雨之情이라는 고귀한 성을 쌓고 오빠라는 호칭에서 자기라는 호칭을 사용하는 사이로 발전을 하게 되었다.

컴퓨터가 고장 난 게 아니었다. 그 여인은 몸과 마음이 고장이 난 것이었다.

내가 무슨 놈의 재주가 이리도 많은지 동시에 두 가지 고장을 깔끔하게 수리를 하다니 참으로 대단한 놈이다. 나에게도 이런 능력이 있다니 자신에게 "너 잘했어." 마음껏 칭찬을 해 주었다.

그 여인과 만나는 이 시간은 나에게는 삶에 대한 기쁨을 안겨 주고 인간의 본능을 일으켜 세워 주는 시간들이었다.

개와 여자는 만져 주는 걸 좋아한다는 말을 들은 적이 있다.

그래서 그녀를 만나면 내 손은 나쁜 손이 된다.

그 여인을 운전석 옆자리에 태우고 갈 때면 나의 오른손이 그 여인

　　　　　　　　　　나의 삶은 평범하지 않았다

의 무릎 위로 올라가는 것이 자연스러운 동작이 되었다. 내 손이 그 여인의 무릎 위에 닿으면 그 여인은 자신의 치마를 살짝 들어준다. 난 그 여인의 살결을 느끼고 그 여인도 나의 손길을 느끼는지 갑자기 말이 없어진다.

숨소리가 거칠어진다.

차 안 공기가 데워진다.

차는 길가에 세워진다.

남녀의 진한 사랑은 타인의 눈길을 의식하지 않는 게 가슴 뜨거운 사랑이 아닌가.

우리 두 사람에게도 내비게이션이 있다면 연인의 관계로 살면서 실수를 줄일 수 있었을 것이었는데. 둘의 사이가 종착점에 이르렀을 때 지난날의 뒤돌아보며 후회하는 일들이 별로 없었을 낀데. 이렇게 우리 둘 사이와 연인의 관계를 아름답게 훌륭하게 마무리를 할 수 있었을 것인데.

때로는 너를 만나면서 나의 넘치는 에너지와 새로움을 추구하는 정신세계에 불을 댕길 때 너는 얼마나 힘이 들었을까?

둘의 가정을 하나로 꾸리자는 제의에 난 혼자만의 삶에 자유를 놓기 싫었다.

내 몸 하나 관리가 힘에 부치는데 또 다른 몸이 내 안으로 들어오게 할 여유 공간이 없었다.

무슨 말로 용서를 구할까. 그저 미안하다는 말, 죄송하다는 말, 이 세상에서 통용되는 어떤 말로도 용서를 구할 수 없을 것 같다.

너와 나 이제 사랑의 연줄 끊어져 내 입은 다물고 있지만 생각은 구름처럼 떠다닌다.

네가 살아가는 삶의 행보가 나와 다르다고 너에 대한 내 마음의 방향을 바꿀 수 없다.

이제 지난날의 오빠, 동생으로 돌아가 사랑이라는 단어가 우리 둘 사이엔 이제 존재할 수가 없어졌다. 난 자유로운 몸이다. 지금도 앞으로도 그냥 자유로운 몸이어야 한다. 누구와의 끈으로 이어져 있으면 숨이 막힐 것 같다. 살아 있는 나의 몸에게는 자유로움을 부여하여야만 하기 때문에 너와 함께할 수가 없다. 그래. 내가 너를 책임질 수가 없으니 나와 헤어짐은 자연스런 현상이다. 그래. 너를 책임져 줄 사람이 있다면 너를 보내 주는 게 당연하다. 사랑하기 때문에 보내 준다고 했지 않은가? 그녀는 아주 멀리 손을 뻗어도 닿지 않은 곳으로 재가(再嫁)라는 이름으로 내 곁을 떠나갔다.

먼 곳으로 시집을 갔어도 가슴에 넣고 싶으면 전화기를 돌린다. 이제 호칭은 자기가 아니다. 오빠, 동생이다. 잘 있단다. 지금의 남편이 잘해 준단다. 그래. 행복하면 고맙지. 내가 너무 너무 고맙지. 너에게 내가 책임을 회피했는데 너를 안아 준 분이 고마울 따름이다.

나의 삶은 평범하지 않았다

이제 지난날 두 사람의 아름다운 추억으로 남겨 두자.

그러나 영원히 영원히 지우지는 말자.

비록 몸은 떨어진 끈이지만

마음은 이어진 끈으로 남겨 두자.

6

이상형의 여인

처음으로 저를 원망해 봅니다. 당신이 나를 사랑할 수 있는 모습으로 태어나지 못했음을. 그러나 당신이 저의 마음을 받아 준다면 저는 죽지 않고도 다시 태어날 수 있습니다.

제 마음이 하나밖에 없기 때문에 세상에 하나뿐인 당신께 드리려 합니다.

여자란 책 겉표지와 같아서 남자의 마음을 일단 사로잡을 수 있어야 한다.

그 여인이 내 눈 속으로 밀물처럼 들어왔다. 그 여인만 생각하고 자꾸만 이끌리는 감정을 주체할 수가 없다. 사랑에 빠졌나 보다. 난 이미 그 여인에게 빠져 객관적인 사고로 그 여인을 바라볼 수가 없어져 버렸다. 콩깍지가 끼었다. 그 여인에 대한 모든 감정은 주관적이다. 그 여인의 어느 면을 보더라도 다 예쁘다. 내 그토록 갈망하고 갈구했던 나의 이상형이다.

나의 삶은 평범하지 않았다

'너무 예쁘니까 날 싫어하겠지.', '저렇게 예쁜 여인이니까 당연히 애인이 있겠지.'란 근거 없는 추측으로 미리 포기는 하지 말자. 불도저 같은 무식한 용기로 밀어붙여 보자.

인연이란 멀지 않은 곳에 존재했었고 우연이란 이름으로 내 곁에 다가왔었다.

첫눈에 반한 사랑은 외모에 기인하는 바가 크다. 외모만으로 깊은 사랑에 빠지게 되면 그 여인의 예쁜 외모와 마음도 아름다울 거라 착각을 하게 된다. 그러나 그런 것 따윈 따질 지금이 아니다. 일단 내 눈에 꽂힌 그 얼굴에 난 내 모든 것을 잊어버렸다. 그 여인의 다른 모습이 나를 괴롭게 하더라도 지금은 저울질할 때가 아니다. 무조건 내 옆자리에 앉히고 싶은 일념뿐이다.

여자의 부정은 어디까지나 희망이 있는 부정이다. 여자의 진심과 내숭을 구별할 줄 알아야 연애 박사다.

사랑하는 사이라면 점진적인 스킨십으로 사이가 돈독해지고 스킨십의 최종 목적지는 Sex가 아니겠는가? 이런 것은 연인 사이에 커다란 의미를 부여한다. 남녀관계에 있어 이 섹스가 없다면 연의 끈을 이어갈 수가 없다.

연애는 낭만이지만 결혼은 현실이다.

남녀 사이에 싸움으로 거리감이 있을 때 남자가 그녀를 찾아가 "미안했었어."라고 하면 말로는 "왜 왔어.", 마음으론 "왜 이제 왔어."라고 하는 게 여자의 마음이라는데….

여자들이 남자의 키에 대해 정의를 내린 것을 보자. 180 이상이면 완벽남이고 170 미만이며 연애 기피 대상으로 분류해 놓고 있다고 한다. 그런데 난 기피 대상으로 분류된다. 난 절대로 그런 수치에 연연하지 않는다. 키가 아닌 다른 부분으로 여자들에게 어필할 것들이 차고도 넘친다.

넘치는 힘.

남아도는 시간.

마르지 않는 지갑.

헬스로 다져진 근육.

이런 나의 무기로 그 여인을 공략하자.

이 여인에게는 이것 때문에, 저것 때문에 따질 만한 것이 없다. 이 여인에게는 거름망이 필요치 않다. 예쁘니까.

남녀의 사랑은 서로에게 없는 것을 채워 줄 수 있기 때문에 하는 것이다.

어떤 취미를 갖고 있을까?

좋아하는 음식은 어떤 종류일까?

최대한 그 여인이 좋아하는 데로 가자. 그리고 맞춰 주자. 무슨 수단을 동원해서라도 내 옆구리에 차야 한다.

남들이 말하는 바람둥이는 아니다. 나는 건전한 윤리관을 가지고 많은 여인들에게 접근을 했다. 여성을 쾌락의 대상으로 바라보지 않고 '이 여인들에게 삶의 즐거움을 어떻게 어떠한 방법으로 드릴까.' 하는 순수한 마음으로 접근을 했다. 그리고 여자로 태어났음에 행복을 만끽할 수 있도록 해 주어야만 하는 아름다운 마음을 가진 내가 아니던가?

난 누구보다도 여자의 외모에 대해 아주 민감하다. 예쁜 여인을 보면 수단, 방법을 가리지 않고 접근을 했었다. 그리고 많은 여인들이 나의 건강한 육체에 녹아들었다.

나에 대해 좀 더 자세히 설명을 하면 크지 않은 키에 얼굴도 별로지만 헬스클럽에서 40년 동안 가꾼 몸매 하나로 많은 여인들에게 어필했다.

난 많은 여인들을 섭렵(涉獵)한 바람둥이가 아니었다고 강조하고 싶다.

처음 보던 날

산악회 모임이 있던 날 그토록 갈망했던 이상형의 여인을 보는 순간 눈의 동공이 열렸다. 지금까지 눈 속에 넣었던 그 어떤 여인도 내 마음의 쓰나미를 일으키지는 못했다.

나는 체면 때문에 무심한 척하였지만 자꾸만 산악회 홍보팀장과 함께 온 여인에게 눈길이 갔다. 어쩌다 눈이 마주치면 가슴이 덜컹 내려앉는다. 그 여인을 본 이후 다른 곳에는 도무지 신경이 가지 않을 만큼 그 여인에게 나의 마음을 다 빼앗겨 버렸다. '진중(鎭重)하자.'라고 다짐을 몸 안 가득 불어넣어 보지만 소용이 없다.

내 앞 상차림에 무엇이 차려져 있는지 관심도 없다. 젓가락질하는 손은 이미 맥이 풀려 있다. 그러나 눈동자엔 힘이 들어간다. 내 눈에서

염력(念力)의 힘이 나올 것 같다.

　모임이 끝나고 그 여인과 헤어지고 나서 나의 가슴은 알 수 없는 설렘으로 파도를 치고 있었다. 첫사랑 이후 처음 느껴 보는 감정이다. 집에 도착하고 난 후 겨우 겨우 마음의 평정을 되찾았다. 이제 어떻게 하면 나와 그녀의 거리를 좁힐 수 있을까?

　앞으로 어떤 방법을 동원해야만 그 여인을 만날 수 있을까?

　산악회 홍보팀장과는 과연 그 여인은 어떤 사이일까?

　두 사람의 사이가 연인 관계라도 개의치 말자.

　내 곁으로 돌려야 한다.

　나의 마음은 이런저런 생각에 잠기게 한다.

　오늘 그 여인은 내 눈을 찌르듯 다가왔다. 내 가슴속으로 들어왔다. '그 여인과 내가 어떻게 하면 연을 이을까.' 하는 생각으로 하루해가 간다. 그 여인과의 어울림으로 내 마음을 환상의 세계로 몰아가고 있다. 그녀와의 사랑 놀음 속 상상에 빠져 내 주변에서 3차 대전이 터진다 해도 모를 정도로 내 정신을 빼앗고 있다.

　내가 그토록 찾아 헤매이고 헤매였던 그 이상형 그 여인이 내 앞에 나타났다니….

　오! 하느님, 오! 부처님. 모든 신께 감사할 따름이다.

　오늘에서야 보다니. 이곳에서 만나다니. 이성에 눈을 뜨고 그토록 찾았건만. 내 눈을 의심케 하는 아름다움의 극치다. 이렇게 오랜 세월 동안 내 머릿속에 깊이 잠재된 이상형, 바로 그 여자다. 황홀경이다.

나의 가슴속 처음으로 나의 영혼 깊은 곳에서 불이 댕겨진 걸 느꼈다.

　우리 홍보팀장님 감사합니다. 산악회 모임 자리에 홍보팀장이 내 이상형의 여자를 데리고 와 주시다니. 참으로 고마울 따름이다. 홍보팀장과 사귀고 있는데 어떻게 내가 저 여자랑 사귈 수 있을까?

　인간이 고독을 씹고 있을 때 희망적인 생각은 거의 없고 대부분 우울하고 슬픈 생각뿐이라고 하는데. 이런 암담함이 나를 휘감고 있는데 그러나 난 이 암담함의 현실세계를 희망으로 돌려야 한다.

　그 여인이 내 눈으로 들어오자 나의 뇌 속에 죽은 듯이 잠자던 뇌세포들이 한꺼번에 깨어났다. 당신은 마치 내가 그토록 찾아 헤매였던 이상형의 모습으로 나에게 희망을 가지고 오셨습니다. 당신은 그 열쇠로 나의 뇌 세포를 깨워 기쁨과 환희를 열어 준 고마운 분이다.

　이제 더 이상 찾아 헤매지 않아도 이제 나의 평생소원을 이루게 해 준 당신, 그리고 나에게 애면글면 애끓던 내 인생에 새로움의 재미를 만들어 환희라는 색깔로 눈부신 빛을 흩뿌리게 해 준 당신입니다. 나에게 와 준 당신은 온 천지를 얻은 듯한 기쁨과 환희 그 자체입니다.

　그녀의 얼굴 가득 담은 그 미소가 공기 속으로 퍼져 나가면서 봄 햇살이 비추듯 홀 안이 훤해졌다. 그녀의 강렬한 빛은 순식간에 나의 심장에 엄청난 볼티지의 전율이 흐르는 것 같았다.

　선녀 같은 그녀는 내가 눈길만 줘도 상처가 날 것 같은 곱디고운 피부를 가지고 있었다. 계란형의 얼굴 모양에 쌍꺼풀진 큰 눈에 여름에도 추위를 느낄 만큼 서늘한 눈을 가진 여인이다. 입을 벌리면 입에서 향기가 날 것 같다. 그리고 얼굴 미인은 손이 예쁘지 않다는 설이 있는데 그녀의 손은 섬섬옥수(纖纖玉手)다. 나의 정신줄을 놓게 만든다.

여성을 바라보는 나의 미적(美的) 기준에 1%도 부족함이 없다.

그 여인을 보고 너무 예쁘다는 느낌을 받았을 때 어떤 느낌이 드는지 묘사하고 싶었지만 내 필체의 힘이 많이 부친다. 말도 글도 입안에서 빙빙 도는데 그 여인의 여성스러움의 표현을 글로 옮길 수가 없다.

지금도 영화계로 나가면 바로 주연 배우로 발탁될 것 같은 아름다움을 지니고 있다.

연예인 누구와 많이도 닮았다.

이 여인은 얼굴의 아름다움과 몸매의 선도 살아 있다. 그녀에게서 나오는 여성스러움이 내 정신세계를 몽롱한 나라로 안내한다.

남자는 예쁜 여인을 만나면 안아 볼 상상력을 머릿속에 담고 나비가 꽃을 보면 꿀 딸 생각에 본능적 끌림이 온다는데 내 목숨을 걸더라도 이 미인은 절대로 포기할 수 없다.

그녀 주변엔 많은 남자들이, 막 만개한 꽃은 아니지만 그래도 중년 여인의 한 미모를 하고 있는 그녀 앞에서 환심을 사기 위해 온갖 행동으로 점수를 따고 있었다. 그러나 임자는 따로 있는 법. 난 이때만 해도 여자의 마음을 잡는 기술은 프로급이라 느긋한 미소만 짓고 있었다. 언젠가는 하늘이 달을 품듯 나는 저 여인을 내 가슴에 품을 것이라는 자신감에 차 있었다.

　헬스클럽에서 '어제보다는 오늘을, 오늘보다는 내일은 더.'라는 각오로 몸을 만들어 갔다. 그녀를 향한 나의 끌림이 나를 다잡게 했다. 산악회에서 그녀의 이름에 또 다른 닉네임이 붙어 있었다. 비록 중년의 아줌마이지만 '절세미인'이라고. 그래서 그런지 몰라도 콧대는 하늘을 찌른다. 산악회 정기 산행하는 날 그 여인이 버스에 오르자 버스 안이 밝아지며 뭇 남자들의 얼굴에 미소가 귀에 걸린다. '며칠이 지나면 내 옆자리가 그녀의 자리가 될 낀데.'라는 호기로 자신감에 차 있다.

　말수가 적은 남자가 가장 멋진 사나이라지 않던가? 단순히 말수만 적은 게 아니라 논점을 최소화해서 상대와 대화를 하는 모습으로 어필하자.

　나비는 남이 따다 주는 꿀을 받아먹지 않는다. 꽃을 찾아 직접 꿀을 딴다.

　나는 저 여인을 꼬시는 데 남의 도움은 필요치 않다. 내가 직접 그녀를 꼬셔 본다.

　나는 저 여인에게 말해 주고 싶다. 마음은 여리고 여린 비단결 같은 남자지만 몸은 임꺽정 같다고….

　요즘의 흐름은 남자가 작업 들어가는 게 아니라 여자가 다가오는 것이다. 여자에게 관심의 대상이 되기 위해선 남자의 냄새가 흘러넘치도록 해야 한다.

헬스장에서 남자의 몸매를 만들고 옷은 유명 브랜드 옷을 입되 착 달라붙는 옷을 입어 남자의 건강미가 밖으로 들어나게 해야 한다. 나라는 존재를 상남자라는 포장지로 감싸야 한다. 나의 존재 가치를 업그레이드시켜야만 한다. 넘치는 남자의 향기여야 한다.

명품은 돈만 있으면 내 수중에 넣을 수 있다지만 미인은 돈 가지고는 안 된다. 미인의 눈에 내가 명품으로 보여야 한다.

지금껏 살아오면서 찐한 사랑을 꿈꿔 왔던 그런 여인상이다. 심장은 저 여인을 향해 달려가 보려고 출력을 높인다. 이러다 심장이 터지는 게 아닐까. 내 일찍이 이렇게까지 내 몸이 변화가 오는 건 처음이다. 현실적인 어려움이 내 행동에 제약을 가져다준다 해도 저 여인은 절대로 포기할 수는 없다. 저 여인을 두고 내가 포기하는 것은 삶을 포기하는 것이다. 사랑을 쟁취하는 데 어려움도 두려움도 다 떨쳐야 한다. 도저히 취할 수 없는 사랑이라도 나의 진력(盡力)을 다해 남자답게 밀어붙여야 한다. 중국 속담에 이런 말이 있다. "용기 있는 자가 미인을 얻는다(勇氣的人得到美人).".고. 나에게도 올 수 있도록 모든 수단을 다동원을 해야 한다. 내가 저 여인에게 이렇게 본능적인 끌림이 있으니 저 여인도 나에게 끌림이 일어나도록 해야만 한다.

나는 외모가 출중하게 잘생긴 남자도 아니다. 그냥 평범하게 생긴 남자다. 난 외모로 승부하지 않는다. 운동으로 다져진 몸뚱아리와 여자에 대해 많은 지식과 그리고 연애의 기술을 접목한다. 학교 성적도 알아야 좋은 점수가 나오듯 연애도 알아야 성공 확률이 높다.

연애란 상대방의 체온을 그리워하며 그 체온을 오롯이 느끼고 싶은 게 연애다.

많은 이들이 말하길 남자는 유머가 넘쳐야 하고 여자는 적당한 내숭을 떨어야 한다고 한다.

내가 저 여인에게 어필할 수 있는 게 무엇인가. 단단한 근육질의 몸뚱아리. 그리고 묵직한 성격과 유머스런 어투로 저 여인 앞에서 남자의 냄새가 풀풀 나도록 해야 한다. 인간의 삶은 한 번뿐이라는데 저런 이상형의 여인과 雲雨之情을 해야 한다. 아니, 해 봐야 한다. 남자로 이 땅에 태어나 마음에 있는 것은 실천으로 옮겨야 남자다. 세상이 두 쪽이 나지 않는 한 실천으로 옮겨야 한다. 미인은 비아그라 백 알보다 성능이 좋다고 했다는데 저런 여인을 내 품속에 안았을 때 지구는 어떻게 변할까? 내 눈에 들어오는 모든 사물은 어떤 모습으로 변할까? 세상의 소리는 어떻게 변할까? 모든 상상은 황홀 그 자체다. 상상은 나의 가슴에 요동(搖動)을 몰고 온다.

그녀를 향한 나의 움직임

나에게도 어릴 적 고향 하늘 아래서의 잊어버리고 싶지 않은 가슴 떨리는 달콤한 추억이 있다. 어린 시절 한 여인을 사랑한 추억은 이루어지지 않은 사랑이었지만 나에게는 영원히 간직하고픈 가슴 떨리는 추억들이다.

인간은 이성과 욕망을 다 가진 존재이다. 욕망은 추악하면서도 아름답고 이성은 나약하지만 고결하다.

홍보팀장과 함께 왔다면 분명 두 사람은 어떤 사연이 있는 사이일까?

애인 사이 아님 단순히 타 산악회에서 만나 우연히 여기까지 온 순수한 사이….

나에겐 이것저것 저울질할 필요도 시간도 없다. 내가 할 일만 하면 된다는 각오다. 사나이가 칼을 뽑으면 썩은 호박이라도 두 쪽을 내야 한다.

지금은 머뭇거릴 시간이 아니다. 생선과 예쁜 여인은 빨리 처리를 해야 한다. 생선은 밥상머리에서 머뭇거리면 고양이가 먼저 실례를 한다. 이 여인이 우리 산악회에 얼굴을 선보였으니 산악회 남자들의 눈에 들어온 이상 작업에 들어간다고 봐야 한다. 그러기 전에 내가 먼저 움직여야 한다.

날고기 싫다는 호랑이는 있을지 몰라도 예쁜 여자 싫다는 사내는 이 세상 어디에도 존재하지 않는다.

이 여인을 내 옆자리에 앉히는 것은 필연이다.

실천으로 옮겨야 한다. 방법을 찾아야 한다. 누구의 손도 빌릴 수 없는 상황이다.

산악회 카페에 금방 가입했고 그 여인의 신상이 오픈돼 있었다. 오

~~~ 하느님이 나로 하여금 힘을 주시는구나. 전화기를 돌렸다. 떨리는 마음을 감싸고 있는 몸뚱아리는 지진이 일어난 듯 중심이 흐트러진다. 혹시나 받지 않으면 어쩌나…. 사나이가 이런 것 하나로 실망을 한다면 남자가 아니지. 통 큰 맘으로 기다리자 저쪽에서 "여보세요." 한다.

"저 일전에 회센터에서 함께했던 산악회 회장 조영식입니다."

"아~~~ 예!"

우리는 이렇게 연을 이어 가게 되었다. 남녀가 연을 이어 가는 데는 운명적으로 연결이 되나 보다. 두 사람은 운명적으로 만나야 할 인연이었나 보다. 이것은 꿈같은 현실이다.

요즘 젊은이들이 말하는 단어가 Chemi Love라고 한다.

우린 화학적으로 딱 들어맞는 한 쌍의 커플이 되려나. 황홀함의 희망이 가득하다.

'드디어 나에게도 이런 미인과의 연을 하나님이 만들어 주시는구나. 나도 이런 미인을 연인으로 만들 수도 있구나.' 하는 기쁨에 이 세상을 다 가진 것 같은 황홀경이다. 우린 몇 시간을 전화기 속에서 대화를 나누었다. 다음에 만나자는 약속을 끝으로 전화를 끊었지만 그 여운은 깊은 밤이 되어서도 쉽게 끊어지지 않는다.

처음 데이트 날 그녀는 날아갈 듯한 원피스를 입고 나왔다. 지난번 바지 입은 모습이 아니다. 여성스런 치마를 보니 내 눈에서 지진이 일어난다. 갑자기 Libido가 쓰나미처럼 밀려온다. 선녀인가 천사인가.

나의 정신세계가 3차 세계 대전이라도 난 듯하다. 내 가슴은 벌렁거리고 마음은 하늘을 날고 있다. 평정심을 찾아야 한다. 지금 나에게 필요한 것은 얼음이다. 뜨거워진 가슴 때문인지 목은 타는 듯하다. 온몸은 보이지 않을 정도의 미세한 떨림이 온다. 야, 너 이러면 안 된다. 아무리 예쁜 여인이 앞에 있다고 또 애인으로 발전할 수 있다는 꿈으로 머릿속을 채우고 있지만 진중(鎭重)한 평정심을 찾아야 한다.

둘만의 많은 시간을 가졌다. 오후 5시 이전에 집에 들어가야 한다는 말과 다음 약속 장소와 시간을 남기고 그녀는 나에게 등을 보이며 헤어졌다.

그녀가 돌아서 가는 등 뒤에서 "오~~예!"를 외쳤다.

내 나이 50대, 아직은 피가 끓은 몸이다. 언젠가는 운우지정으로 발전할 기회가 주어지겠지…. 매우 희망적이다. 집에 와도 그녀의 얼굴이 내 머릿속에서 여성스런 미소를 짓고 있다.

나의 마음은 어둠 속에서 빠른 속도로 무너지면서 피가 끓어 넘치곤 한다. 그녀의 살 내음이 그리워진다. 잠든 줄 알았던 아들은 이미 깨어나 있고 빨리 그녀에게로 가 보자고 보챈다. 나의 설득도 아랑곳하지 않는 끈적거리는 그놈을 찬물로 씻어 내고서야 겨우 헐떡거리는 호흡을 재웠다.

그 여인을 안고 싶은 마음, 헤어지기 싫은 마음, 함께 있고 싶은 마음은 나에게 그리움을 키운다. 그러나 어쩌리. 시간이 답을 줄 것 같은데. 기다리자. 기다리면 그 끝은 내가 갈망했던 밥상이 차려질 것이다.

　　　　　　　나의 삶은 평범하지 않았다

3개월이란 시간

그 여인은 속 깊은 곳에 다른 사람의 집념을 허용하지 않은 자기만의 세계를 갖고 있나 보다. 하지만 그녀가 나의 진심을 깨우치고 헤아리면 그녀의 속마음 깊은 곳까지 받아들일 것이라고 나는 확신을 한다.

나에 대한 정보를 파악하는 데 3개월이 필요했단다. 3개월 만나는 동안 드라이브, 데이트를 하면서 손도 잡고 키스도 했지만 雲雨之情이라는 높은 산은 넘지 못했다.

그녀를 기다릴 때는 1분 1초가 길게만 느껴졌었다.

하루가 너무 길다.

오늘 밤 당신과 사랑을 한다면 오늘 저녁 죽어도 좋을 것 같다.

누가 움직이고 누가 기다리는 것은 중요하지 않다.

오늘따라 나의 욕정이 상식선을 넘어서고 있다.

내 몸속에 도파민이 솟아 넘친다.

내 마음속에 Libido가 폭발한다.

아들은 오늘도 목욕시켜 주지 않으면 자살하겠다고 협박한다.

마음을 달래야 한다. 마음 주머니에 얼음을 채워야겠다.

전화가 왔다. 그 여인이 먼저 나에게 만나잔다. 3개월 동안 그토록 애만 태우더니 이제야 문을 열고 나를 맞으려나 보다.

"응. 바로 나갈게."

한적한 시골 식당에서 매운탕을 먹고 바닷가로 가는 길은 산길을 돌고 돌아가는 길이다. 차 안이 묘한 기류가 흐른다.

우리는 자연스럽게 손과 손을 잡고 서로를 느꼈다.

그런데 손만 잡았는데 피가 한쪽으로 몰리나 보다. 그가 일어나나 보다. 아~ 이놈도 오늘을 기다리고 있었나 보다.

뜨거워진 공기를 어쩌지 못할 즈음 어럼풋이 보이는 모텔 간판 속으로 자동차는 빨려 들어갔다.

남녀가 한 공간에 마주했을 때 무슨 놈의 대화가 필요할까. 몸으로도 충분히 말을 주고받고 하는 것인데.

남자의 외투를 벗게 한 것은 뜨거운 태양의 열기라고 한다.

여자의 옷을 벗게 한 것은 남자의 손길이라고 한다.

문을 들어서기가 바쁘게 누가 먼저라고 할 것 없이 서로가 서로를 끌어안았다. 그리고는 이빨 부딪히는 소리가 방 안 가득 메아리 치고 침은 바닥을 적시며 우리 둘은 침대로 쓰러졌다. 이성은 휘발되고 욕망은 우리에게 할 일을 해야만 했다. 급한 손놀림으로 서로가 서로의 옷을 벗기고 어두운 밤에 그녀의 신음 소리만 방 안 가득 채워진다.

나의 불꽃 덩어리가 그녀의 땀샘을 열게 하고 우린 뜨거운 몸의 눈물을 흘렸다.

나의 꼭짓점을 누르고 또 누르고 몇 시간 동안 우리는 서로가 서로를 갈구했다. 폭풍우가 지나가고 그녀가 내 품속에서 깊은 잠 속으로

나의 삶은 평범하지 않았다

빠져드는 것을 보고 난 정말 얼마나 행복했던지. 아아, 이런 것이 행복이구나. 내가 그토록 찾아 헤맸던 이상형의 여성을 내 품속에 안고 있다는 것이 실감이 나지 않는다. 한바탕 폭풍우가 지나간 행위였지만 내 눈앞 가까이서 이상형의 얼굴을 보고 있다는 것만으로도 엄청난 성욕이 또 샘솟는다.

예쁜 여성의 얼굴은 비아그라 백 알보다도 더 효과가 있다고 누가 말했던가. 정답이었습니다.

남녀 간의 운우지정처럼 헤어 나오기 어려운 것이 어디 있는가?

내 소망의 불덩어리가 그녀의 온몸을 훑고 또 훑었다. 두 사람은 한 몸이 되어 뜨거운 밤의 향연을 또 펼쳤다.

한 줄기 폭우가 지나간 고요 속에 물기 가득한 몸뚱아리를 부둥켜안고 있으니 행복이 피어난다. 사람의 몸에 이렇게 많은 양의 물이 땀구멍에서 나오다니. 땀의 양만큼 행복이 비례하나 보다. 그냥 좋다. 그냥 기분이 좋다. 그녀의 모든 게 예쁘다.

그녀가 미소 짓는 모습이 꽃밭에 피어나는 한 송이 장미 같다. 그녀의 얼굴에 행복이 가득 피어나고 있었다. 3개월 동안 넘지 못했던 그 선을 넘었다는 행복감에 그녀를 꽉 껴안았다. 두 사람의 숨소리는 방 안 가득 또 한 번 채웠다. 난생처음 동물 같은 사랑을 했다. 그리고 이렇게 아름다운 여인을 품에 안았다는 사실에, 이제 이 여인이 나의 애인이라는 생각에 하늘 가득 떠 있는 별을 다 얻은 것 같다. 일생 동안 내가 갈망했던 이상형의 여인을 애인이든 아내든 만들고픈 소망이 이루어진 순간이다. 모텔 문을 나오니 천지가 어둠이다. 그러나 나의 눈에 비친 모든 물체가 광이 난다. 하늘에 별들도 축하한다고 빛을 발하면서 축하 인사를 하는 것 같다. 모든 게 긍정적으로 보인다. 똥을 밟아도 좋을 것 같다.

당신과 운우지정을 할 때마다 서로의 몸이 녹아 그녀가 내가 되고 내가 그녀가 되는 것은 아닐까 하는 격렬한 회오리바람처럼 우린 살을 섞었다. 이성이라는 것은 본능에 기가 죽어 웅크리고 인간의 이성을 상실하고 짐승이고 싶었다.

아찔한 순간들

산길을 가다 자동차 한두 대 정도 여유 있는 공간에 차를 세우고 뜨거운 입맞춤을 하고 있는데 창문 밖에 우리를 주시하고 있는 얼굴이 보였다. 이제 막 열기가 올라오는데 웬 방해꾼이 나를 보더니 산속으로 황급히 도망을 간다. 차가 산속에 있으니 등산객이 호기심에 와 본 것인데 그 호기심을 충족시켜 준 그림을 보다 마지막 장면을 놓친 그분은 얼마나 아쉬움을 남겼을까? 산속으로 멀리 사라지는 뒷모습을 보고 사랑의 기계에 다시 시동을 걸었다.

우리는 산행을 마치고 주차장에서 운우지정을 하고 있는데 옆 화물

나의 삶은 평범하지 않았다

트럭 운전석에서 우리를 뚫어져라 보는 이가 있었다. 에이, 빈 차인 줄 알았는데. 뭐야, 할 수 없지 않은가? 하던 동작을 멈추고 벗어 놓은 옷을 찾았다. 더 이상 사랑 게임을 할 수 있는 환경이 아니었다.

　어느 한적한 시골길을 가는데 갑자기 억수 같은 비가 쏟아진다. 윈도우 브러시로 빗물을 다 처리할 수 없는 지경이다. 앞이 보이지 않는다. 차량을 갓길에 세워야겠다. 이 극한 호우가 멈출 때까지 쉬어 가자. 남녀가 좁은 공간에 있으면 이성은 사라지고 성욕이 그 자리를 채운다. 사방의 빗줄기가 차량 내부를 은폐시켜 준다. 퍼붓는 빗소리는 방음 효과도 만들어 준다. 만난 지 얼마 되지 않은 시점이라 우린 만나면 libido가 양은냄비에 물 끓듯 한다. 비는 그쳤지만 두 사람의 입김으로 차창은 암막커튼을 두른 듯하다.

　"처녀, 총각으로 만났다면 축구팀 하나 만들고도 남았을 낀데."라는 농담을 하며 우린 옷차림을 바로잡았다.

　차량 데이트를 할 때면 나의 손이 그녀의 치마 아래로 드러난 허벅지에 손이 가는 것은 일상화되었다. 잘 다듬어진 대리석처럼 매끈한 허벅지 위를 스쳐 가는 나의 손에 느껴지는 감촉이 비단을 뒤집어 쓴 듯 온몸을 휘감는다. 나의 손길 따라 그녀의 아름다운 소리는 차 안의 공기를 데운다. 雲雨之情은 미쳐야 된다. 이성을 잃지 아니하고 사랑을 했다면 진정한 사랑을 했다고 할 수 없다. 그냥 인간의 탈을 벗어야 한다. 입에서 나오는 소리도 몸의 놀림도 다 인간이 아니어야 한다. 그 냥 미쳐야 한다. 우리 둘은 늘 정신줄을 놓고 동물적인 사랑을 했다. 난 그녀의 얼굴을 보노라면 예쁘다. 너무 아름답다. 정말 이런 얼굴이 내 눈 아래에 있다니 이게 꿈이 아닌 현실인데 그녀의 얼굴이 내 눈으로 들어오면 성욕은 더욱더 넘쳐난다.

우린 3개월 동안 하루도 서로를 보지 않으면 죽을 것 같은 시간들을 보냈다. 만나면 뻔한 코스였다. 내 나이 오십 후반의 나이로 쉼 없이 매일 사랑을 한다는 것은 나도 내 자신의 체력에 의아하면서도 감탄사를 보내지 않을 수가 없었다.

만난 지 일 년이라는 시간이 지났다. 그 여인은 알바 일을 마감하고 밤 12시에 집에 온 나에게 내 얼굴 보고 싶다고 집 쪽으로 오란다. 피곤하고 내일 새벽 근무 나간다고 해도 막무가내다. 내 얼굴 보고나야 잠이 올 것 같다고 오란다. 피곤한 몸을 데리고 그녀 앞에 가면 그녀는 하루 종일 보고 싶어 죽는 줄 알았단다. 참으로 여자는 운우지정을 하고 나면 적극성에 남자들은 감당이 안 된다고 하더니만 내일 만나면 안 되냐고 하면 내일과 오늘은 다르단다. 3개월 동안 안 된다고 하더니만 왜 이렇게 변해 버렸는지. 사랑의 행복함이 아닌 피곤함으로 변해 버렸다. 하지만 그녀의 미모에 난 용서가 된다. 앞으로 많은 나날들의 행복을 위해 지금의 귀차니즘은 충분히 인내할 수 있다. 3개월 동안 내 가슴에 먹물을 뿌려 놓더니 이제는 명줄 단축하라고 고사를 지내고 있다.

나의 삶은 평범하지 않았다

남자의 호기심

길을 걸어가는데 내 시야에 아주 예쁜 여자가 들어온다면 그냥 지나
갈 수 있을까? 아마도 그 질문의 답은 모든 남자의 눈이 관조(觀照)하
지 않고 어떻게 그냥 지나갈 수 있을까다. 그냥 지나간다면 남자가 아
니지. 만약 그냥 지나간다면 "고자(鼓子) 아니야?"라는 비아냥 세례를
받겠지. 이런 상황이 닥치면 나중에 닥칠 일들을 생각하지 않는다. 옆
에 애인이 있던 결혼한 아내와 함께 있던 남자의 머릿속엔 오로지 본
능에 충실할 뿐이다. 나중에 일은 머릿속에 아무것도 없다. 예쁜 여성
을 눈으로 마음껏 보고픈 본능뿐이다. 지금 보지 못한다면 일생을 후
회할 것 같아서 그냥 넋을 놓고 볼 뿐이다. 뒤에 닥칠 일들은 머릿속에
존재하지 않는다.

여자는 신비스러움 속에 싸여 있어야 남자의 호기심을 자극한다.
그냥 남녀 사이라면 어디까지 갈 수 있을까?
내 나이, 한창이라는 나이는 벌써 지난 나이다. 이런 나이에 남녀의
스킨십의 절차를 지키는 건 시간 낭비요 먼 길을 돌아가는 기분이다.
우리는 순수하지가 않아서가 아니라 어디까지 가야 한다는 걸 아는 나
이다.
우리는 이성을 아는 나이라 그런지, 아님 몸이 순수하지 않아서인지
몰라도 우린 처음이라는 몸의 만남은 너무나 자연스럽게 각자의 길로,

각자의 행동으로 서로가 맞춰 주고 있었다. 때문에 남녀의 사랑이라는 단어에 운우지정이라는 고차원적인 사자성어가 있나 보다. 그러나 우리 둘은 누가 먼저랄 것도 없이 남녀가 누려야 할 본능들을 느끼고 있었다. 마음보다 몸들이 먼저 상대를 원했나 보다.

한 사람의 이성을 만나서 감정의 교집합을 만들어 갈 때마다 육체의 교집합도 생겨났다. 나의 마음, 그녀의 마음이 열리는 걸음 따라 육체도 착실하게 서로를 향해 들어갔고 만났다. 이렇게 기어이 도착하고야 말 곳이라면 조금 일찍 해도 좋으련만. 3개월이라는 시간을 허비했다니 이렇게 너의 몸이 나를 원했으면서도 넌 그렇게도 참아 왔단 말인가?

여자란 그 문을 통과하고 나면 다음부턴 너무나 쉽게 통과할 수 있다.

그녀는 여자로서 나의 존재를 파악하는 데 그렇게도 시간이 필요했단 말인가

그녀는 매일 나와의 만남을 원했다. 나도 그녀를 원했다. 매일 살을 맞대지 않으면 세상에 무슨 큰일이라도 일어나는 줄 알고 몸들이 난리를 피운다.

서로의 육체가 욕망을 원하는 것은 자연스런 일이지만 한 사람의 의욕만으로는 도달할 수가 없는 것이다. 육체적 결합은 두 사람이 나란히 미쳐서 빠져드는 것이다.

그녀를 만나고부터 새벽에 눈을 뜨면 하고픈 행동이 머리에 떠올라 주체하기 힘이 들 때도 있다. 당혹스럽지만 나의 일상이 되었다. 그토록 먼 길 돌고 돌아 만난 이상형이다.

감성이 요동치는 사춘기도 아닌데 그 감정을 놓칠세라 내 홀린 듯 그녀에게로 발길이 간다.

그것도 매일같이. 내 나이 지금 50 후반인데도 그렇게 내 안에 출렁이는 감성들이 요동을 치고 있단 말인가?

매일같이 만나 키스하지 않으면 잠이 오지 않았다.

매일같이 만나 서로가 애무하지 않으면 안 되는 줄 알았다.

매일같이 만나 누가 먼저라기보다 자연스럽게 우린 엉켜 있었다.

이런 에너지가 어디서 나오는지 어디서 나왔는지 모른다.

우리 나이가 이런 에너지를 발산할 나이는 지나도 오래전에 지난 나인데 우린 이렇게 매일 화약고 같은 열정을 사랑으로 채워 가며 만났다.

그 여인을 안고 싶은 마음, 헤어지기 싫은 마음, 함께 있고 싶은 마음은 삶의 활력을 키우는 것이다.

이 여인이 나와 사귀는 동안은 무슨 짓을 해도 용서가 되었다. 그녀의 외모에 나라는 인간이 빠져 있어 헤어 나오질 못했다. 예쁘며 모든 게 용서가 된다는 말 인정합니다. 남자가 아름다운 여인에 빠지게 되면 모든 게 용서가 되는 현실 앞에 과연 미의 관대함에 놀라지 않을 수 없었다. 나쁜 감정이 쌓여 있더라도 아름다운 그녀의 얼굴을 보노라며 마음의 문이 열리고 기분이 좋아진다. 알 수 없는 신비스러움에 깜짝깜짝 놀랄 뿐이다.

남자란 동물은 미인의 실수엔 왜 그리도 관대한지 모른다. 그것은 남자의 본능인가 보다.

음식 재료가 부실하면 향신료가 많이 들어간다.
못생긴 여자는 화장품을 많이 쓴다.
예쁜 여자는 집에 있어도 찾는 이가 많은데
못생긴 여자는 길을 걸어가도 쳐다보는 이 하나 없다.

◆ 그녀와 헤어질 시간

인생 최고의 실수는 놓치고 나서 후회하는 것이다. 사랑에 빠져 있을 때는 자만으로 가득 차 있다가 그 사랑이 내 곁을 떠난 후에야 그 소중함을 인식하게 된다.

남녀 사이에 "있을 때 잘해."라는 명언이 있다. 이것은 남녀 사이에 진리 같은 말이다.

이 세상에 사랑하던 사람과 사귀면서 상처받지 않은 영혼이 어디 있으랴. 자신만 사랑 때문에 울었고 괴로웠다고 생각하면 안 된다. 지난날을 사랑했었고 그 사랑을 감사하게 생각을 하고 소중한 인생의 한 부분으로 잘 간직하자.

'오늘 밤은 당신과 함께 있으면 좋은 일보다는 나쁜 일이 더 많을 것 같으니 오늘은 아무 일도 하지 말고 이만 헤어지자.'

이런 말들이 머릿속을 채운다. 이제 골목길 끝자락이 보이나 보다.

　　　　　　　　　　　　　　　　나의 삶은 평범하지 않았다

그녀와의 10년이 넘는 시간 동안 사귀어 오면서 사랑의 감성은 점점 식어 갔지만 그래도 정이라는 것으로 긴 시간 함께했었지만 후회는 없다. 그렇게 그녀와 열정을 소진하고 돌아온 내 앞에 공허만 남아 있었다.

　당신에게 한마디 하고 싶다.

　"부디 어딜 가더라도 행복하게 사십시오. 나 그대의 기대치에 부족한 인간이었소.

　있는 그대로 받아들여야 하는데 나도 감정이 있는 인간인데 그대를 받아들이지 못하였소. 모든 걸 내려놓겠소. 당신과 다시 손잡고 여행도 맛나는 음식도 쇼핑도 함께하고자 나름 꿈을 키웠지만 이제 모든 게 요단강을 건너간 꿈이 된 것 같소.

　그대의 한마디 말에 내 발가락에 있던 피가 거꾸로 솟았소.

　나에게 조금 남아 있던 있는 정, 없는 정 다 이제는 떨어진 것 같소."

　난 그 여인과 작별을 고하고 소식이 끊어지자 괴로운 몸을 이리저리 뒤척이며 밤늦도록 많은 생각을 하던 중 창문 밖 여명이 틀 무렵에야 겨우 마음을 정리하고 잠이 들 수 있었다.

　왜 내 가슴을 두근거리게 하였소. 왜 그렇게 예쁘게 생겨서 나의 마음을 할퀴고 지나갔소.

　10년이란 긴 세월 동안 난 행복했었소. 한 남자의 갈망을 현실로 바꿀 수 있게 해 준 그대, 한없는 고마움으로 가슴속에 간직하겠소.

　이 생명 다하는 그날까지 잊지 않을 것 같은 아름다운 추억을 만들어 준 그대, 정말 고맙소.

무수히 지나쳐 온 수많은 인연 속에서 그 여인은 나에게는 자석처럼 다가와서 따뜻한 온기를 나누고 간 여인이었다. 지금까지 남녀의 운우지정이라는 것을 그저 의무적으로. 아니, 아무런 감성과 애정도 없이 그저 남녀라는 동물적 본능에 이끌려 행위를 한 것에 불과했는데 그녀와 나는 아니었다. 완전히 미친 듯 정신 나간 듯 동물처럼 사랑을 했었다.

우리가 한 사랑 비디오는 동물적인 사랑을 나눈 것 같다.

언제일지 몰라도 보드랍고 나긋나긋한 너와 거칠고 우직한 짐승이 되어 밤이 새도록 격렬한 운우지정을 나누고 싶다.

나의 삶은 평범하지 않았다

7

유년 시절

반드시 이길 줄 알았지만 끝내 이길 수 없는 게임이 인생이라 했던가? 난 젊은 시절 내 인생은 내가 마음대로 좌지우지(左之右之)할 줄 알았다. 내가 하면 모든 게 이루어지는 승자가 되는 줄 알았다. 젊은 시절은 하고픈 것도 너무 많았다. 나름 계획도 세워 보고 실천으로 옮겨도 보았지만. 아… 힘에 부치는구나. 이 게임은 내가 질 수밖에 없구나. 아니, 운명적으로 안 되는 게임을 붙들고 모든 것을 낭비의 시간을 보내는구나. 이래서 내 뜻대로 안 되는 게 인생사인가 보다.

나의 타고난 영혼은 이 세상에 나올 때 타고난 운명의 몸뚱아리 속에서 살도록 종신형을 선고받은 운명인 것을 괜한 헛발질만 하고 있었구나.

아버지의 술과 어머니의 생리 현상과 겹쳐진 현상 때문에 의도치 않은 내가 태어나고 철(哲)이 난 후에야 그 사실을 알았다.

내 출생이 불합리했다. 이 허무한 세상에 왜 태어났으며 왜 흙수저 집안에 태어났는가? 이 순간부터 나의 삶은 고난의 연속인 삶이었다.

난 엄마에게 집안의 가난함에 불만을 마구 토해 냈다. 엄마가 나를 낳지 않았으면 부잣집에서 태어났을 낀데 왜 엄마가 나를 이런 집에다 낳았냐고. 어린 시절 엄마의 가슴에 대못을 박아도 많이도 박았다.

　나의 태생에 대한 불만 속에 어느 것 하나 제대로 이루어진 게 없다.

　철이 든 나에게 지어진 등짐의 무게는 내가 감당하기 힘에 부친다. 아버지 얼굴도 모른다. 돌아가셨단다. 내 나이 두 살 때. 그래서 난 기억에 없다.

　목에서 나오는 기침으로 온밤을 지새우는 천식 환자인 할머니, 논 600평 농사를 지으시면서 돈 되는 일이라면 무슨 일이든 가서 엄마의 몸과 돈을 맞바꾸는 힘든 살림을 꾸려 가시는 홀어머니, 어린 나이에 남의 집 아이를 업어 주고 얼마의 금전을 받아 살림에 보탬을 주고 있는 누이들, 그리고 나. 다섯 식구는 늘 배를 채우지 못하고 굶주림을 달고 살아가야 하는 궁핍한 가정 형편이었다. 토담집에 다섯 식구가 어깨를 맞대고 잠을 자야 하는 조그마한 방 한 칸. 나에게도 사춘기가 오고 철이 들자 이 가정을 남자인 내가 반듯하게 세워야겠다는 굳은 결심을 하게 되었다. 비록 어린 나이지만 내 등짝의 짐이 무겁다고 벗어던지면 이 집안의 남자가 아니다. 난 굳은 결심을 했다. 기필코 이 집안을 일으켜 세우겠다고.

　객지로 나가 돈 벌 수 있는 나이가 되면 집을 떠나 어디든 가겠다는 그 다짐을 마음속 깊은 곳에 넣고 빨리 돈벌이 할 수 있는 나이가 되기를 바랐다.

고모네 집

　고모네 집은 이웃마을에서 정미소를 운영하고 계셨다. 주린 배를 채우기 위해, 방학 때가 되면 우리 집에서 먹어 보지 못한 기름진 밥과 찬으로 배를 채우기 위해 난 먼 길을 걷고 걸어서 고모네 집으로 갔다. 사촌들과의 어울림보다는 오로지 먹는다는 즐거움에 고모네 집에 머물렀던 기억만 남아 있다. 말없이 엄마 같은 마음으로 나를 챙겨 주시던 고모님. 방학이 끝나 갈 무렵 고모부께서 고모에게 장에 가거든 영식이 옷 한 벌 사 입혀 보내라는 말이 내 머릿속에 아직도 남아 있다. 입이 무거우신 고무부의 정이 묻어나는 그 한마디 그 말을 떠올리면 가슴이 울컥하고 목이 메인다.

　난 여름 방학 때만 되면 어김없이 고모네 집 가족이 아니라 식구(食口)의 일원이 되었다.

　배고픔을 달랠 수 있는 유일한 어린 시절의 탈출구였다. 나는 주린 배를 채우기 위해 염치 불구하고 몇 시간을 걸어서 고모네 집으로 가야만 했었다. 고모님의 음식 솜씨와 기름진 식재료에서 나오는 잊을 수 없는 음식 맛은 먼 길을 걸어서 오게 한 마술의 음식이었다. 고모는 자식들도 사랑하지만 조카인 나도 자식 같은 아낌없이 사랑을 해 준 것 같다.

　고모님, 고모부님 지금은 이세상이 아닌 저세상에 계시지요. 저 그때 두 분의 배려 잊지 않고 있습니다. 고마웠습니다. 감사합니다.

둘째 외삼촌 집에서 우산을 만들고

둘째 외삼촌 집에서는 대나무와 비닐로 우산을 만드는 조그마한 가내 공장을 운영하고 있었다.

어린 나이지만 겨울 방학 때 주린 배를 채우기 위해 난 한달 동안 외갓집에서 비닐우산을 만들어야만 했다.

외삼촌이나 외숙모님은 나를 조카로 보지 않는 것 같았다.

그냥 우산 만드는 종업원 정도로 생각하는지 인자한 눈길 한 번, 따뜻한 말 한마디 던지지 않으신다.

외사촌들은 대구에서 방학이라고 와 있지만 나랑 어울려 놀려는 생각은 없는지 책만 본다. 사촌 간의 정은 없다. 난 이런 사촌들을 원망하지도 않았다. 내 형편이 이러니 아무리 사촌이라도 나랑은 격이 다르다고 내가 모든 걸 내려놓자는 마음을 다지고 나니 마음은 가볍다. 대나무의 날카로운 부위가 손에 상처를 내고 피가 나도, 인두에 살이 데여도 누구의 도움도 없었다. 밤낮 우산 만드는 일꾼에 불가한 나는 둘째 외삼촌 집에서의 단지 배고픔을 달랠 수 있다는 자의식 하나로 버텨 냈다. 내가 이런 시련을 인내치 못한다면 앞으로 내 가정을 어떻게 일으켜 세울 수 있단 말인가? 지금의 힘든 생활에 인내를 하자. 어차피 내 삶이 처연(凄然)한 삶인데. 인간도 쇠와 같다. 맞으면 더 단단해진다고. 그래. 이 힘듦의 삶을 이겨 내자. 다짐을 하고 또 다짐을 했다.

한 달 간 우산을 만들고 집으로 왔다. 엄마가 반긴다. 잘 있다 왔냐고

　　　　　　　　나의 삶은 평범하지 않았다

묻지만 난 눈물로 답을 했다. '엄마 나 무지 힘들었어. 우산 만드는 것보다 외삼촌 식구들의 무표정한 시선이 너무 힘들었다.'고 그리고 '엄마가 너무 보고 싶었다.'고. 속에서 나오는 말을 입으로 씹으며 눈물만 흘렸다. 어린 자식을 그런 곳에 보낸 엄마도 미안했는지 나를 안고 눈물만 보이신다. 따뜻한 엄마의 품에서 그동안 쌓인 설움 다 토해 냈다.

엄마 우리는 왜 이렇게 살아야 하는데.

엄마 우리는 왜 이렇게 설움받고 살아야 하는데.

궁핍(窮乏)으로 똘똘 뭉쳐진 우리 식구를 구해 내야만 한다는 각오를 또 한 번 다지는 계기가 되었다.

이번 둘째 외삼촌 집에서의 경험은 나에게 내적동기(內的動機) 부여가 되었다.

서울살이 시작은 판자촌에서

우리나라에서 빈곤 문제를 상징하는 것 중 하나가 도시의 빈민(貧民)들이 판자촌을 이루고 살아가는 것이었다. 가난한 빈민들은 도시에 제대로 정착하지 못하고 하천변이나 산비탈 등에 아무렇게나 판잣집을 짓고 살았다. 그 유형을 보면 판잣집이나 천막집, 폐차, 비닐 등 아주 다양한 형태다. 판자촌은 이후 산업화 시대에도 오히려 더 늘어났다. 농촌을 떠나 무작정 상경한 이들이 빈민 지역인 판자촌에 대거 유입된 것이다. 판자촌은 빈곤층의 주거지로서 서울시 성동구 중량천 둑에 판자촌을 짓고 도시 빈민들이 거주했던 지역 중 하나였다. 이곳 한 가정집에 기거하며 월세로 얼마를 지불하고 서울 생활을 시작한 장소이며 엄마의 품에서 독립하여 나의 객지 생활이 시작되었던 곳이기도 하다.

따로 나의 방이 있는 것도 아니었다. 젊은 부부와 그들의 아이들 3명과 한방에서 잠을 자야만 했다. 지금 생각하면 상상하기조차 끔찍한 주거 형태였다.

나도 불편했지만 그분들의 불편함도 어찌 말로 표현이 될까.

어느 날 밤 나는 젊은 주인 부부의 사랑 연출을 어둠 속에서 눈이 아닌 귀로 생비디오를 청취할 수 있었다. 난 이렇게 어린 나이에 어른들의 아름다운 공연을 관객석에서가 아닌 무대 위에서 함께했다는 것은 나에게는 노인이 된 지금도 그때를 생각하면 뜨거운 피가 목까지 차오른다.

이곳 생활을 접고 싶다. 내 나이 16살, 주변 환경이 나를 시험하는 것 같다.

이른 아침 판자촌에 하나뿐인 공동 화장실 앞에 기다란 줄이 있다.

난 어쩌라고. 급한데. 말로도 글로도 여기에 옮길 수 없다.

장마철 이곳은 뻘밭이다. 빗물이 집 안 이곳저곳을 가리지 않는다. 흙탕물이 집 안까지 들어오고 신발에 묻어오는 흙덩이들로 집 안은 진흙탕이다.

나의 삶은 평범하지 않았다

참으로 인내키 힘들다. '빨리 이곳을 벗어나야지, 벗어나야지.' 하는 일념뿐이다.

멀지 않은 곳에 내가 매일 출근하는 공장이 있다. 어린 꼬마가 감내하기가 참으로 힘이 드는 주물 공장. 한여름의 더위에 쇳물 온도를 더하니 가마솥 같은 온도다. 더위와 먼지, 쇳물 바가지 무게를 어린 내가 감당하기 힘이 부친다.

"엄마, 난 왜 이런 데서 이런 고생을 해야 하는데? 어린 내가 버텨 내기가 너무 힘들어요. 엄마."

주물 공장에서 일을 하기에는 내 나이가 너무 어리다.

기회만 되면 주물 공장도 판자촌 생활도 다 정리를 할 것이다. 이곳은 나의 앞날을 맡길 곳은 아닌 것 같다. 나에게 주어진 환경이 너무 열악하다. 이곳에서 집안을 일으켜 세우겠다고 내 몸 맡기려다 먼저 내 몸뚱아리가 아작이 날 것 같다.

8

참 나쁜 놈

시골 촌놈이 시골 촌놈을 상대로 금품 갈취

60~70년대 그 시절은 본토 애들이라 함은 한마디로 무서운 존재였다. 텃세를 부린다고 해야 하나. 이들에겐 무서움이 없는 그야말로 조직 폭력배 같은 행동들을 하고 있었다. 시골서 갓 올라온 나로서는 그 단어만 들어도 두려움의 대상인 서울 본토 애들이었다. 이들은 시골서 갓 올라온 촌놈을 상대로 금품 갈취를 일삼던 시절이었다. 이들에게 협조하지 않으면 바로 폭력이 가해진다.

이때 유행했던 말이 "맞고 줄래. 그냥 줄래."이다.

십대 후반은 인생의 꿈 많은 황금 시절이라고 하지만 나에게 있어서는 서울 본토 놈들에게 맞짱 떠야 하는 고달픈 하루하루의 연속이었다. 이 시간들은 나에게 온몸에 피멍들게 하는 가장 고통스런 나날의 연속이었다. 내가 할 수 있는 최선과 최후의 선택은 그들 눈에 보이지 않게 나의 몸 면적을 작게 하고 숨죽이며 살아가는 것이었다. 그래도 희망을 갖자. 나도 언젠가는 맞는 입장에서 조패는 입장으로 환골탈태하는 날을 기다려 보는 것이다.

아주 가느다란 희망 하나 붙잡고 있는 쓰레기처럼 버려진 이 시절의 나날들이었다. 이렇게 계속 살아가다 보면 괜찮은 나날이 올 것이다. 암흑 같은 곳에서 불빛이 갑자기 환해지는 것처럼 암흑 같은 나의 삶에도 환한 빛으로 밝혀 주는 날이 오겠지. 작금의 암흑 같은 삶에서 밝은 삶으로 건져 올려 주겠지. 나는 고래를 춤추게 하는 능력은 없으나 나의 삶에 희망을 건져 올릴 수 있는 힘은 있다. 내가 가진 거라곤 죽음을 각오로 다져진 정신 하나였다.

먹고 살기 위해 돈을 모으기 위해 들어간 중곡동 캐비닛 공장에 서울 토박이 또래들과 함께 근무하게 되었다. 입사 후 본토 또래들과 주먹에 피 마를 날 없이 싸웠고 늘 내 코에선 피 마를 날이 없었다.

이들에게 개 맞듯이 맞아 온몸에 멍이 들어 아프지만 몸보다는 마음이 더 아프다. 동시대를 살아가는 인간들이 정을 나누지 못할망정 일방적으로 얻어터지는 것은 불공평하다.

본토 놈들은 촌놈 때리는 데는 이유가 없다. 눈 마주쳤다는 이유 하나다.

남자들이란 싸우면 적이고 친하게 지내면 친구라지 않는가. 이제 그만하자. 싸움의 상대에서 친구의 상대로 만나자.

인간은 각자의 자유로운 존재로서 본인이 원하는 인생을 살아가면서 행복을 누릴 권리가 있다. 오늘도 피 터지게 싸우고 나서 한 잔의 막걸리를 기울이며 때리고 맞는 사이에서 이제는 친한 친구 사이로 할 수는 없을까?

"야, 이제 그만하자. 이제 내 코에서 나올 피도 없다. 이제 친구 먹자."

"그래. 앞으로 친구 먹자."

맞다. 인생을 살다보면 못된 시어머니 죽는 날 있듯이 우린 서로 안 았다. 비록 어린 나이지만 우린 사나이 같은 굳은 악수를 나누었다.

이렇게 서울의 삶에 환골탈태의 계기를 난 만들어 냈다.

나의 인생에 흑역사를 보내고 백역사의 시작점을 알리는 계기가 되었다. 이제부터는 코피 터지는 일상에서 주먹에만 피를 적시는 환골탈태의 시작점이다.

또래 친구들에게 깔았던 눈. 이제는 같은 눈높이로 볼 수 있다는 행운이 나에게도 찾아왔다.

이런 계기로 본토 동갑내기 한 친구와 단짝 친구 사이로 지내게 되었다. 공장이 돌아가지 않는 날이면 우리만의 문화를 위해 준비는 철저히 해야 된다는 철칙으로 뭉친 우리 두 사람, 퇴근 직전 회사의 자제를 누구의 허락도 없이 직경 2cm 파이프를 40cm 길이로 2개를 잘라 가방에 챙겨 집으로 가져 왔다.

우리가 노는 날 휴식을 취하는 곳이 화양동 느티나무 아래. 동네 어른들과 매미와 함께 한여름의 태양을 피해 흐느적거리는 열기를 식히기에 안성맞춤의 장소였다.

화양동 느티나무 아래에서 한여름의 더위가 쇳덩이도 녹일 것 같은

나의 삶은 평범하지 않았다

거리 풍경을 보고 있노라면 강의를 마치고 교문으로 쏟아져 나오는 건국대 학생들의 활기 넘치는 모습에 나와 같은 동시대를 살아가는 대한민국의 젊음인데 달라도 너무 다르다는 생각을 지울 수가 없었다.

아~~ 씨팔, 어떤 놈은 첫날밤에 새색시 옷고름 풀고 있는데, 난 기름때 옷 입고 야간작업을 하고 있으니 동시대를 사는 젊은 놈의 운명이 이렇게 다르나…. 나와 이들의 현실이다. 차이점이다. 세상은 참으로 평등하지 않다.

맞다. 각자도생(各自圖生)이라는 사자성어도 있다. 난 타고난 태생 자체가 흙수저인 것을 감히 금수저의 삶을 살고 있는 또래들과의 비교를 하다니.

우리가 숨을 쉬고 살아가는 현실은 약육강식의 정글이다. 여기서 지는 자는 곧 죽음이다. 표현이 과할지 몰라도 현실 돌아가는 형색을 보면 제대로 된 표현일 것 같다.

현실에 불만이 쌓이자 갑자기 담배가 땡긴다. 한 모금의 담배 연기로 불만 덩어리를 뿜어내고 있는데 지나가던 할아버지 한 분께서 나에게 한마디 던진다.

"어린 것들이 담배 피우면 뼈 녹는다." 담뱃불 끄라고 일갈을 날리신다.

"와요. 내 담배 피우는 데 할배 인생에 지장 있습니까요?"

"이놈의 자식이 어른 말에 꼬박꼬박 말대꾸를 하고….'"

"마~아 할배 가던 길이나 가이소…. 할배도 더위 먹었나?"

친구가 날린 한마디였다.

사람이 살아가는 데 의미를 크게 두지 마라. 난 누구의 간섭도 싫다. 단순 무식하게 살 것이다.

난 이 세상을 위해 태어난 인간이 아니다.

의도치 않게 태어난 몸, 살기 위해 이 세상에 나타난 놈이다.

각자 태어난 환경은 다르지만 최선을 다해 행복하게 살아야 할 권리는 있다.

인생을 즐기면서 각자 자기를 위해 살아간다.

아름다운 삶을 살아갈 가치를 만들어 가자.

난 누구에게 설득이나 강요받기 위해 이 세상에 태어난 것은 아니다.

나는 내 방식대로 숨 쉬고

나는 내 방식대로 살아갈 것이다.

남자가 예쁜 여인을 보면 안고 싶고 나비가 꽃을 보면 꿀 딸 생각에 자기도 모르게 본능의 끌림이 온다는데 언제부터인가 몰라도 난 남의 주머니를 내 주머니로 착각하는 놈이 되어 있었다.

"친구야 저기 맛 좋아 보이는 촌놈 하나 떴다. 작업해 볼까? 덥고 심심하던 차에 잘됐다."

누가 봐도 서울 물을 먹은 지 얼마 되지 않아 보이는 우리 또래 젊은 이가 저 앞에서 이쪽으로 걸어오고 있다.

친구의 어~이 손짓 한 번에 그 젊은이가 이쪽을 바라보는 표정이 겁먹은 얼굴이다. 처음부터 뭔가 잘 풀릴 징조다.

점점 가까이 오는 젊은이는 방금 상경한 듯한 촌티 풀풀 나는 또래 친구다.

"형씨 여기가 무지 시원한데 좀 쉬었다 가시지요?"

내 눈과 마주친 그 친구의 눈에서 불안감과 겁먹은 우두망찰이다. 시골서 올라온 촌놈들은 몸에 "나 촌에서 어제 막 상경한 촌놈입니다." 라고 쓰여 있다. 티가 나도 너무 난다. 누가 봐도 서울 물을 먹은 지 얼마 되지 않아 보이는 우리 또래 젊은이가 우리 앞에 부동자세다.

"긴장 풀어. 여기 호랑이 없어. 이 친구야."

"서울에는 뭐 할라꼬 왔는고?"

"돈 벌라고 왔습니다."

"돈 좋지."

"도둑놈이 속삭이는 건 남의 담 넘자는 것이고 과부와 홀애비 속삭이는 건 사랑하자는 거 아니겠어? 지금 친구를 부른 것은 목도 마르고 니코틴도 빨고 싶다는 거지. 무슨 말인지 알아먹겠어?"

갑자기 이상하게 흘러가는 분위기를 알아차린 시골 친구 얼굴에 핏기가 없어진다.

동네를 헤집고 다니는 우리는 이유가 있어서 싸우는 게 아니다. 처음 본 상대는 무조건 기를 죽여 놓아야 한다는 서울 본토 친구들의 생각이다.

서울 본토라는 텃세로 우리 앞에 허리를 조아리게 만들어 놓아야 한다는 것이다.

나도 나의 본색을 드려내야 할 시간이 되었다는 생각에.

나는 남의 돈을 내 돈으로 생각하는 착한 마음을 가지고 있는 사람이지.

신문지에 싼 파이프로 시골 친구의 어깨를 툭툭 치니 아무런 대꾸도 못 하고 겁에 질린 얼굴이 검은빛으로 변한다.

"주머니에 있는 거 다 끄집어내 봐라."

그 젊은이가 주머니에 있는 거 다 끄집어내 우리에게 보여 준 것은 돈과 담배였다.

"야, 이 친구 어제 서울 올라 왔다더니 서울말 쉽게 알아듣네."

"그래. 좋은 거 가지고 다니네. 오늘 좋은 일 좀 해도 되겠지. 우리가 이런 것들이 좀 필요해서 그러는데 사용해도 될란가 모르겠네."

말이 없다. 대꾸도 하지 않는다.

"오늘 날씨도 무지 덥고 하니 우리 여기서 웃으면서 헤어집시다."

그러자 마음이 풀렸는지 모든 걸 내려놓겠다고 자신이 가지고 있던 것 모두 가지란다.

이 친구 갑자기 부처님이 되셨나? 더위 먹었나?

그래도 친구 오늘 쓸 용돈은 가져가야지….

일부의 돈을 그 젊은이에게 주었다. 아주 인심 후한 사람같이. 내가 죽어 지옥에 가더라도 부처님과 하나님이 번갈아 가며 면회 오실 것 같다.

밤업소 방문
....

오늘은 본토 친구들이 저녁에 좋은 물건 하나 손 좀 보러가야겠단다.
친구가 공중 전화박스로 들어가 어딘가로 전화를 돌린다.
수화기 저쪽에서 오는 소리에 귀를 쫑긋해 보았다
"○○술집입니까?"
"예 맞습니다."
"요즘 장사는 잘되십니까?"
"아직은 잘 모르겠습니다."
"그럼 저희들이 조만간 한번 찾아뵙겠습니다."

저쪽의 답은 들으려 하지 않고 바로 수화기를 내려놓는다.

밤이 되자 10명의 본토 친구들이 모였다.
나는 이 친구들이 오늘 뭐 하러 가는지도 잘 모른다. 그냥 휩쓸려 간
다고 하는 게 맞겠다. 나는 아직은 순수한 시골 때가 묻어 있다.
문을 열고 들어가자 밤손님을 받기 위해 무대 위에서 악기 다루는
연습을 하는지 음악 소리로 시끄럽다. 떼거지로 밀고 들어온 우리들을
보더니 연주를 멈춘다.

한 친구가 무대로 올라가 드럼 치는 채를 빼앗아 자연스럽게 드럼을
친다. 종업원들의 당황한 목소리가 여기저기서 들려온다.

"경찰 불러! 경찰 불러!" 하는 소리가 홀 안 가득 퍼진다.

이게 아닌데. 그냥 이 집 분위기 좀 볼까 했을 뿐인데 처음부터 너무
까칠하게 나온다.

난 경찰들과 어울리는 것이 싫다.

홀 안의 이상 기운을 감지했는지 안에서 아우라가 범상치 않는 분이
우리 쪽으로 걸어온다. 이때 대빵 친구가 우리보고 일단 나가 있으란
다. 밖으로 나온 우린 누가 먼저랄 것도 없이 담배에 불을 붙여 물었다.

이쯤에서 조용히 마무리하고자 하는 대빵의 마음을 난 이해한다.

한참 후 대빵 친구가 나오면서 한잔하러 가잔다. 안에서 무슨 일이
있었는지는 난 궁금하지도 않다. 난 이런 친구들과 어깨를 나란히 하
고 몰려다니는 것만으로도 어깨에 뽕이 들어간다. 시간이 지나면서 나
도 이런 일에 빠져드는 것 같다.

우린 아주 자연스럽게 단골로 가는 시장 할매집에 들어가 한잔의 술
로 우리의 우정을 다졌다.

본토 친구들은 술을 마셨다 하면 내일 마셔도 될 술을 오늘 밤이 마
지막 밤인 양 마구마구 마셔대는 것이다. 술이 술을 먹는 건지 술이 안
주를 먹는 건지 안주 타령도 없다. 부어라 마셔라, 혀 꼬부라진 지 오
래다. 술기운이 온몸으로 퍼진 것인가 벼락을 맞고 꺾인 나무처럼 팔

　　　　　　　　　　　　　　　나의 삶은 평범하지 않았다

이 그대로 내려간다. 이젠 목도 꺾인다. 온몸에 맥이 빠진다. 온몸이
땅으로 넘어간다. 술기운이란 놈은 만류인력의 법칙이 적용되나 보
다. 나도 술독 속으로 빠지고 말았다.

여러 친구들과 동네 골목을 막고 웃고 떠들고 있는데 성질 더러운
경찰 아재들이 우리를 에워싸더니 머리채를 잡고 하나둘 백차에 밀어
넣는다.

"와 이러는데. 국가에 해 되는 일한 적도 없는데. 그라고 국가가 나
한테 해 준 게 뭐가 있는데."

"아, 이 새끼들 말이 많네. 다 집어넣어."

분위기가 험악해진다.

아름답게 살아온 죄밖에 없는 우리에게 씌운 죄명은 동네 길을 막고
공포 분위기를 조성한 협의란다.

파출소에서 훈방 조치로 풀려났지만 구더기를 씹은 기분이다.

나와 몇몇 친구들은 장발이라는 이유로 귀밑머리에 바리캉 맛을 봐
야만 했다.

패싸움
....

전라도에서 올라온 사람들은 단결을 잘하기로 그 당시 소문이 자자
했다.

공장 안에서 본토 친구들과 시비가 붙었다. 일대일 시비가 패싸움으로 번졌다.

그들의 단결력은 어디서 나오는지, 어떻게 연락이 갔는지 처음부터 주먹은 휴가를 보냈는지 파이프와 공구들만 허공을 가른다. 여기저기서 피가 튄다.

난 본토 출신도 아닌데 내 몸은 아주 자연스럽게 본토 친구들과 한 몸이 되어 있었다.

나의 얼굴에서도 피가 난다. 오른쪽 입 주위가 파이프 춤사위에 찢어지고 말았다.

한 놈만 상대한다는 내 싸움 철학으로 힘 좀 쓰고 있는데 뭔가 모르게 갑자기 분위기가 피로 목욕을 할 것 같다. 본토 형님이 던진 몽키스패너가 전라도 공돌이 머리를 스치고 지나갔다. 몽키에 맞아 땅바닥으로 쓰러진 사람의 머리에서 나온 피는 홍건히 땅을 적신다. 사태의 심각성을 인지한 공장의 높으신 양반들의 호통 소리와 몸으로 집단 난투극에 제지를 하기 시작하자 다들 연장을 내려고 싸움은 멈추었다.

하지만 나와 많은 친구들도 상처로 병원 신세를 져야만 했다.

싸우면 싸울수록 싸움 기술은 는다. 그리고 간댕이는 커진다.

젊은 청춘을 데리고 다시 고향으로

이런 나의 생활이 도움은커녕 아름다운 삶을 막는 장애물이 될 것 같다.

이 세계는 스님이 고기 맛을 알면 빈대가 남아나지 않고 수절 과부가 이 맛을 알면 이웃집 고자도 코피 터진다고 했다. 이 맛에 더 이상 물들지 않게 중독되지 않게 이 선에서 발을 빼야겠다. 이 길은 내가 가고자 한 길이 아니다. 난 자유롭게 살아야 한다. 누구의 제어가 있는 삶은 내 삶이 아니다.

나는 나에 대한 특단의 조치를 취해야겠다고 마음을 굳혔다.

서울이라는 곳을 벗어나자. 일단 고향으로 내려가자. 그리고는 내가 갈망하던 대기업 취직에 목을 매자. 그 길만이 나의 살길이다.

"엄마, 나 앞으로 정신 차려야 할 것 같습니다. 여기서는 좋은 사람 안 될 것 같으니까 시골로 내려가야 할 것 같습니다."

맞선
·········

맞선 볼 때 서로 상대에게 한 질문은 남녀가 확실히 다르다고 한다.

"대학교는 어느 대학교 졸업했는가?"

"현재 직업은 대기업인가?"

"키는 큰가?"

여자에 반해 남자는 간단하다. 예쁜가/예쁜가/예쁜가.

결혼 적령기에 본인이 직접 구하는 연애결혼이 아닌 중매결혼이라면 필수적인 조건들이 따라붙는다. 남자가 갖추어야 할 조건들은 외모와 무형의 재산인 학벌 그리고 유형의 재산들이다. 난 그 당시 어느 것 하나 충족하지 못했다.

중매쟁이란 남자와 여자의 연결고리를 만들어 주는 참으로 아름다운 일을 하는 분이다. 남녀를 이어 주는 역할이 얼마나 아름답고 고마운 일인가? 사람과 사람을 이어 주는 일은 어떤 형태로든 아름다운 일이다. 남녀를 이어 주는 가교 역할을 하는 그분들은 천사가 아닐까. 나름 평가를 내리면서. 그런데 그 아름다움의 가교 역할이 나에게는 참담하기 그지없는 나름의 결과물을 낳고 말았다.

셀 수도 없이 중매쟁이를 따라가 맞선 본 여자들은 하나같이 생물학적으로 여자라는 것 말고는 이성으로 끌림이 전혀 없는 처녀들이었다.

그렇게 매정스럽게 아니다 하지 말고 한두 번 더 만나 봐야지. 생긴 건 그래도 속에 든 걸로 아가씨를 보란다. 중매쟁이 아줌마는 설득인지 핀잔인지 매번 같은 말을 반복적으로 한다. "그런데 얼굴이 여자로 보이지 아닌데요."

중매쟁이는 들리지 않는 말로 나에게 말한다.

"니 꼬라지는……. 게다가 가진 것도 하나 없는 주제에……."

난 여자가 여자로 보이지 않으면 함께할 수 없다는 생각이 골수에 차 있다.

'내가 이러다 인류가 의무적으로 해야 할 번식(繁殖) 문제를 쓰레기통에다 쑤셔 넣은 건 아닌가.' 하는 생각도 든다. 그러나 난 무조건 내 마음에 꽂히는 여자와 결혼하고 싶다.

아주 소박한 꿈이다. 이 소박한 꿈이 왜 나에겐 현실로 다가오지 않는지?

나하고 통할 수 있는 사람과 살아야 행복을 누릴 수 있다.

아내를 사랑하고픈 마음이 불같아야 그 가정이 유지된다고 본다. 그런데 나와 맞지 않는 사람과는 늘 아웅다웅하며 시간만 죽이고 살기에는 인생의 시간이 짧다.

지금 내 앞에 조신하게 고개 숙이고 있는 여성은 어떤 심정일까.

그녀의 어색한 얼굴 표정은 모든 요건이 안 되는데 미장원 원장에게 등 떠밀려 미인대회 참가한 여자 같다.

"오늘 일은 없었던 걸로 합시다."

오늘도 시궁창 결과물에 중매쟁이는 여자는 외모보다는 내면이 알차야 한다는 점을 부각시켰지만 난 조금도 동의할 수가 없었다.

중매쟁이 눈에는 내가 거친 음식도 잘 먹는 마당쇠로 보았나 보다. 그러나 나는 참으로 입맛이 까다로운 양반 입인데.

남녀의 어울림은 사랑이라는 바탕에서 시작된다. 사랑으로 이루어진 관계는 늘 행복이 넘치는 가정을 만들어 갈 수 있다는 결혼관이 나에게는 기본 베이스로 깔려 있다.

무조건 쳐들어간 처녀의 집

시골 마을에 유일하게 처녀라는 신분을 가진 한 여성이 내 머릿속을 맴돈다.

예쁜 얼굴은 아니다. 그냥 여자라는 것 하나로 나의 가슴속에 밀물처럼 밀고 들어왔다. 그래도 지금까지 선본 처녀들보다는 내 가슴을 떨리게 한다.

있는 용기 없는 용기 끌어 모아 처녀 집으로 갔다.

"계십니까?"

방문이 열리면서 "누구세요?" 한다. 전등불 아래 처녀의 어머니가 의아한 표정으로 말했다.

"우짠 일로."

"그냥 놀러 왔습니다. 좀 들어가도 될까요?"

긍정이든 부정이든 방 안의 답은 의미가 없다.

나에게는 방 안으로 들어가는 게 1차 목표였다.

이런저런 얘기 끝에 내가 여기 온 목적을 말했다.

난 처녀의 의사는 개의치도 않았다.

처녀 어머니의 답만 들으면 된다는 생각으로 방 안의 공기를 무겁게 만들었다.

"따님을 저에게 주십시오. 행복하게 해 드릴 자신이 있습니다."

내 말이 끝맺음과 동시에 처녀의 어머니가 말했다.

"안 되네. 자네한테 내 딸을 줄 수 없네……."

처녀도 나의 돌출적인 언행에 황당해하는 모습이 얼굴 가득이다. 데이트 한 번 한 적도 없는데 느닷없이 찾아온 나의 행동에 당황스런 모습이 역력했다.

지금 생각해도 그때 나의 행동에 대해 이해할 수 없을 정도로 무례한 행동이었다.

배낭여행

허파에 낯선 바람을 넣고 싶다면 망설이지 말고 떠나야 한다. 지구 촌 더 깊숙이 파고들고 그 속에서 나를 찾아 낯선 곳의 문화는 나에게 신선한 삶의 자극을 주고 나락에 빠진 나에게 새로운 활력을 불어넣어 줄 것이다.

어느 날 문득 새로운 공기를 마시고 싶은 날이 있다. 환경이 다르고 문화가 다르고 사람이 다른 이들과 부대끼고 그들의 문화를 공유해 보고 그들의 언어와 함께 녹아드는 새로움을 온몸으로 느끼고 싶다. 지금 내가 살아온 곳에서 보지 못했던 풍경들을 보고 내 영혼에 새로움을 풍성하게 채우고 싶다.

첫 배낭 메고 간 여행지에서

어디론가 홀쩍 떠나고 싶은 마음은 벌써부터 있었는데…… 이번에 제대로 기름을 붓고 불을 지른 것 같다. 나는 중국어도 모르는데 영어도 모르는데 그러나 내가 가진 거라곤 용기와 오기 하나만 가졌을 뿐인데……

40대 후반 외국 언어를 공부하지 않은 때라 중국어도 영어도 병아리 수준이다.

이 모든 부족함을 떨치고 나는 배낭을 메고 비행기에 올랐다.

여행을 떠나는 순간 가슴은 설레지만 마음은 불안하다.

인천국제공항에서 중국 쿤밍공항으로 가는 중국 국적기인 남방항공기를 타고 4시간 30분 만에 도착한 쿤밍공항. 마중 나온다던 게스트하우스 주인의 모습이 보이지 않는다.

내 머릿속 그림은 "환영합니다. 조영식." 이런 팻말을 들고 있을 줄 알았는데 없다. 훤하던 공항 대합실이 어둠에 잠긴다. 난 어떻게 해야 하지? 주소와 전화번호는 있지만 그 당시 휴대폰이 없는 시절이다. 마침 함께 타고 온 한국분에게 정중하게 도움을 요청했다. 흔쾌히 응해 주신다. 전화도 받지 않는단다. 욕이 목까지 올라온다. 이 낯선 곳에서 나보고 어쩌라고. 암흑이다. 갑자기 눈앞이 아무것도 보이지 않는다. 함께 타고 온 비행기 손님 중 한국인에게 정중히 부탁을 드렸다.

"저 여기 말도 그리고 처음 오는 동네입니다. 여기 주소까지 데려다주십시오. 부탁합니다."

"함께 갑시다." 다행히 그분은 나의 딱한 사정을 이해해 주셨다.

"고맙습니다. 정말 고맙습니다."

해는 지고 있는데 내가 어떻게 이 난감함을 헤쳐 나간단 말인가? 하느님이 보내 주신 구세주님이시다.

택시를 타자 나의 긴장감이 풀린다. 이제 정신이 돌아온다.

"고맙습니다. 혹 여기서 사업하십니까?"

"선교 활동하고 있습니다." 정말 구세주님이었다.

이런 저런 얘기 중에 게스트하우스에 도착을 했다.

주인이 눈을 비비며 나오면서 내일로 착각을 했단다.

이런 변명이 있나.

선교사분은 나와 게스트하우스 주인과의 만남을 보시고는 가셨다.

"정말 고맙습니다. 안녕히 가십시오."

게스트하우스에 짐을 풀고 주인과 녹차를 마시며 주인이 재차 미안하다고 사과를 한다. 그리고 본인 소개를 하는데 중국 오지 여행가이면서 서울대 고고학을 전공했으며 이곳이 좋아서 이곳에서 삶의 뿌리를 내리고 있단다.

그리고 보니 KBS〈세계테마기행〉프로에서 리포트로 활동했던 그 사람이었다.

이렇게 무모하게 배낭을 메고 이곳에 오니 유명인과도 만나서 대화도 나누고 말이다. 그분은 나에게 중국 운남성에 대해 많은 정보와 운남성 일대 유명한 관광지를 추천까지 해주시고 그리고는 다음 여행지인 따리 게스트하우스에 예약도 잡아 주고 그곳으로 가는 기차표도 예매해 주시고 하셨다. 첫 만남은 불쾌했지만 기분 좋은 앞날을 만들어 주신 분이었다.

다음 날 26개 소수민족의 삶을 볼 수 있는 쿤밍민속촌에 갔다.

입구에 소수민족 전통 복장을 한 여인들이 입장객의 안내를 맡기 위해 도열해 있다. 입장권 구입 후 한국말을 할 줄 아는 여인보다는 얼굴도 의상도 내 스타일의 여인을 데리고 민속촌 안으로 들어갔다.

음악은 이곳 다이족의 구슬픈 음률이지만 내 귀를 즐겁게 한다. 하지만 안내하라고 데리고 온 여인과는 말이 통하지 않는다. 안내를 한다고 하지만 난 무슨 말인지 알아들을 수가 없다. 그래도 사진 한 장을 남겼으니 그것으로 만족을 하자.

곤명(쿤밍) 기차역

다음 날 아침 따리 가는 기차 탑승을 위해 쿤밍기차역으로 가야만 하는데 먼 길을 혼자가야 한다는 것과 '낯선 곳에서 또 어떻게 적응을 해야지.'라는 불안감이 몰려온다. 이런 나의 마음을 얘기했더니 주인장은 단호하게 그럼 "한국으로 돌아가세요."라고 한다. 단호하다. 그렇게 약한 마음으로 용기 없이 어떻게 배낭을 메고 왔냐고 나무라신다. 그래. 아직도 피 끓는 40대인데 부딪쳐 보자. 열차에 오르니 나와 말이 통하는 이 하나 없다. 다들 중국 현지인들이다. 낮 시간대 열차지만 나의 자리는 일등 침대칸이다. 조용하다. 사람들이 하나같이 기름기가 몸에서 흐른다. 삶이 넉넉한 사람들인가 보다.

보디랭귀지와 주인이 적어 준 메모지를 보여 주며 행선지를 얘기했더니 흔쾌히 도착지 게스트하우스에 안내해 주겠단다. 도움을 요청하면 도움을 주는 분들은 분명히 있다.

오후 게스트하우스에 도착하니 주인장이 한국인이다. 교편을 잡다가 이곳에 빠져 한국에서의 모든 걸 정리하고 여기에 뿌리를 내리고 있단다.

저녁 시간이 되자 게스트하우스 마당에 한국인들로 넘쳐난다.

낮 시간에 여행지를 돌아보고 밤이 되자 숙소로 모여든 것이다.

말로만 듣던 유명한 소설 작가분도 그리고 방학을 이용해 여행을 한다는 대학생들도 밥과 한잔 술이 밤늦도록 이어졌다.

아~~~ 여기서도 또 이런 분들과 이런 어울림을 가지는구나.

나의 용기가 이런 자리에 이런 분들과 어울림을 만들다니 나의 삶에 새로움을 불어넣어 준 계기가 되었다.

다음 날 얼하이 호스에서 일박을 하는 여행을 게스트하우스 사장님과 여자 대학생 두 명과 함께 여행을 잡았다. 호스가 아닌 것 같다. 물가엔 파도가 일렁이고 갈매기도 춤을 춘다. 일몰 시간이 가까워지자 썰물 현상이 일어난다. 호수 속 섬에서의 일박을 마치고 그다음 날 또 다른 남녀 대학생과 다음 여행지 호도협으로 여행 일정을 잡았다. 이곳에서는 식사를 함께하면서 서로의 여행 일정을 맞춘다. 우리 일행 3명은 리지앙으로 가는 버스에 올랐다. 산골 오지를 가는데 버스가 정차한다. 운전기사가 하는 중국어가 내 귀에서 통역이 된다. 볼일을 보는데 남자는 차 앞으로 여자들은 차 뒤로 가서 해결하라는 말이 참으로 정겨웠다.

리지앙은 옥룡설 산자락에 있는 고대 도시다. 새벽녘에 잠에서 깨고 보니 백인 여자가 내 옆 침대에서 자고 있다. 난 처음 겪는 그림이라 몹시 당황했다.

게스트하우스는 한 칸의 방에 여러 개의 침대를 놓고 자는 구조다 보니 이런 그림이 연출된 것이다.

문을 열고 나가니 빨랫줄엔 여성분들의 속옷이 걸려 있는 풍경에 또 한 번 화들짝 놀랐다. 배낭을 메고 집 떠나온 여성들은 남녀의 경계 지점을 벗어난 분들이다. 나도 서서히 적응해 가야지……

호도협 트래킹 출발 지점 입구에 마부와 말들이 손님을 기다리고 있다. 나는 말을 타고 가면서 협곡을 감상하기로 했다. 배낭은 마부가 매고 난 가벼운 몸으로 말 잔등에 오르고 보니 오른쪽이 천 길 낭떠러지다. 아찔하다.

며칠 전 서양 사람이 말과 함께 계곡 아래로 떨어졌다고 마부가 나에게 얘기를 해 준다. 말이 실수를 한다면 충분히 그럴 수도 있겠다. 오금이 저려 오고 말고삐를 잡은 손에 힘이 들어간다.

협곡 안 게스트하우스에 도착을 하고 보니 한국에서 오신 분이 한 분 계셨다. 대기업 중역분이란다. 호도협 트래킹 코스는 1박 2일 일정이다. 오른쪽은 천 길 낭떠러지 아래 흐르는 강물은 금사강이란다. 동남아로 가면 메콩강으로 이름이 바뀐단다. 강 건너 오른쪽은 옥룡설산이요 왼쪽은 합파설산이다. 어느 곳에 눈을 두어도 풍경화요 산수화다. 입에선 감탄사를 쏟아내야만 하는 호도협 풍경이다.

여행 중 일본에서 온 배낭여행자를 만났다. 집 떠나온 지 6개월 동안 세계 오지 여행을 하는 사람이라고 한다. 그래서 그런지 행색이 거지 꼴이다.

다음 날 우리 일행 5명은 샹그릴라로 갔다. 도착 후 현지 식당에서 KBS 다큐멘터리 팀과 한 식당에서 밥을 먹게 되었다. 먼 길 떠나오니 이런 분들과 함께 식사도 하고 얘기도 나누고 갑자기 내 삶이 한 단계 Upgrade된 기분이다.

아~~~ 이게 뭐지. 나에게 찾아온 고산병 머리가 띵하고 속은 메스껍다. 이 증상을 알아차린 대기업 중역분이 예약된 호텔에 함께 가자고 한다. 그리고는 새벽 첫차로 고도를 낮추라는 것이다. 따리까지 내려가라고 한다. 정말 고마운 분이었다.

모든 이들이 가고파 하는 샹그릴라 여행은 여기까지였다.

새벽차로 따리에 오니 몸이 가벼워진다. 고산병이 내 몸에서 나갔나 보다.

따리에서 하루 휴식을 취하고 남쪽 지방 징홍(시샹반냐)으로 여정을 잡았다. 이집트로 유학을 계획하고 있다는 여대생과 1박 2일 징홍까지 함께 가기로 했다.

버스는 침대버스고 운전수는 2명이다. 장거리 운전이다 보니 교대로 운전을 한단다.

지나가는 풍경에 취해 이국의 맛을 보다 침대 위에서 잠을 자고 하는 이런 맛은 한국에서는 볼 수 없는 새로운 맛이다.

새벽녘 밀림 지대를 지날 무렵 야생 코끼리들이 길가에 있는 걸 보고 여기가 동남아 지역이라고 다시 한번 느꼈다. 야자수도 보인다. 고무나무도 보인다. 날씨는 무지 덥다.

시샹반냐(징홍)는 다이족이 집단을 이루고 사는 도시다. 이곳 게스트하우스 여사장님이 차를 권하시며 이곳 정보를 주신다. 깔란바라는 곳에 가면 매일 하루 한 번 공연을 하는데 볼만하다고 적극 추천하신다. 이제는 제법 혼자서도 움직일 수 있는 자신감과 용기도 내 몸속 깊숙이 자리 잡고 있다. 다음 날 공연을 보기 위해 혼자 그곳으로 가는 버스에 몸을 실었다. 장쩌민 주석도 관람했다는 공연답게 아름다운 연

출이었다. 전문 배우들도 아니고 이곳에서 태어나고 자란 젊은 청년들이란다,

이곳 여성들의 몸매가 하나같이 날씬하다. 조각가가 빚어 놓은 작품 같다.

오늘밤은 소수민족 오지마을에서 민박을 하기로 했다. 그들의 삶 속 깊이 들어가 그들과 하루를 공유하고 싶었다.

오지의 다이족 집에서 하룻밤

아무리 돈이 넘치고 남는 게 시간밖에 없는 여행자라고 하더라도 중국의 그 많은 관광지를 다 여행한다는 것은 불가능하다. 왜냐면 중국의 모든 관광지를 다 여행하려면 인간이 수백 년을 살아야 다 가 볼 수 있을 것이다. 그래서 내가 꼭 가 보고자 하는 곳만 가 보면 어떨까 나름 생각해 본다.

내가 등짝에 커다란 배낭을 메고 중국 운남성을 돌아다닐 때 시샹반냐 오지 마을에서 하룻밤을 보내고 싶었다.

막상 오지 민박집에 여장을 풀고 하늘을 보고 있는데 갑자기 외로움과 잡념이 밀물처럼 밀려온다. 내가 낯설고 물설은 고장에 왜 왔지. 낮에는 눈 호강을 했지만 밤엔 컴컴한 오지 마을 천지가 어둡다. 불안하다. 공포스럽다.

잠깐 멎은 비가 또 쏟아질 듯 낮은 하늘이다. 초저녁 하늘에는 비구

나의 삶은 평범하지 않았다

름 때문에 달도 별도 보이지 않는다. 공기는 후덥지근하다. 몸에 소금기가 덕지덕지 붙어 있는 듯 끈적거린다. 이럴 땐 시원한 물로 샤워를 해야 하는데 환경이 허용하지 않은 곳에 내가 와 있다. 다이족들이 집단을 이루고 살아가는 오지 마을이다. 길 옆 야자나무들이 조용히 일렁이며 나를 반긴다. 환경은 그닥이지만 내일 아침 풍경이 너에게 눈호강을 시켜 줄 것이라고 나에게 위로의 말을 해 준다.

열대 기후의 마을. 2층으로 된 가옥에 1층은 가축, 2층은 사람이 산다. 벽 구조는 대나무다. 옆방의 말소리가 내 방까지 들린다. 이런 환경에서 아이는 어떻게 만드는지? 한국 여배우 장나라 사진이 벽에 걸려 있다. 반갑다. 그녀의 인기가 이곳 머나먼 오지 마을까지 영향을 미치고 있다니 그 인기가 대단하다. 이곳 다이족 마을 구조는 집집마다 뒤편에 연못이 있다. 연못 한가운데 화장실이 있다. 제주도에 가면 똥돼지가 있고 이곳엔 인간의 똥을 먹고 자라는 물고기가 있다. 일명 똥붕어다. 다이족 부부가 나를 위해 그물고기를 잡아 음식을 만들어 주셨지만 내 입에 정말 맞지 않았다. 물고기의 태생을 모르고 먹었어야 했는데 말이다.

이른 아침 화장실에 들어갔더니 인기척을 느낀 물고기 떼들이 물 위로 뛰어 오른다.

정말 새로운 문화를 보고 간다. 지구촌을 여행하다 보면 지금까지 보지도 듣지도 못한 것들과 마주할 때 세상은 넓고 문화도 다양하다는 것을 느낀다.

이번 여행에서 눈으로 맛으로 또 다른 문화를 몸소 체험하고 간다.

극장에서 중국인 보온병을 깨뜨리다

극장에서 민속 공연 관람 중 다리를 올리다 그만 옆자리 중국인의 물병을 치고 말았다. 바닥에 떨어진 물병은 산산조각이 났다. 중국인이 내 옆구리를 툭 치더니 나에게 변상을 요구하는데 시중가의 10배 정도의 가격을 제시하는 게 아닌가. 난 바로 모르쇠로 연기를 해야만 중국인의 요구를 물리칠 수 있다는 생각이 들었다. 내가 깨뜨렸다는 증거가 있냐고? 억지성 연기에 그들은 반협박으로 응수한다. 조용해야만 하는 극장 안이 소란해지자 극장 관리인들이 왔다. 난 점잖게 말했다.

"난 외국인이다. 경찰을 불러 달라. 너무 억울하다. 왜 나에게 이러는지 이분의 저의를 모르겠다."

정말 억울함이 묻어나는 연기를 해 보였다. 그러자 극장 관리인이 중국인들에게 무슨 말을 했는지 물병값을 요구하던 중국인들이 나에게서 멀어진다.

아~~~~ 살았구나. 안도의 한숨이 나온다.

중국인들이 정상적인 가격을 요구했다면 난 응당 변상을 해주고 미안함을 표하려고 하였으나 이들은 나에게 돈을 뜯을 목적으로 나에게 수작을 걸었으니 오히려 물병만 버린 꼴이 되었다.

미얀마 국경 지대를 가다

미얀마 국경 지대 쌀국수집에서

게스트하우스 주인의 추천에 따라 프랑스인, 호주인과 난 미얀마 국경 마을까지 가 보기로 했다. 가다가 목요시장이라는 곳에 들렀다. 시장은 우리네 옛날 재래시장을 많이도 닮았다. 시장 안은 활기가 넘친다. 이곳 소수민족들의 삶을 엿볼 수 있는 목요일마다 열린다는 재래시장이다.

전통 의상을 입은 젊은 여성들이 많다.

전통 복장이 아름답다. 예쁘다.

이 시장에서 파는 물건들은 한국에서는 볼 수 없는 것들이 많다. 번데기, 개구리, 지네 등등 상상을 초월한다. 다이족의 전통 의상을 예쁘게 차려입은 젊은 처자들이 우리에게 말을 걸어왔다. 여고를 갓 졸업은 했는데 일자리가 없어 한국으로 함께 갈 수 없냐고 간곡한 부탁을 한다. 하지만 함께 가고 싶은 마음은 꿀이지만 들어줄 방법이 없다. 다이족 처자들과 차를 마시고 사진도 찍고 헤어짐의 아쉬움을 누르고 백인 친구들과 미얀마 국경 지대로 갔다. 미얀마라는 나라는 치안이 불안해서 외국인은 걸어서 국경을 넘을 수 없단다. 중국인들은 다들 걸어서 오고 가고 하는데 우린 눈으로만 미얀마 국경을 넘어가야만 했다. 국경 바로 옆에 황금색 사원 탑이 보인다.

미얀마 국경이 이렇게 생겼구나. 눈도장을 찍고 택시로 징홍으로 오는데 택시가 멈춰 선다. 중국 국경수비대가 검문을 하려고 택시를 세운 것이다. 택시 안 백인들과 나를 보더니 그냥 가란다. 검문을 하다 그냥 가라니 택시기사가 하는 말이 걸작이다. 백인 때문에 나보고 덤으로 검문을 당하지 않았다고 한다. 이곳은 마약 거래가 국제적으로 심각한 국경 지대란다. 그런데도 백인들은 왜 검문을 하지 않을까?

내 생각을 여기에 기술하고 싶지 않다. 사람마다 생각이 다르기 때문이다.

두 번째 떠나온 여행

이번의 여행 코스는 길림성 연길에서 운남성 곤명까지 가는 2박 3일 기차 여행 일정을 잡았다. 연길은 몇 년 전 내가 근무했던 도시다. 그리고 함께 근무했던 직원분이 연변대학교 교수로 임명되었다는 소식에 난 이곳까지 한달음에 달려왔다. 옛정을 나누는 데 하루라는 시간이 짧았지만 아쉬움을 남기고 연길을 떠나야만 했다. 이제 2박 3일 동안 기차 안에서 생활하는 긴 여정의 기차 여행을 해야만 한다. 연길에서 북경까지는 조선족 사람들과 세상 살아가는 대화도 나누고 했었는데 북경에서 쿤밍까지 가는 기차 안은 조선족은 없다. 중국 한족들뿐이다. 이제부터는 말을 하고 싶어도 할 수가 없다. 난 중국어를 모르고 중국인들은 한국어를 모른다.

그런데 함께한 자리에 4살 정도로 보이는 남자아이와 함께 탄 젊은 엄마와 통하지 않는 중국말로 무료함을 달래고 있는데 어린 아이가 나 보고 한 "어른이 왜 말을 못할까."라는 말이 어설프게 내 귀에 앉는다. 아이 엄마가 아이의 입을 막는다. 난 웃었다. 그래. 너 말이 맞다. 외국 사람은 중국어를 사용하지 않는다는 것을 모르는 어린 너의 눈에 비친 내 모습이 너의 눈에 이상하게 보인 것이 당연하다. 아이의 엄마와 난 잘 통하지 않는 중국어 영어로 아름다운 대화의 꽃을 피웠다. 2박 3일 동안의 긴 여정을 마무리할 시간이다. 기차는 쿤밍역에 도착을 알린다. 그 여인과 헤어짐의 아쉬움을 쿤밍 게스트하우스 전화번호를 그 여인에게 주고 헤어졌다. 다음 날 석림 관광을 마치고 숙소에 돌아오니 주인이 어떤 여자분이 술 한 병을 손님께 드리라고 두고 갔단다.

아~~~~ 그 여인이었구나.

중국에서 유명하다는 마오타이라는 술이었다. 난 그 여인을 안듯이 술병을 한참 동안 안고 있었다. 이름도 모르는 외국인에게 이렇게까지 선물을 갖고 오다니. 참으로 고마울 따름이다.

북경에서 곤명까지 기차 여행

고속도로 휴게소에서 버스가 나를 두고 가다니

두 번째 배낭여행을 하면서 쿤밍에서 시샹반냐까지 가는 고속버스를 타고 가다 황당한 일을 당한 경험담이다.

어느 시골 휴게소에서 중식을 먹으라고 기사분이 승객에게 안내 방송을 한다.

나의 삶은 평범하지 않았다

나도 배 속을 채울 겸 식당으로 달려가 밥 한 그릇을 먹고 나니 배가 아프기 시작한다. 움켜진 배 화장실에서 시원하게 비우고 나오니 내가 타고 온 버스가 보이질 않는다. 아무리 찾아도 보이질 않는다. 안내소로 달려가 손짓, 발짓, 중국어, 영어, 한국어 등 내 몸에서 나올 수 있는 언어라면 다 쏟아냈다. 점잖게 생긴 직원이 내 뜻을 이해했다는 듯 어디에다 전화를 한다. 조금 있으니 운전기사 복장을 한 분이 안으로 들어온다. 이분과 같이 가란다. 고맙다는 인사를 하고 그분을 따라 다른 버스에 탑승을 했다.

버스에는 탑승했지만 마음은 내 배낭을 찾아야만 하는데 이놈의 버스는 이리도 천천히 간단 말인가. 마음이 초조하고 불안한데 운전하지 않는 기사분이 나에게 다가와 하는 말이 걸작이다. 차비 달란다. 이런 십팔. 배낭도 잃어버렸는데 "배낭 찾아주면 차비보다 배로 줄게."라고 한국말로 일갈했다. 독기 오른 나와는 얘기가 통하지 않을 것 같은지 운전석 옆자리로 간다. 두 시간 정도 달려가자 저 앞에 버스 한 대가 서 있다. 고속도로 가장 자리에…. 예비 기사분이 나한테 오더니 저 차 맞냐고 한다. 그래! 맞는 것 같다고 하자 차에서 내리더니 한 사람을 데리고 나에게 온다. 안면이 있다. 나를 두고 간 그 버스기사다. 난 나도 모르게 기사분을 안고 발로 찼다. 씨익 웃으면 나의 손을 잡고 자기 차로 안내한다. 차에 오르자 중국인 승객들이 박수로 나를 반긴다. 나도 모르게 눈물이 핑 돌았다. 외국인을 이렇게 배려하다니 고맙습니다. 배낭도 그 자리에 그대로 있다. 이제는 절대로 똥을 팬티에 싸더라도 화장실은 안 간다고 마음에 약속을 하고 또 하고 버스는 징훙이라는 도시에 늦은 밤 도착을 했다.

삶을 살아가면서 여행을 하면서 뜻하지 않은 일들이 나에게 닥쳐왔을 때 절대로 침착함을 놓지 말아야 한다. 흥분하면 꼬인 실타래를 풀지 못한다.

사람과의 이해관계가 얽혀 갈등이 생겨도 먼저 흥분하면 상대방에게 이길 수 없다.

침착하게 대응하는 놈이 승자가 된다.

나의 삶은 평범하지 않았다

10

사회생활

    친구들을 수십 년 만에 만났다. 너무나 오랜만에 만남이었다. 삶을 위해 친구들은 각자 삶의 터전에서 힘든 여정을 겪어 왔는지 얼굴에 힘든 삶의 무게가 묻어 있다. 그러나 삶의 무게감이 보이지 않은 친구들도 보인다. 친구들은 하나같이 각자의 다른 삶을 살아온 과정들이 교집합을 이룰 수가 없는 인생사들이다. 친구들의 삶을 공감하기보다는 시기, 질투가 먼저인 것 같다. 어린 시절은 이 친구보다 내가 더 잘 나갔는데 지금의 현실을 이해 안 되는 친구들도 있다. 지난날의 일들을 잊고 현실을 얘기해 보지만 공감해 주는 친구들은 별로다. 나 혼자 간직하기보다는 친구들과 함께 나누고자 이야기를 펼쳐놓았는데 "그동안 너의 삶이 녹녹치 않았구나.", "고생이 많았구나." 이렇게 친구의 삶에 대한 따뜻한 온기를 불어넣어 준다면 그 끈끈함이 배가 될 텐데. 이렇게 보듬고 가는 마음들이 아쉬웠다.

    나는 통장에 돈이 얼마 들어 있는지 모른다. 상관하지도 않는다. 내 지갑에 들어 있는 돈이 내 돈이고 내가 쓸 수 있는 돈이다. 그 외는 내 것이 아니다. 쓰는 데까지 쓰고 남으면 통장에 쌓일 것이고 내가 죽고 나면 필요한 사람이 쓰겠지라는 것이 돈에 대한 나의 철학이다.

인간은 다 비슷한 조건하에서 출발을 한다. 그런데도 어떤 이는 부자가 되어 있고 어떤 이는 입에 풀칠도 하기 힘든 삶을 살아간다. 이런 결과에 대해 일반적인 사람들은 출발은 비슷했지만 과정에서의 능력과 노력의 차이에서 오는 것에 대한 결실만을 놓고 이 불균형에 대해 많은 불만을 가진다. 삶의 과정에 대한 오점은 본인들이 인정하지 않는다. 여기에 불만만 가득하다.

나의 어린 시절 나의 세간살이란 참으로 한심하다 못해 비참하다고 해야 맞을 것 같았다. 도둑이 들어왔다가 우리 집 형편을 보고 남의 집에서 훔친 물건들을 죄다 우리 집에 놓고 갈 정도로 궁핍한 삶이었다.

난 어린 시절부터 진취적인 성향이었다. 지금의 삶을 떨쳐야 한다는 진취적인 생각이 늘 머릿속에 잠재돼 있었다. 그래서 무슨 일이든 미래 지향적으로 생각을 했다. 그때 그 시절의 삶에 절대로 만족할 수가 없었다.

어린 시절 그때부터 나의 인생 목표는 뚜렷했다. 무조건 회사에 취직을 해야 한다는 목표를 잡았다. 그리고 돈을 벌어야 한다는 각오를 다지고 또 다져 왔다.

인간의 성공 여부는 여러 가지 요인이 있겠지만 뚜렷한 목표를 가진 사람이 그렇지 않은 사람보다는 성공의 확률이 비교 우위에 있다.

뜻이 있는 곳에 길이 있다.

심리학에 자기실현적 예언 효과라는 게 있다. 내가 확실한 목표 때문에 이 목표를 달성하기 위해 거기에 맞춰 나의 일상을 변경해 간다는 것이다. 인간의 세운 목표는 씨가 된다. 나의 목표라는 씨가 기름진 환경에서 발아가 될 수 있도록 피나는 노력으로 나의 운명을 바꾸어 놓을 것이다. 나의 이런 목표가 언약이 되어 지금의 난 그 꿈을 현실로 만들게 되었다.

서울 대성공업사

내 나이 이제 겨우 18세. 책가방을 들고 학교에서 공부를 해야 할 시간에 난 배고픔을 이기려고 열악한 작업 환경에도 불구하고 난 서울 중곡동 조그마한 공장에서 일을 하고 있었다.

공장에서 내가 만든 옷장과, 책상들을 남들은 다 사 가는데 정작 나는 살 수 없다는 가난이 한탄조로 바뀐다. 언젠가는 나도 저 옷장을 사야겠다는 다짐을 해 본다. 한겨울의 눈은 찬바람과 함께 휘몰아친다. 지붕도 없는 공장 마당에서 철재 옷장을 만든다고 추위도 잊은 지 오래다. 땅바닥에 공구를 손에 잡는 순간 공구가 내 손에 붙어 버린다. 쉼 없이 내리는 눈은 결국 작업 공구들을 삼켰다. 그래도 작업을 손에서 놓을 수가 없다. 내가 여기서 이 악조건들을 감내할 수 없다면 나의 장래도 없다는 각오로 추위와 싸움의 눈물을 삼켜야만 했다.

면장갑 살 돈을 아끼려고 맨손으로 작업을 해야만 했다. 하늘에서 내리는 눈은 내 손에서 물이 되어 흐른다. 영하의 추위는 내 손을 아리게 한다. 나의 손에 마비가 온다. 내 손에 감각이 없어진다. 언 손을 겨드랑에 사타구니에 넣어 보지만 언 손을 녹여 주지 못한다. 나는 동상이라는 것도 모른다. 설사 안다 한들 나의 현실로는 대처할 수도 피할 수도 없다. 어린 나에게 주어진 이런 악조건 환경들을 이겨 내야만 내가 살아갈 수가 있다. 나에게는 집안의 환경을 바꾸는 데 돈만이 해결의 열쇠를 쥐고 있다는 사실을 너무나 잘 알고 있다. 하지만 현실적으로 단시간에 해결 불가능하다는 사실이다. 어쩔 수 없는 나의 현실을 알고 있다. 모든 악조건을 떨치고 이 가난한 가정을 일으켜 세워야만 한다. 이 배고픔을 이기는 방법은 이 길밖에는 없다. 도시의 밑바닥 서민이 겪어야 하는 일상이 아닌가? 내가 나고 성장한 고향 마을에는 이와 같은 배를 채워 줄 일자리가 없다. 고향 마을에서는 굶주림만이 있을 뿐이었다. 나는 지금 굶주림을 떨치려면 이 열악한 노동 환경도 어쩌지 못한다. 추위에 언 공구들은 나의 손에 닿자 지남철처럼 내 손에 달라붙지만. 서울 하늘 아래 불어오는 겨울 칼바람은 모든 것을 얼어 버리게 하는 상상을 초월하는 매서운 추위지만 나에겐 선택의 여지가 없다. 오로지 이 악조건의 작업장이지만 그래도 나에게 밥을 먹게 해 주는 일터가 아닌가. 불만은 없다. 그냥 즐겁다. 시골 촌놈이 서울 하늘 아래 돈 벌고 밥 먹고 있다는 사실만으로도 내 자신이 자랑스럽다.

어느 한가한 시간 서울 생활도 이제 많은 시간이 내 머릿속에 쌓이다 보니 지금의 나의 생활과 나의 직업에 대한 많은 생각을 하게 한다.

이보다 좀 더 나은 조건의 일터는 없는가? 나도 이제 한국 사회가 돌아가는 현실에 대해 깊이를 알고 싶었다.

화양리(지금은 화양동) OPC라는 규모가 큰 기업체가 있다는 사실을 알고 난 왜? 들어갈 수는 없을까? 가슴엔 이름표와 회사 로고가 새겨진 출퇴근복을 입고 통근버스로 출퇴근을 하는 것을 보고 큰 충격을 받았다.

지금 내가 다니고 있는 공장은 가내 공업 수준이다. 엄청난 규모의 기업들이 많다는 사실을 알고 나도 언젠간 저런 커다란 공장에 들어갈 거다.

왜 난 이런 조그마한 공장에서 일을 해야만 하는가. 규모가 큰 기업체에 들어가 일을 할 수는 없는 것인가? 큰 회사에 들어가면 작업 환경도 좋겠지….

지금 나의 정체성에 대해 많은 생각을 하게 한다.

엄마가 해 준 밥보다 객지에서 먹은 밥이 더 많다.

나는 왜 이렇게 살아야 하는가?

나는 왜 이렇게 바닥의 삶을 살아야 하는가?

나의 삶의 질은 언제 바꿀 수 있을까?

나의 몸이 쇠약해져도 우리 집이 부유해진다면 난 괜찮다.

이 추위에 일을 하는 것은 밥과 맞바꾼 내 몸뚱아리를 추위 속으로 던져 넣은 것이다.

내가 여기서 울면 이 세상에 누구에게도 지는 거다. 반드시 이날을 기억하고 지금의 힘든 이 시절을 기억하자. 어떻게 해서라도 난 성공해야만 해.

대기업 취업 도전기

　천장 없는 회사에 근무하고 있는 나는 비가 오는 날이 휴일이다. 친구 찾아 화양리 땅에 발을 들이는 순간 대로변 동양정밀이라는 커다란 회사 정문 안으로 소위 말하는 통근 버스들이 들어가고 있었다. 나에겐 커다란 충격이었다.

　'나도 저런 옷차림에 버스를 타고 출퇴근을 할 수는 없을까?'라는 의문 부호를 던지고 나의 삶에 대한 대대적인 수정을 하지 않을 수 없었다. 나도 큰물로 가야 한다. 내가 숨을 쉬는데 지금의 공장은 너무 작고 숨이 막힐 것 같다. 큰물로 가자….

　이제 본격적으로 대기업 취직을 위해 실천으로 옮겨 가기로 하자.

　대기업 취업 도전이라는 베이스캠프를 고향으로 옮겨 왔다. 이제 새로움을 만들기 위해 깃발을 올렸다.

　대기업 모집 광고를 보기 위해 동아일보를 구독하고 매일 같이 배달되는 신문 모집 광고를 하나도 놓치지 않고 메모지에 적고 분석을 해 보았다.

자격 요건에 걸림돌이 되지 않은 학력 부분과 기술 부분에서는 용접 기술을 원하는 기업체가 많았다. 용접은 내가 한 번도 접해 보지 않은 분야다. 지금부터 기술을 익혀서 기업체가 요구하는 시험에 통과해야만 한다.

어디 가서 어떻게 배우지? 단북면 소재지에서 초등학교 동창이 운영하는 철공소가 있다는 소문을 듣고는 한달음에 달려갔다.

도로변 단북철공소라는 간판을 달고 그 안에서 누군가가 용접을 하고 있다.

초등학교 동창 녀석이다.

"친구야!!"

반가움에 악수를 채 나누기도 전에.

"나 여기서 용접 좀 배우자. 나에게 용접 좀 가르쳐 주라."

친구는 부처님 아들인지 내 말을 다 듣고는 말했다.

"그렇게 해라. 내 작업에 방해가 되지 않은 선에서 얼마든지 연습해도 좋아."

난 이런 부처님 같은 친구를 만났으니 하늘이 나를 돕는구나. 참 좋은 친구를 두었구나. 뭔가 나에게 희망이 보이는구나. 한 아름 희망 보따릴 풀어 보는 기분이다.

난 매일같이 자전거로 멀지 않은 거리를 왕래하면서 용접이라는 기술을 배우기 시작했다. 용접 불빛을 보아서 그런지 나의 눈은 흔히 말

하는 아다리되었다. 나의 눈에 모래알을 흩뿌려 놓은 듯 아프고 눈물
이 나온다. 잘 보이지도 않는다.

용접이라는 것을 처음 배우는 사람들이 겪게 되는 과정이며 용접 불
빛을 절대로 보지 말고 용접면을 꼭 사용하라는 친구의 말을 듣고 용
접할 때 일어나는 불빛을 보지 않으려고 노력을 하였지만 초보는 어쩔
수 없다. 친구는 자연스럽게 쇠와 쇠가 녹아서 접합이 잘되는데 난 아
니다. 시간은 급한데 나에게 용접 실력이 올라오지 않는다. 시간은 자
꾸만 흘러가지만 나에게 얻어진 기술은 전무하다. 시간이 약이고 해결
사인데 얼마의 시간이 필요한지 매일매일 눈물을 흘리면서 용접봉을
태우지만 실력은 제자리걸음이다.

나에게 이런 고차원적인 용접 기술 영역으로 들어가려면 얼마의 시
간이 필요한지 용접은 기술 영역에서 예술 영역으로 들어가야 하는데
아직도 기술 영역에서조차 나를 인정하지 않으니 많은 시간과 부단한
노력이 필요하다. 용접이란 단순히 두 물체를 붙이면 되는 기술적 영
역이 아닌 것이다. 얼마나 예술이 접목되어 쇳물이 녹아 들어가는가가
문제였다.

여름이면 용접 열기로 나의 땀구멍에서 흐르는 땀이 수도꼭지에서
물 흐르듯 한다.

나의 이런 노력에도 좀처럼 내가 원하는 수준의 실력은 아니다.

그러나 나에게 첫 도전의 시간이 다가오고 있었다.

낙방을 하더라도 응시해야 한다.

나의 삶은 평범하지 않았다

그 가늠의 잣대를 알 수 있다.

죽어도 파이팅, 살아도 파이팅이다.

용기백배 도전 정신으로 무장하고 응시장으로 갔다.

안양소재 현대양행(주)[현재: LS엠트론(주)]

◆ 대형농기계 제조

신문에 난 모집 광고를 보고 원서를 접수시켰다.

1) 용접공 모집

2) 학력 무관

실기시험 일자에 맞춰 경기도 안양시 소재 현대양행이 첫 번째 도전 회사다.

실기시험 장소에 투입되기 전 시험감독관의 주의사항을 듣고 각자의 용접 부스로 들어가 용접 시편에 용접을 하는 과제가 주어졌다.

용접봉에서 스파크가 일어나지 않는다. 아무리 용을 써 보았지만 용접봉에서 스파크가 일어나지 않고 용접봉이 시편에 달라붙어 떨어지지도 않는다.

점점 초조해지는 마음에 용접면조차 쓰지 않고 안절부절 하고 있는 나에게 등을 치는 손이 느껴진다.

"10번 수험생. 그 자리에 모든 것 그대로 두시고 나오세요."

아~~~~ 올 것이 왔구나…….

고향에 가서 좀 더 배워야겠구나. 내 실력으론 이 벽을 넘어설 수가 없구나….

회사 문을 나오면서 잠시 발길을 멈추고 뒤돌아보았다.

'현대양행 안양공장'

난 언젠가는 이 회사보다 더 큰 기업에 취직할 거다.

난 다시 한번 나의 의지를 불태웠다.

나의 불타는 의지는 저 높은 하늘에 아스라이 떠 있는 무지개처럼 멀리 있는 게 아니다.

꼭 잡을 것이다. 나의 불타오르는 대기업 취업을 꼭 이루어 내고야 말겠다는 다짐에 다짐을 했다. 좀 더 열심히 연습을 해야지. 좀 더 눈물을 쏟아야지.

행복이란 내 마음이 관대하다면 어디에서든 그 행복은 나의 것으로 만들 수 있다고 믿는다.

내 눈에 모래알이 굴러다니는지 아프다.

용접 아다리라는 것이 나를 괴롭힌다. 용접면을 쓰지 않고 용접 불빛을 직접 접한 게 눈에 엄청난 고통을 안겨 주고 있다.

그러나 난 용접 기술로 내 일생을 걸어야 한다. 이제는 시간과의 싸움이다.

눈물이 난다. 용접 불빛에 의한 눈병과 첫 시험에 고배를 마셨다는 서러움이 겹쳐져 눈물이 열차 바닥으로 떨어진다. 눈을 뜰 수가 없다.

이 고통의 끝자락엔 나의 희망이 있다.

◆ 창원소재 현대양행(주)[현재: 두산중공업(주)]

두 번째 도전의 깃발을 올렸다.

서류 전형 합격통지서를 받고 2차 실기용접시험 응시를 위해 창원 가는 버스에 몸을 실었다. 내일 오전 시험에 시간을 맞추기 위해 하루 전 창원 시내에서 하룻밤을 보내기로 했다. 여관에 몸을 누이고 천장을 멍하니 쳐다봤다. 내일 시험에 대한 긴장감이 엄습한다. 아직은 실력이 못 미치는 데라는 우려감이 밀려온다. 그러나 남자로 태어나 용기와 깡다구로 맞서 보자. 새벽하늘은 어김없이 날을 깨웠다. 어제 알아둔 회사 정문이라 쉽게 찾을 수가 있었다. 정문에서 시험장까지 안내 표지판이 있어 쉽게 찾아갔다. 응시생들이 많이도 왔다. 시험에 대한 설명을 듣고 바로 시험장으로 안내를 받았다. 이 회사도 직업훈련소가 있는지 용접 연습장이 있었다. 부스에 들어가기 전에 시험 시편 용접에 대한 설명을 듣고 호명에 따라 각자의 부스에 들어가 용접을 하기 시작했다.

지난번엔 스파크가 일지 않았지만 오늘은 그동안 열심히 연습의 진가를 발휘했다. 나름 용접이라고 했지만 다른 응시자들의 용접 부위를 보고 깜짝 놀랐다. 내가 한 용접은 용접이라고 할 수 없다. 오늘도 합격이라는 문을 통과할 수가 없겠구나. 자신을 책망했지만 어쩔 수 없다.

짧은 기간의 연습.

현장 경험이 없는 무경력자.

초등학교의 학력.

군필이 아닌 보충역.

이 모든 게 나에게 불합격의 꼬투리를 제공하는 것들뿐이다.

그래도 2차 면접이라는 관문이 나를 기다리고 있었다.

비록 용접은 엉망으로 시험을 쳤지만 그래도 한 가닥 기대감으로 내 차례를 기다렸다.

"35번 조영식 들어가세요."

문을 열고 들어가니 5분의 면접관들이 나를 좋은 눈으로 보는 게 아니었다.

"용접 경험이 있나요?"

"없습니다."

"저 하나 부탁이 있습니다. 화장실 청소라도 할 터이니 합격 좀 시켜 주십시오. 제발 다시 한번 더 부탁 말씀 드립니다."

"예. 잘 알겠습니다. 집에 가서서 기다리십시오."

"예. 기다리겠습니다."

이번엔 대기업 합격이라는 훈장을 달고 보란 듯이 마을어른들이나 처녀들에게 '조영식이라는 청년이 이런 사람입니다.'라고 홍보하고 싶었는데 예쁜 아가씨와 결혼하고 싶었었는데 이번에도 안 되는구나.

그러나 마음은 혹시나 하는 쪽으로 기울지만? 면접관으로부터 합격

나의 삶은 평범하지 않았다

이라는 답을 듣지 못하고 나왔다는 것은 불합격이 아닐까라는 생각이 머릿속으로 가득 차기 시작한다, 머리가 무겁다. 눈도 아다리되었나 보다. 몹시도 아프다. 눈을 뜰 수조차 없다. 고향까지 어떻게 가지 앞이 보이지 않은 장님과 같은데 눈알이 밖으로 나오려고 한다. 눈알이 그곳에 있기가 너무 불편하다고 난리다. 눈물은 왜 그리 나오는지 내가 걸음걸음마다 땅이 질척거릴 정도다.

그래도 집에는 가야 한다. 내 고향 의성군 단북면까지 기차로 버스로 가는 여정이 만만찮다. 허나 가야 한다. 앞을 볼 수 없는 몸이지만 그래도 가야 한다. 필요할 때 잠시 눈을 떠서 보고 그리고 눈을 감고 남들이 나를 보는 눈들이 이상해도 난 개의치 않았다. 오히려 당당하다. 대기업 도전기가 그리 쉬울까. 난 아픈 눈을 감고 희망을 노래하고 있었다. 난 남들과 다르다. 한 번 한다면 한다. 비록 해병대 제대는 못했지만 정신만은 그들보다 더 강하다.

의성으로 오는 완행열차 안에서 할머니 한 분이 나를 향해 측은지심(惻隱之心)으로 말을 하신다.

"총각 왜 그리 슬피 우는가?"

"저 갑자기 돌아가신 할머니 생각에 그만 눈물보가 터졌나 봐요."

난 이렇게 할머니의 위로의 질문에 답하고 돌아서서 흐르는 아픈 눈물을 훔쳐야만 했다.

집에 도착하자 어머니가 나를 반긴다. 집 나간 지 이틀 만에 돌아온 아들이 눈물을 흘리고 있으니 엄마도 걱정이 되시는지 "왜. 눈은 왜.

눈 아프나?" 걱정스런 눈으로 조심스럽게 아들의 눈치만 살피신다.

상세한 설명보다는 "엄마 괘안타. 걱정하지 마라."라고 말했다.

내 방에 들어가 아픈 눈을 달래기 위해 잠을 자야만 했다.

한 달이 지나고 두 달이 지나도 창원 현대양행에서 연락이 없다.

낙방이구나. 나를 채용할 의사가 없구나. 채용된다면 나의 모든 정열을 불태워 보려고 했으나 나의 존재 가치를 알아주지 않은 회사는 잊자. 잊어버리자.

나를 필요로 하는 기업은 분명히 있을 것이다. 다시 한번 내 눈을 크게 떠 보자. 그리고 찾아보자.

오늘도 배달된 신문 모집 광고난에 코를 박고 보고 또 보았다.

구미소재 흥명공업주식회사

세 번째 도전은 대한민국 최초로 생산한 CONTAINER. 제조업체로서 서울 덕소에 제1공장이 있고 구미공장은 제2공장이며 구미공장이라고 한다.

신문 광고면에 구미소재 흥명공업 주식회사에서 용접공 모집 공고가 났다. 마음이 진정이 안 된다. 나에게 또 찾아온 기회다. 이력서를 보냈다. 실기시험 일자를 통보받고 구미로 갔다. 고향 집에서 가까운 거리다. 이번에도 실기시험에 응시를 했으나 역시나다. 용접 실력은 내가 봐도 불합격이다. 아직은 실력이 회사에서 요구하는 수준이 아니다. 면접관이 나를 보더니 아직은 현장 투입 불가 수준이니 회사가 운영하는 직업훈련소에 들어가는 게 어떻겠냐고 제의를 한다.

"예. 그렇게 하겠습니다."

너무 기쁜 나머지 면접관이 보는 앞에서 기쁨의 눈물을 보이고 말았다.

면접 사무실을 나오며 외쳤다.

"엄마 나 드디어 해냈어요.

"엄마, 나 취직이 되었어요. 그것도 아주 큰 회사에 통근 버스도 있고 기숙사도 있는 주식회사에 취직을 하게 되었어요."

"엄마! 나 이제 직장을 구했다."

"그래. 잘됐다. 배구프제."

"응. 밥 줘." 밥의 맛을 모르겠다. 너무 붕 뜬 마음이다. 가슴이 뛴다.

다음 날 나는 간단한 옷가지를 챙겨 구미로 가는 버스에 올랐다.

기숙사에 방을 배정받고 짐을 풀고 나니 약간의 긴장이 몰려온다.

다음 날 아침 직업훈련소로 갔다. 내가 배워야 할 CO_2라는 용접은 처음 접하는 용접이다. 그곳에서 교사의 지도를 받고 체계적으로 배운다는 각오로 나의 열정을 불태웠다.

훈련소 입소 3개월 만에 퇴소를 하고 현장 Welding Part에 배치를 받았다.

난 각오를 다졌다. 용접은 예쁘게 속도는 빠르게 흘린 땀이 나의 각오가 결실로 이어질 수 있도록 해야 한다.

인간이 무슨 일을 하던 주어진 일에만 묵묵히 일처리를 한다면 로봇 기계와 무엇이 다른가. 난 인간이기 때문에 생각하는 작업자가 될 것이다.

이런 마음으로 현장에 적응해 갔다.

주문량 소화를 위해 주간 근무에서 주야간 편성으로 현장 배치 1개월 만에 조장이라는 직책을 명받았다.

작업 전 아침 조회 시간 작업자들 앞에 서서 그들을 마주 보니 떨림이 온다.

컨테이너 생산 공정 중 ARC용접으로 하고 있는 방법이 속도는 늦고 용접 이음부가 많아 품질에도 문제점이 많았다. 이 결함을 해결해야겠다는 생각에 난 CO_2용접으로 대체할 수는 없는가라는 생각으로 시도를 해 보았다.

모재와 용접 홀더 부분에 스파크 발생으로 대체 불가능하다. 어떤 해결 방안을 찾아야 한다. 방법은 절연(絶緣)이다. 홀더 부분을 절연용 테이프를 감아 모재와의 절연을 시켜 현장에 적용했더니 스파크 발생 없이 용접 속도와 용접 이음부도 다 해결을 했다. 또한 용접 작업자 2명도 줄일 수 있었다. 나의 이런 획기적인 개선 부분을 부서장님이 아시고 나에게 공로상을 주셨다. 난 생산이나 품질에 문제가 있는 공정은 적극적으로 개선하겠다는 의지를 또 한 번 다졌다.

회사에서 작업할 때 입으라고 준 노란 스즈끼 작업복을 난 당당하게 고향 갈 때 입고 갔다.

"저 이런 회사에 취직했어요. 저 학력도 없는 놈이 큰 회사에 취직을 했어요."

엄마는 이런 아들이 자랑스러웠는지 온 동네를 돌아다니시면서 아들 자랑을 한다고 시간 가는 줄 모르고 계셨다.

기숙사 사감 겸임

기숙사 군기를 잡을 강력한 사감을 모집한다는 소문이 돌던 중 내가 물망의 선상에 올랐다. 나는 회사로부터 그 제의를 흔쾌히 받아들였다.

사감이란 직책을 맡게 되고 나니 기숙사비도 면제가 되고 다인실에서 일인실로 이사를 하게 되었다.

나의 임무는 기숙사의 규율을 잡기 위해 기숙사 순찰과 외출 외박을 관리하는 의무와 권한이 주어졌다.

약목(왜관) 친구들

기숙사 사감을 겸하고 있을 때 왜관 본토 젊은 친구들도 회사에 근무하고 있었다. 물론 기숙사에 숙식을 하고 있는 친구들도 있고 통근을 하는 친구들도 있었다. 그런데 이들이 술을 마시고 기숙사에 들어오면 이들은 사규도 기숙사 규율도 무시하는 안하무인(眼下無人) 그 자체다.

"어이, 거기 조용 좀 하지."

"뭐라카노. 저 새끼가."

"여기 당신 혼자 전세 얻은 것도 아닌데."

"내가 이런 행동한다고 니가 나한테 보태 준 거 있나. 씹새끼야."

"치약으로 양치질을 해야지. 똥으로 양치질을 하면 쓰나."

나의 삶은 평범하지 않았다

오고 가는 말이 거칠어지고 결국은 주먹이 오고 가는 결과를 낳았다.

그들은 패거리들이다. 난 오로지 나 혼자다.

남자들은 시비가 붙으며 주먹에 피를 묻히게 된다.

이런저런 일들로 난 이들과 주먹에 피범벅이 여러 번 있고 나서야 이들과 친해질 수 있었다.

남자들의 세계는 참 묘하다. 꼭 피를 보는 절차를 거쳐야만 친구라는 결과물을 얻을 수 있는 건지.

나도 강한 놈이 되려고 싸움을 한 게 아니라 싸움을 많이 하다 보니 강한 놈이 된 것 같다.

현장에서 목격한 끔찍한 대형사고

천정 크레인의 굉음이 온 공장을 공포의 아수라장으로 몰아넣었다.

천정 크레인이 갑자기 속도를 높이더니 매달고 가던 철판들이 균형을 잃고 현장 작업자들 머리 위로 떨어지고 있었다. 아비규환이다. 작업자들은 낙하(落下)하는 철판을 피하기 위해 이리 뛰고 저리 뛰고 하는 난리통에 그 철판들이 작업자들 위로 떨어지고 말았다. 철판 떨어지는 굉음과 작업자들의 마지막 고함 소리와 함께 피가 사방으로 튄다. 난 보지 말았어야 할 장면을 보고 말았다. 작업자의 다리 하나가 저만치서 나뒹굴고 있다. 너무 끔찍하다. 보지 말았어야 할 피범벅인 현장을 보고 말았다. 그 끔찍함은 글로 담아 낼 수 없다. 크레인은 멈추었지만 운전수는 정신이 없는지 바닥에 내려올 생각을 못 하고 있다.

다들 멍하니 쳐다보고만 있다. 다들 정신이 나갔다. 한참 후에야 앰불런스가 오고 사고 수습은 마쳤지만 내 입에서도 내 코에서도 비릿한 사람의 피 냄새가 난다.

요즈음은 대형사고가 나면 현장이 멈추지만 그 당시는 현장이 수습되고 나면 아무 일도 없었다는 듯 공장은 돌아갔다.

그 당시는 안전에 대한 인식이 부족한 상태였다. 크레인을 담당하는 운전수가 있는 게 아니었다. 필요에 의해 운전을 누구나 할 수 있었다.

총체적으로 이번 사고는 안전 불감증이 부른 사고였다. 아무런 안전 매뉴얼도 없다. 이런 곳에서 죽음은 그냥 개죽음이다.

사고 목격 후 며칠간 밥을 제대로 먹을 수가 없었다. 잠도 제대로 잘 수가 없었다. 나에게도 트라우마가 찾아왔다.

거제도 대우조선(주)

거제도 대우조선소로 직장을 옮기다

한국의 70~80년대는 산업 사회로 급속히 발전하는 시대로 자고 일어나면 대기업 하나가 생길 정도로 경제 개발 속도가 전광석화(電光石火)라고 해도 틀린 말이 아닐 정도로 빨랐다. 나도 이에 편승해 우리나라 산업 발전에 일부분을 짊어지고 갔던 그 시절의 산업 역군이었다. 더 이상 홍명공업에서는 나의 비전을 펼칠 수가 없다는 판단이 선다.

더 큰 기업으로 직장을 옮겨야 비전이 있을 것 같다.

이때 현장 직원들이 하나둘 대우조선으로 직장을 옮겨 가기 시작하고 있을 때다. 나도 여기에 동참했다. 먼저 간 동료의 도움을 받아 대우조선 내 삼일이라는 하청업체에 새로운 둥지를 틀었다.

우리나라 조선 산업은 경제개발 5개년사업의 일환으로 대우조선을 막 건설하고 전국적으로 대대적인 인원 모집을 하던 시기였다. 또한 정치적 유화 정책의 일환으로 소위 말하는 교도소 모범수들을 산업 현장에 사회 적응차 대거 유입시켰다.

난 회사 부근에 방을 하나 구해야만 했지만 갑자기 많은 인원이 거제도로 몰리다 보니 방다운 방이 없었다.

돼지우리 한쪽 면을 개조해서 만들어 놓은 방을 구할 수박에 없었다. 냄새는 심하지만 선택의 여지는 없다. 어렵게 구한 방인데 가격도 마음에 든다. 동료 집에 보관했던 간단한 옷가지들을 방에 들이고. 아~~~ 인간이 이렇게도 살아가야 하는구나….

최악의 조건은 아니지만 그래도 이건 아니지 않는가? 돼지와 담 하나 사이를 두고 삶을 공유하다니. 나의 현실이 많이도 슬프다. 그리고 많은 상념이 밀려온다.

다음 날 회사로 들어가 작업복, 안전화, 안전모를 지급받고 간단한 안전 교육과 작업 내용 등 그리고 이곳은 자격증이 없으면 용접을 할 수 없으니 내일부터 시험대비 ABS자격시험 시편만 가지고 용접 연습을 하라는 현장소장의 말을 듣고 나서 그분의 인솔하에 현장 견학을 했다. 넓다. 가늠이 불가할 정도로 공장 규모가 크다.

점심시간 식당으로 이동하는데 거리가 멀다. 밥 먹고 현장 오면 바로 오후 작업 시간이다. 오후부터 시험시편에만 용접을 했다. 누구의 간섭도 없다. 자신과의 싸움이다. 하루라도 빨리 자격증을 취득해야만 현장 투입이다. 정상적인 수입을 얻기 위해선 현장에서 용접 작업을 해야만 한다. 나에게는 포기란 없다. 최단 시간 내 자격증을 손에

나의 삶은 평범하지 않았다

넣자. 조영식, 너라면 할 수 있어.

"파이팅."

시편과 씨름한 지 15일 만에 난 당당히 ABS자격증을 취득했다.

처음 자격증을 취득한 작업자에게 좋은 자리 눈에 확 들어 나는 자리는 용접 작업에서 배제시키고 보이지 않은 곳 박스빔 안에 들어가 용접을 하라는 담당 관리자의 작업지시를 받고 더운 여름날 가죽으로 된 용접복에 마스크와 용접면, 용접 홀더 줄, 에어줄, 전등 줄들을 끌고 앞도 보이지도 않은 좁은 공간 속으로 수십 메타를 기어 들어가야만 했다.

최악의 작업 환경이다. 내가 여기서 돈을 벌려면 이 정도의 작업 조건은 감내해야만 한다. 하지만 이건 아닌 것 같다는 생각이 문득문득 든다. 이 좁은 공간에서 죽음을 부를 수도 있겠다는 생각이 든다. 하지만 나에게는 선택의 여지가 없다. 버텨 내야 한다는 각오를 다지고 또 다지고 한 하루하루가 지나간다.

일주일이 지나자 후배 작업자들에게 내가 하던 일을 물려주고 작업 환경이 좋은 곳으로 배치받고 나서야 아~~~~~ 이 맛이야. 이래야 인간이 살아갈 수 있는 환경이지. 얏~~호!

입사 후 한 달 만에 회사 서문 쪽에 있는 기숙사에 입주하게 되었다.

한결 좋아진 삶의 공간 지난번 돼지우리 방보다는 훨 났다.

그런데 토요일 밤만 되면 개판 오 분 전으로 변한다.

전국적으로 내가 낸데 카는 인간들이 모여든 곳이라 거친 말들이 오간다.

유리창 깨지는 소리가 나고 경찰 사이렌 소리가 어둠의 교향곡으로 변한다.

이럴 땐 말려들지 말아야 한다.

쥐 죽은 듯이 있어야 한다.

싸움이 있는 곳으로 얼굴도 내밀지 말아야 한다.

날이 밝아 아침 운동을 간다고 나가면 어제 저녁의 흔적은 아무것도 보이지 않는다.

"어제 저녁 무슨 일이 있었나요?"

매번 토요일 밤이면 연례행사처럼 일어난다. 그리고 다음 날이면 깨끗하다. 조용하다.

참 신기한 동네다.

월요일 아침 서문을 통해 출근할 때면 경비들과 기 싸움을 하고 들어가야 한다.

경비들이 서문을 통해 출근하는 작업자들을 위에서부터 아래까지 쭉 훑어 내리는 눈동자가 매의 눈이다.

"어이, 아저씨 명찰 없어요. 안전화 끈 제대로 매십시오."

여가 무슨 해병대 복장 검사하는 곳도 아닌데…….

대우조선 서문에서 매일 아침 일어나는 일상들이다.

나의 삶은 평범하지 않았다

점심을 먹기 위해 가까운 식당으로 갔다.

"야~아 여는 식당이 깨끗하고 시원하네….'

"여기에 들어오시면 안 됩니다."

"와요?"

"여기는 직영 식당입니다."

"먼 데서 왔고 더운데 오늘만 한 그릇 하고 갑시다."

"저야 그러고 싶지만 높은 분들의 눈이 있고 해서요."

"여는 뭐 특별한 식당인교?"

"예! 여기는 직영 간부들만 이용하는 식당입니다."

"그런 덴교. 몰라서 죄송합니다."

식당을 나오면서 안의 공기를 보니 역시 숟가락 운전하는 양반들 면
면이 기름기가 흐른다.

사람 위에 사람이 있구나. 나 같은 놈은 이분들과 마주 앉아 밥을 먹
으면 저분들이 소화 불량으로 응급실로 실려 가야 하나 보다.

우짜겠노. 타고난 게 이 모양인데. 이 미천한 놈 가라는 대로 가야
지. 내가 무슨 힘이라도 있나?

더운 날씨에 나를 받아 주는 하청 직원 식당으로 가자.

식당 안이 도떼기시장 같다. 작업복에 기름이 덕지덕지 묻은 옷에
얼굴도 까맣다. 시끌벅적 사람 냄새나는 식당이다.

식판에 밥의 높이가 대단하다. 백두산 높이다. 저걸 우째 다 먹을라
고 저 마이 퍼 담았노. 밥 먹으면서 뭐가 그리도 얘기가 많은지 시골

장터 같다.

인간이 살아가는 사람 냄새다. 이곳이야말로 젊음이 넘치는 밑바닥들이다. 나도 이들과 함께 어깨를 나란히 하고 있다는 자부심에 어깨가 올라간다.

다들 돈 많이 벌어 우리 하고픈 것 하고 살아갑시다. 지금과 같이 어디 가더라도 기죽지 말고 당당하게 살아갑시다. 옆의 동료와 입으로 들어가는 밥과 나오는 말에 행복한 점심시간이다.

오늘따라 점심시간이 길다. 멀지 않은 곳에 바다가 있었다. 저 아래 바닷물에서 엄청난 고기 떼가 유영하고 있었다. 가만히 보니 고등어 떼다. 저걸 건져 가야 하는데 아무것도 없다. 눈으로만 보고 눈으로만 먹자. 저쪽에 낚싯대를 드리우고 있는 직원이 있다. 잠깐의 시간을 이용해 낚시를 하고 있는 저 여유로움, 많이도 잡았다.

이 공장 안의 넓이는 과연 얼마나 될까?

저 골리앗 크레인의 무게는? 호기심이 발동했다. 십 원짜리 동전을 레일 위에 두었더니 형체를 알 수 없을 정도로 뭉개졌다.

정말 어마어마한 하중이다. 회사 내 대형버스가 움직인다. 셔틀버스란다.

내가 원했던 큰 회사였지만 내 소속은 직영이 아닌 하청 노동자다.

뭔가 나와는 맞지 않다. 고향과의 거리도 너무 멀다.

지금은 거가대교가 놓였지만 그때는 배를 타야만 들어갈 수 있는 불편한 동네였다.

작업 여건도 상당히 불안전하다. 언제 터질지 모르는 안전사고, 소위 말하는 모범수 동료들과의 다툼.

내가 조용히 살고 싶어도 아름답게 살고 싶어도 주변에서 나를 그냥 놔두지 않는다.

여러 면에서 나와는 거리감이 존재하는 삶이다.

나의 장래를 보장해 줄지도 상당한 의문투성이다. 이런 불확실한 곳에다 나의 청춘을 걸 수는 없다는 생각이 머릿속에 가득 차오른다.

벌거벗은 채로 이 세상에 왔다가 눈 깜짝할 사이 다시 벌거벗은 채로 돌아갈 인생인데 이곳에 내 몸뚱아리 묻어 두기는 아깝다.

나에게 기회만 주어지면 직장을 옮겨야겠다는 각오를 다지고 또 다져 본다.

울산 현대정공(주) 2공장
(현재: 현대자동차 5공장)

거제도에서의 답답한 마음을 시원하게 할 방법을 찾아볼까 하여 옛 직장이 있는 구미공단에 와 보았다. '역시 여기는 내 마음을 잡아 주는 그 무엇이 있구나.' 하는 마음에 한결 가벼워진 마음으로 시내버스를 타고 가는데 어떤 분이 나에게 아는 체를 한다.

"혹시 조영식이라는 분 아닙니까?"

"예! 맞습니다."

"저 홍명공업에 제직하다 지금은 울산 현대정공에 있습니다. 혹 현대에서 일할 생각은 없으신지요."

"여건만 맞다면 가겠습니다."

"그럼 다음 주 월요일 울산에 오시면 연락 주십시오."

"예. 그렇게 하겠습니다."

울산 현대정공 2공장에 면접 보러 가는 날 불안한 마음에 막걸리 한 잔을 마시고 갔다.

사무실 문을 열고 들어가자 안에 높으신 분이 나에게 말했다.

"자네 술 먹었나?"

"예, 막걸리 한잔했습니다."

"내일부터 출근해. 내가 인사부에 다 연락을 취해 두었으니 그리 알고 출근해."

"예. 내일 출근하겠습니다."

면접을 보신 분이 생산부장의 직책을 가지신 분이었다.

사전에 나라는 존재를 다 파악을 한 분이었나 보다. 아니라면 말도 안 되는 이 장면을 통과할 수 없는 일인데……

내가 현대라는 곳에 든든한 뿌리를 내릴 수 있도록 끝까지 도움을 주신 분이다.

이게 나의 대기업 면접시험에 통과한 스토리다.

아마도 사람 구하기가 어려운 시절이 아니었다면 이런 상황의 연출은 생각지도 못할 일이다.

지금 생각하면 황당하기 짝이 없는 나의 행동이었다.

그때 왜 그랬는지 얼굴이 빨개진다는 생각도 술 냄새가 난다는 생각도 못 하고 막걸리 한잔이 내 인생에 커다란 오점으로 남는다는 생각도 못 했다.

이런 어리석은 행동은 내 인생에 두 번 일어나서는 안 되는 황당한 나의 행동이었다.

정문을 나오면서 대기업 취직의 기쁨보다는 나의 실수에 대한 자책이 앞선다.

아침 현대정공 2공장 문을 들어서는 나의 발길은 한없이 가볍다. 땅이 밟혀지지 않는다.

몸이 붕붕 떠다니는 것 같다. 어떤 미사여구(美辭麗句)를 동원한다 한들 나의 이 기분 표현이 될까. 내가 그토록 갈망했던 대기업 취업, 내가 해내고 말았다.

'엄마, 엄마의 자랑스런 아들이 현대그룹에 일할 수 있게 되었어요.'

나의 앞날이 불확정적이고 모호했던 삶을 예측 가능한 것으로 바뀌는 순간이다.

난 이 회사에서 나의 수고스러움이 많다 해도 난 기꺼이 감수하리다.

내가 그토록 갈망했던 대기업이다. 거기다가 현대가 아닌가. 우리나라에서 제일 큰 그룹 현대. 현대의 한 축을 담당하고 있는 현대정공이 아닌가.

난 지금 천하를 다 얻은 것과 같다.

내가 그토록 소망했던 대기업.

내가 그토록 갈망했던 현대그룹에 내가 일을 하게 되다니 이게 꿈이 아니고 현실이라니 믿기지가 않는다.

내가 개척해야 하는 나의 미래.

지금부터 나의 인생은 Zero Base에서 출발이다.

드디어 나의 인생 설계도를 다 그렸다.

설계도에 따라 건물을 올리면 된다.

부실 공사로 나의 집을 짓지 않겠다는 다짐에 또 다짐을 했다.

이렇게 아침 공기가 깨끗하고 상쾌할 수가 없다. 인사부에 이력서를 제출하고 생산부로 갔다. 출근 인사를 드리고 대리 직책을 단 분과 현장으로 내려왔다.

앞으로 생산 라인 하나 더 증설하는 데 필요한 CO_2용접기 조립을 하라는 작업지시를 받았다.

CO_2용접기 조립을 하고 있는데 어제 나의 실수를 덮으시고 채용해주신 부서장님이 오셨다. 땀 흘리며 묵묵히 일하는 모습에 흐뭇해하시면서 말했다.

"잘하고 있구만."

"예!" 난 어제의 실수에 나의 모든 것을 쏟아부어야겠다고 마음먹었다.

이분은 나의 은인이다. 나를 예쁘게 보지 않았으면 채용하지 않았을 건데 그분은 나를 정말로 잘 보신 것 같다.

선견지명(先見之明)을 가지셨나 보다.

그분은 나에게서 Vision을 보신 것 같다.

나의 롤 모델은 현대그룹 창업자이신 정주영 님이다.

내 삶의 궤적은 그분에 맞춰져 있었고 그리고 많은 실천으로 옮겼다. 그분은 나의 삶의 본보기였고 나에게는 좋은 인상을 남겼으며 나의 인생사를 바꾸게 한 분이다.

생각하기 위해 존재하는 인간의 머리는 안 쓰고 내버려 두면 안 된다.

고정관념의 노예가 되어 있으면 순간적인 적응력이 약해질 수 있다.

무슨 일이든 새로운 방법을 찾으면 나의 것이 될 수 있고 방법이 없다는 것은 방법을 찾으려 하지 않았을 뿐이다.

장애물이 있다고 비켜 가는 안이한 생각은 경계의 대상이다. 장애물을 돌파해야만 한다. 그것을 비켜 가는 버릇이 붙으면 비켜 가면 안 되는 일에도 비켜 갈 궁리만 한다. 인생은 도전이다. '내가 살아가는 인생길에 돌파를 해 봐야지.' 하는 맘으로 살아야 성공할 수 있다.

돈을 어떻게 모을 것인가라는 질문에 대기업 취업이라는 것이었고 이제는 돈을 얼마나 모을 것인가를 고민을 하고 진지하게 생각을 해봐야 할 시점이다.

이 사회의 주체는 사람이다. 가정과 사회 국가도 사람이다. 이런 주체들이 다 같이 건전하고 유능해야만 된다. 사람을 괴롭히는 것으로는 가난이다. 내가 지금까지 살아오면서 느낀 것이다.

현대그룹 창업자이신 정주영 님은 머릿속 사업은 모조리 실천으로 옮기시고 성공이라는 열매를 맺으셨다. 하지만 그분의 그릇에 비해 나는 너무 작고 초라하다. 나의 그릇이 너무 작아 그분과 같은 커다란 스케일은 아니다. 그러나 그 꿈의 크기와 관계없이 나도 내가 하고자 한 일들을 실천으로 옮겨 결실을 보았다. 내가 그토록 꿈꿔 왔던 대기업 취업을 해내고야 말았다.

그분의 열정은 나에게도 영향을 주었다, 무엇이든 부딪쳐 보고 해결하고자 한 생각으로 모든 일들을 풀어 나갔다.

나는 대기업 회사 생활을 하면서 제안 활동에 적극적으로 참여했다.

상상력의 응용이라는 Brainstorming에 난 머리를 짜고 짜냈다. '이 기계는 이 장치는 이 방법은 꼭 이렇게밖에 안 되나? 더 나은 방법은 없는가?'라는 생각에서 방법을 찾아가고자 했다.

사회생활을 하면서 '그 사람은 착실하다.', '성실하다.', '정직하다.'를 나를 따라다니는 수식어로 만들어야 한다. 나는 이런 수식어들을 통해 내가 속해 있던 곳에서 윗분들로부터 신임을 받아 대기업 현장 관리자에서 사무실 근무까지 초등학교 졸업장으로 믿기 어려운 위치에서 회사 생활을 해 왔다. 이 모든 것은 나의 성실함과 윗선의 배려가 어울려진 결과물이 아니었을까.

나의 부지런함은 아마도 기억조차 없는 아버지와 엄마의 피를 물려받은 것은 아닌가. 이 부지런함이 나의 자본이자 내 재산이 되지 않았나 한다. 이런 부지런함으로 직장 생활을 하면서 어떤 일이든 전심전력을 다해 주변 이들로부터 조영식 하면 믿음이 가고 성과물을 만들어 내는 직원이라는 각인을 심어 주었다.

그리고 난 직장을 다니면서 한 번도 결근을 한 적이 없다. 아무리 아파도 회사에서 죽자라는 각오로 회사로 출근을 했다.

산업스파이가 되다

산업스파이란 정의는 상대 기업이 가진 경영이나 기술 생산 판매 따위에 관한 정보를 알아내기 위하여 쓰는 사람이다. 또는 그런 정보를 관계 기업에 파는 일을 직업으로 하는 사람이라고 한다.

난 상대 기업에서 기술자를 빼 오는 임무를 맡았으니 나도 산업스파이였다.

출근한 지 며칠 지난 후 인사부에서 나를 찾는다. 고매(高邁)하신 인사부장님이 나를 반기시며 자리를 권한다. 여직원이 내온 커피를 마시며 나에게 부탁의 말을 했다.

"구미 가서 사람 좀 데리고 올 수 있나요?"

밑도 끝도 없이 사람이라니.

"구미 가서서 기술자분들을 좀 데리고 오셨으면 합니다. 가능하다면 출장 끊어 드리겠습니다."

"예. 한번 가 보겠습니다."

가볍지 않은 마음으로 구미로 갔다. 지난번에 근무했던 회사에 다시 들어간다는 것은 가슴 떨리는 일이다. 경비실을 아무런 의심 없이 통과했다. 우선 친한 사람부터 찾았다. 울산에서 일할 의향을 묻고 주소와 전화번호를 건네고 또 다른 직원들과 얘기를 나누고 있는데 사무실 사람이 다가오더니 말을 건다.

"좀 봅시다."

나의 삶은 평범하지 않았다

아~ 올 것이 왔구나….

"사무실로 좀 갑시다."

아~~~ 뭔가가 잘못되어 가고 있구나. 직감이 좋지 않다. 이럴 땐 머리를 빨리 굴려야 내가 산다. 돌아가는 머리가 느리면 나 오늘 쇠고랑 찰 수도 있다는 불안감이 엄습한다.

공장장이란 분이 나를 맞이하며 "왜 사람을 빼가려 하느냐. 경찰을 부르겠다."고 한다.

"당신은 산업스파이야. 이런 짓을 왜 하느냐."

질타가 이어진다. 난 최대한 죄진 얼굴로 연기를 해야만 했다. 사태가 심각함을 깨우치고 무릎을 꿇었다.

잘못했다고 저의 어리석음이라고.

용서를 바란다고.

지금 내 앞에 있는 분의 화를 달래 주어야만 한다.

머리 뚜껑 열려 있는 이분의 마음을 풀어 주어야 한다.

이분이 나의 감동적인 연기를 보고 마음을 풀었으면 한다.

그러려면 나의 영혼이 들어간 연기를 이분 앞에 연출해 내자.

영혼을 담아 몸으로 연기를 해야만 했다.

참회의 눈물을 쏟아내면서 말이다.

이 상황을 빠져나가야 한다는 일념으로 그분의 심기를 풀어 주어야만 했다. "죄송합니다. 한 번만 용서를 바라며 두 번 다시 이런 일로 여기 오지 않겠다."는 다짐을 하고 또 했다. 이런 나의 연기 아닌 연기가 통했는지…, 함께 근무한 좋은 영향 때문인지… 다시는 불미스런 일로 대면하는 일이 없도록 하자는 선에서 난 사무실 문을 나올 수 있었다.

경비들도 사무실로부터 많은 질책을 받았는지 나를 보는 눈에 독기가 흐른다. 그저 고개를 숙이고 그들 눈을 피해야만 했다. 죄진 발걸음이다. 여기를 스스로 나올 수 있게 된 것만으로도 고맙고 그분의 용서가 없었다면 경찰차를 타고 유치장에서 며칠 동안 고생 깨나 했을 낀데 아무런 일 없이 울산으로 내려갈 수 있어서 다시 한번 구미공장장님의 너그러운 마음에 고마움을 표했다.

며칠 후 내가 만났던 분과 또 다른 현장 작업자들이 대거 울산으로 내려왔다.

인사부에서 나의 능력에 감탄을 했는지 인사부장님이 별도로 나에게 식사 자리까지 마련해 주시고 수고했다고, 고맙다고 하시면서 라인 하나 증설하는 데 사람 구하기가 힘이 든다고 인사부장님이 그 고충을 토로하셨다.

얼마의 시간이 지나자 또 인사부장님이 나를 찾는다. 이번엔 거제도 대우조선소에 좀 출장을 갔다 왔으면 한다.

"기꺼이 갔다 오겠습니다."

이곳은 회사 안으로 출입이 불가능하다. 퇴근 시간을 이용하여 친분이 있던 사람들을 만났다. 이곳 사람들은 구미 사람들과는 다르다. 이곳의 돈벌이가 좋은지 울산에 대한 흥미가 별로였다. 돈에 대한 민감도가 높다. 작업 환경은 따지지 않는다. 돈의 액수에 민감하다. 난 생

나의 삶은 평범하지 않았다

활의 기반시설과 물가, 아이들 교육 문제, 돈이 아닌 삶의 질을 강조했다. 그러나 그들의 얼굴엔 나의 설득에 동의하지 않겠다는 표시가 얼굴 가득 번진다.

생산부 5라인 웰딩 조장

생산부 제5 Line은 공장 건설과 동시에 제품도 생산해야만 했다. 납품 기일을 맞추기 위해선 어쩔 수 없는 상황이란다. 현대그룹 창업주 정주영 님의 경영철학이자 현대 정신이다.

정주영 자서전에 이런 문구가 있다.

> "시간은 한순간도 멈추는 법이 없다, 일초가 모여 일분이
> 고 일분이 모여 시간이 되고 시간이 모여 하루가 된다. 이
> 렇게 시간이 지나가 버리면 잡을 수도 되돌릴 수도 없다."
> – 『시련은 있어도 실패는 없다』 중에서

주어진 시간에 최선을 다하여 성과물을 만들어 내야 한다.

고정관념에 박혀 있으면 발전이 없다. 당연히 공장이 준공 검사를 받고 생산 작업에 돌입하는 게 정상적이다. 그러나 이런 지극히 정상적인 사고가 이곳 현대라는 조직에서는 맞지 않은 사고다. 창업주 정주영님은 말씀하셨다.

"안 되면 되게 하라."

"해 보기나 해 봤어."

　일부 라인에서는 건설 노동자들도 생산 노동자들과 어울려 작업을 동시에 이루어지고 있다. 처음 접하는 이런 일터가 생소했지만 시간이 흐르고 그들과 하루 일과를 함께하는 날들이 길어지다 보니 이제는 당연한 일상이 되었다.

　그러나 안전과 생산, 이 두 마리 토끼를 잡기 위해선 나의 정신 무장이 절대적으로 필요했다.

　때로는 완전체의 설비가 아닌 가설비를 가지고 생산에 접목하다 보니 대형 사고에 노출되기도 했다. 그러나 천지신명이 도와주서서 안전사고 하나 없이 라인이 완공되고 정상적인 생산을 하게 되었을 때 그 기쁨은 이루 말로 표현이 안 된다.

　나도 정주영 님 못지않은 마인드를 가지고 있다. 내 앞에 그 어떤 난관들로 가로막혀 있어도 난 좌절하지 않고 묵묵히 헤쳐 나갈 각오다. 내가 감당키 어려운 역경이 닥쳐와도 난 헤쳐 갈 수가 있다는 승자적 마인드를 가질 것이다.

담당 부서장님의 명언 중 명언

2공장 현장 관리자 아침 조회 자리에서 생산부 부서장님의 말씀이

　　　　　　　　　나의 삶은 평범하지 않았다

머릿속에 깊숙이 오늘날까지 박혀 있다.

"당신들이 이 자리에 없으면 더 유능한 사람들이 당신들의
자릴 채울 것이다."

능력도 자질도 부족한 사람이 자리만 채우고 있으면 발전이 없다는
것이다.

하청업체 품질 관리차 방문

생산부 이사님이 품질 감독차 하청업체에 갔다 오라는 지시가 내려
왔다.
업체는 컨테이너 DOOR를 납품하는 하청업체였다.
납품 대기 중인 제품들은 용접 부분이 불량이었다.

내가 온다는 사전 연락이 들어갔는지 담당 부서장이 정문에서 나를
기다리고 있다.
"이렇게 오신다고 수고했습니다. 현장에 가면 공기도 안 좋습니다.
그냥 저의 사무실로 가서서 차라도 한잔하시면서 품질에 대한 얘기를
나누고 싶습니다."
"말씀은 감사하나 그래도 현장을 한번 보아야겠습니다."

난처한 표정의 부서장이 말했다.

"제가 안내하겠습니다."

역시 현장은 각종 기계 돌아가는 소리 때문인지 전쟁터 같다.

"부서장님, 이분 용접사 입사한 지 얼마나 되었나요?"

내 질문에 난감했는지 머뭇거린다.

"이 용접사 용접 작업에서 제외시켜 주십시오."

"예~~~."

여러 파트를 돌며 이런저런 지적을 하고 사무실에서 차를 마시며 품질에 대한 나의 얘기와 그들의 얘기를 들었다. 대기업과 중소기업 간의 연결고리 관계의 불합리점을 얘기하는데 내가 들어줄 사항도 있고 저 윗선이 해결해야 할 사항들도 있었다.

난 그저 건성의 대답만 했다.

"예~~~ 예, 고충이 크겠습니다. 자, 그럼 이만 가 봐야겠습니다."

"점심시간이 다 되었는데 함께 가시죠?"

"아이구, 아닙니다. 바로 회사로 들어가겠습니다."

"회사 가시면 좋은 말씀 많이 해 주십시오."

난 영혼 없는 대답만 남겼다.

"예."

난 업체 방문에 대한 보고드리기 위해 이사님 방으로 갔다.

"잘 갔다 왔어? 그래. 어땠어."

"그곳에도 용접사가 부족한지 기능 미달자들을 현장 용접에 기용하고 있었습니다. 제가 담당 부서장에게 기능 미달 수준의 용접사를 현장 용접에 제외시켜 달라고 했으며 그 자리에서 제외시키는 걸 보고 왔습니다."

"그래. 잘했어."

"그리고 앞으로 당신네들 제품은 더 철저히 검사하겠다고 하고 왔습니다."

"응. 그래. 수고했어."

제안제도 활동으로 대상을 받다

1, 2공장 어느 한 곳도 컨테이너 제작 시 처음부터 끝까지 용접을 할 수 있는 설비가 아니었다. 중간중간 용접 이음부가 있다. 이음부는 품질과 연관되는 기술적 문제를 야기하고 있었다.

이 부분을 개선해야 되겠다는 각오로 도면을 그려 윗선에 가지고 올라가 보고를 했다.

설계는 간단했다. 지금 라인마다 레일 위에 의자와 CO2용접기가 분리되어 있는 것을 의자를 좀 크게 제작을 하여 용접 기계를 부착하고 용접사가 타고 가면서 용접을 하면 이음부도 없어질 수 있다고 설명을 했더니 좋은 아이디어라고 하시면서 나보고 아예 설비 제작을 해서 실험까지 마쳐 보라고 하셨다. 업무 지시를 받고 현장에 내려와 바로 제작에 들어갔다. 내가 일단 먼저 시험 운전을 해 보았다. 대성공이다.

그런데 용접하면서 다리 힘으로 기계 설비를 움직인다는 것은 힘과 고도의 기술을 요하는 것이었다. 뭐 좋은 방법은 없을까? 난 생산부 공정기술부서로 갔다. 부서 반장과 함께 현장에 왔다. 자동화시킬 수는 없는가라는 질문에 가능하단다. 모터에 감속기를 결합시켜 용접 의자에 부착하고 용접사의 능력에 따라 속도 조절이 가능하다는 것이다.

이렇게 하여 전 공장 컨테이너 아래 보기 용접 기술을 한 단계 발전시켜 놓았다.

그리고 제안제도 경진대회에 나가 금상도 받고 나라는 존재 가치를 한 층 더 끌어올려 놓았다.

3일간 철야철주(徹夜徹晝)

부관훼리 선주사에서 ALUMINUM 냉동 컨테이너를 처음 수주를 받았다. 처음 제작하는 제품인데다. 알루미늄 소재인 베이스는 알곤용접으로 제작하는 공정이다. 공장에서 알곤용접 경력자 모집 공고를 냈지만 수천 명의 직원이 근무하는 이 큰 공장에서 한 사람의 응시자도 없다. 외부에서 기술자 한 분을 거금의 일당으로 채용하고 윗선에서 나보고 배워서 같이 용접하라는 업무 지시가 떨어졌다.

난 알곤용접기조차 본 적도 없다. 그러나 나의 사전엔 불가능이란 단어는 없다.

"예. 일단 한번 도전해 보겠습니다."

외부 기술자분의 가르침을 하나도 놓치지 않고 난 배움의 열정을 쏟았다.

아~~~.

이게 되네.

그것도 아주 쉽게.

용접할 때 들려오는 소리가 너무 좋다. 음악 소리 같다. 너무나 경쾌한 소리다.

우리 두 사람은 밤낮을 가리지 않고 용접을 해냈다. 며칠까지 다 해내야 한다는 사무실 업무 지시 때문에 집에 갈 수도 없다. 눈에선 모래가 들어간 것 같다.

머리는 점점 띵해져 온다. 새벽녘 잠시 눈을 부치고 또 용접기를 돌려야만 했다. 3박 4일 동안 공장 안에서 잠시 새우잠을 자면서 버텨 내고 나니 내 몸은 녹초가 되었다. 내 몸뚱아리가 아닌 것 같다. 정신도 흐려진다. 눈은 떴으나 앞에 보이는 물체가 또렷하지 않다.

그래도 사나이로써 작업 지시를 완벽하게 해냈다는 데 나 자신에게 고맙다는 말과 자랑스럽다고 칭찬도 아낌없이 해 주었다.

이사님과 부서장님이 작업 점검차 현장에 오셨다.

"끝낸 거야?"

"예. 다 용접했습니다."

현장을 둘러보시고 말씀하셨다.

"수고했어."

"수고가 많았습니다. 집에 가서서 푹 쉬시고 모레 출근하십시오."

"예. 들어가 보겠습니다."

맑은 하늘이 나를 반긴다. 해방감이란 이런 것인가? 일에 대한 압박감에서 벗어났다는 해방감은 정말 느끼고 싶은 마약이다.

멕시코 공장(HIMEX)으로
파견 근무

생산부 부서장님의 호출에 사무실을 찾았다.

"아~~~ 조영식 씨, 미국 공장으로 파견 근무를 좀 가야겠습니다."

"예, 가겠습니다." 한 치의 망설임도 없었다.

꿈속에서라도 가 보고픈 그곳, 미국을 가라니.

"내일 인사부 사무실로 출근하시면 제반사항을 말씀드릴 겁니다."

지금의 현대중공업 해양사업부 자리에 있는 사무실로 갔다. 함께 갈 4사람이 다 모였다.

3분은 1공장에서 온 직원들이다. 우리는 스페인 말을 전문 강사로부터 강의를 듣는 일정이 잡혀져 있었다. 멕시코는 스페인어를 사용하기 때문에 그 나라말을 배운다는 것이다. 어렵다. 쉽지 않다. 10일 정도 배우고 나자 멕시코 현지인들이 기술 습득차 1공장에 왔다. 우리 네 사람은 그들과 함께하기 위해 1공장으로 매일 출근해야만 했다.

인디안 피와 스페인, 백인 피가 섞인 혼열인들이다. 일명 메스티소라고도 한다.

이들은 멕시코 현지 공장에서 현장 관리자 신분들이다.

출국

파견 근무, 그것도 내가 가장 가 보고 싶었던 나라 미국. 치안 불안으로 삶의 근거지는 미국이며 공장은 멕시코란다. 이유는 멕시코는 마약 갱단과 경찰과의 충돌이 빈번하단다.

미국으로 출국하는 날 서울 현대 본사에 출발 인사차 들렀다. 마침 사장님이 출장 중이시라 우리는 정몽구 회장님 사무실로 갔다.

가끔 뉴스에 보았던 그분이다.

내가 출세는 했나 보다. 이분과 대좌를 하고 있다는 것만으로도 영광스럽다.

자리에 앉자 비서실에서 차를 내온다. 찻잔을 들자 회장님이 말씀을 하기 시작했다.

"당신들은 선발대입니다. 무(無)에서 유(有)를 창조(創造)하러 가는 것입니다. 가서 열심히 해 주십시오."

"예. 잘 알겠습니다."

본사 직원이 김포공항(그땐 인천공항이 없었음)에서 미국 LA로 가는 비행기를 탑승할 수 있도록 도와주시고 가셨다.

대한항공 비행기 안은 좁았다. 12시간 동안 이 좁은 자석에서 불편함을 감수하며 미국까지 가야 한다. 일본 상공을 지나자 해는 지고 계속되는 밤이다. 자다 일어나 밖을 보니 아직도 어두운 밤이다. 지금쯤 태평양 바다 위를 날고 있겠지.

알래스카를 지나자 서서히 여명이 트기 시작한다. 눈 덮인 알래스카를 지나 기수를 남쪽으로 남쪽으로 가는 비행기 오전 10시쯤 미국 LA 공항으로 접어들자 미국이라는 땅덩어리가 보인다. 도로에 무슨 놈의 차가 이리도 많을까. 그리고 도로는 바둑판같다.

도착하자 우리 일행을 마중 나온 한국인 직원이 우릴 반긴다.

미국이라는 나라가 그냥 천국이다. 내가 상상했던 대로 천국이다. 도로 옆 언덕엔 꽃들이 아름답게 피어 있다.

미국 LA 사무실에 도착하자 백인들만 보인다. 사무실 여사원이 블랙커피를 종이컵에 들고 왔다.

입에 맞지 않다. 너무 쓰다. 난 마실 수가 없어 그냥 들고만 있었다. 우리나라엔 종이컵이 존재하지도 않은데 미국에서는 이미 보편화된 것 같다. 미국이 선진국은 선진국인가보다.

먼저 온 한국 직원이 SANDIEGO로 가면서 이곳 생활에 대한 많은 얘기를 곁들여 심심하지 않게 가고 있으나 시차로 인한 고통은 말로 표현키 어렵다.

멕시코 TIJUANA에 공장이 건설되고 있고 출퇴근 시간상 용이한 도시인 SANDIEGO가 멕시코 국경 근방의 도시라 그곳에 숙소를 정해 두었단다. 우리를 태운 차가 달리는 고속도로는 넓어도 너무 넓다. 8

차선이다. FREE WAY 5번 고속도로란다. 로스엔젤레스에서 샌디에고까지 이어진 고속도로에 이 많은 차들 중에 똑같은 차가 보이지 않는다. 먼저 파견 근무를 하고 있는 사무실 직원의 말이다. 이곳 미국 아이들은 TOYOTA라는 차가 일본 차가 아닌 미국 차로 잘못 알고 있단다. 이유는 미국 시장에서 가장 판매량이 많은 차 중에 하나란다. 정말 도요타 차가 많다. 이곳은 일 년 열두 달 비의 양이 거의 0인 수준인데도 식물이 무성하게 자라는 이유는 해 질 녘과 여명 무렵에 땅속에서 분수가 뿜어져 나온다고 한다. 그리고는 조심해야 할 것은 이 무렵 식물들이 자라고 있는 데 들어가지 말 것을 조언해 준다. 재수가 좋지 않으면 물벼락 맞을 수도 있단다.

흑인들이 집단으로 주거를 이루고 있는 지역에 도보로 가지 말라고 한다. 동양인들은 그들의 먹잇감이 될 수도 있단다.

운전 중 경찰 검문 시 절대로 주머니에 손을 넣지 말아라. 총기 소지자로 오인하여 당신이 총을 맞을 수 있다.

이곳에서 빨래를 베란다에 널어놓지 마라. 이웃 주민이 고발할 수 있다.

빨래는 빨래방에 가서 건조까지 해서 집으로 가져올 것을 강조한다.

이곳에서 살아가려면 알아 두어야 할 법이고 문화다. 내가 이들의 삶 속으로 녹아들기 위해선 반드시 지켜야 할 것들이다.

미국 남부에 위치한 SANDIEGO 도시에 도착했다. 미국 어느 도시

나의 삶은 평범하지 않았다

인들 깨끗하지 않은 도시가 있으련만 정말 깨끗하다. 샌디에고 출라비스타 지역의 아파트에 우리는 짐을 풀었다.

바닥은 카펫이 깔려 있다. 4명이 기거할 아파트라고 하는데 크다. 우리나라로 치면 50평 정도 되는 것 같다. 방이 4개다. 한 사람당 방 하나다. 붙박이장이며 냉온풍기는 집 건축 때부터 설치된 것들이란다. 주방에도 냉장고랑 전자레인지 등 모든 게 다 갖추어진 미국 사회의 일반적인 아파트 구조란다. 단 소파와 침대는 입주자가 구매해야 한다. 짐을 풀고 나니 긴장이 풀리는지 잠도 아니고 그냥 멍하다. 시차 때문인가? 한국 같으면 한밤중인데. 지금 꿈나라를 헤매야 할 시간인데. 이틀 동안 잠다운 잠도 못 잤고 시차 때문에 오는 몸의 리듬 때문인지 내 몸을 괴롭힌다.

저녁 준비가 되었다고 가잔다. 이웃집이란다.

선임자가 사전 설명을 한다. 한국 여자와 이탈리아계 백인 남자가 국제결혼을 하여 살고 있는 집이라고 한다. 한국 여자의 친정엄마가 요리를 하는데 음식 솜씨가 보통 수준을 넘어선 맛이라고 한다. 할머니와 아기를 안고 있는 젊은 애기 엄마 그리고 백인 남자가 우릴 반긴다.

먼 길 오신다고 수고 많았다고 그리고 시장하실 테니 많이 드시라고 할머니는 우리보고 미국 사회의 풍요로움을 권하신다. 한국에서 접하기 어려운 메뉴다. 쇠고기 양념 갈비다. 지금까지 내 입과 전혀 인연이 없었던 쇠고기 갈비다. 입안에서 그냥 녹는다는 표현이 맞다. 쇠고기가 입안에서 좀 놀다가 위로 가야 하는데 그냥 위로 넘어갔다.

할머니께서 한국에서 접하기 어려운 소고기라고 하시면서 오늘 실컷 먹으라고 권한다. 다른 반찬엔 손이 가지 않는다. 아예 밥에도 손이 가지 않는다. 이런 맛을 두고 꿀맛이라고 했던가? 이 맛은 내 입맛에 최고라는 각인을 찍어둘 것 같다. 앞으로 이보다 더 맛나는 음식을 먹어 볼 수 없을 것 같다.

있다 한들 이 맛을 능가할까? 30대 후반의 나이가 될 때까지 이런 맛을 처음 대하다니 나의 삶도 참으로 퍽퍽한 삶이었구나. 새삼 나를 돌아보게 만들었다. 흔히 말하는 배가 터지도록 먹었다. 학력이 없으니 영어가 불가능하다. 백인 남자와 얘기를 하고파도 벙어리 냉가슴이다. 간단한 몇 마디만 나누었다. 아주 간단한 것들도 다 그분의 아내가 통역을 해 주었다. 며칠간만 이 집에서 음식을 해 주는 것을 먹고 앞으로 우리가 직접 해 먹어야 한단다. 아, 내가 미국이라는 곳으로 왔구나. 그토록 갈망했던 미국의 삶, 이제는 모든 것들이 꿈이 아닌 현실이 되어 내 앞에 펼쳐져 있다. 세계 속에서 가장 선진국인 미국에서의 삶을 마음껏 펼쳐 보아야지.

다음 날 아침 출근 준비를 하라는 선임자의 말을 끝으로 오늘 공식 일정은 끝을 맺었다.

밤인데 잠을 자야지. 시차를 의식하지 말자. '한국은 지금 낮인데.'라는 생각을 지우자. 이곳의 밤하늘만 보자. 오늘밤 지옥으로 갔다 왔으면 하는 마음으로 이불을 뒤집어썼다.

얼마나 많은 잠을 잤는지 정말 꿀잠이 아니라 지옥을 갔다 온 잠이다.

나의 삶은 평범하지 않았다

회사로 가는 밴에 몸을 실었다. 조금 가다 보니 고속도로 5번과 505번 Junction(합류 지점)에 다다르자 16차선이다. 이건 길이 아니라 바다 같은 길이다. 이 넓디넓은 도로에 차들로 메워져 있다. "와. 와." 입에서 나오는 감탄사 말고는 할 말이 없다. 멕시코 국경을 통과하는데 아무런 절차가 없다. 그냥 통과다. 선임자가 한마디 한다. 강대국과 약소국과의 차이란다. 미국으로 넘어오는 반대편 차선엔 차들로 장사진이다. 다 일하려 가는 멕시코인들이란다. 임금의 차이가 몰고 온 현실이란다. 이곳은 철조망 하나 사이인데 극과 극이다. 쓰레기가 바람결에 이리저리 뒹군다. 사람들의 모양새도 백인도 원주민도 아닌 혼혈인들이다.

건물도 후진국의 모습이다. 티후아나 도시 외곽 지역에 자리 잡은 HYUNDAI HIMEX 건물이 보인다. 선임자의 안내에 따라 우선 사무실로 갔다. 몇 분의 또 다른 한국분들이 근무하고 있다. 현장 직원들은 우리 4명이 처음이란다. 나와 또 한 사람은 컨테이너 담당이고 나머지 두 사람은 추레라 섀시 담당으로 파견 온 것이다. 선임자의 안내에 따라 공장 내부 견학을 하러 갔다. 한참 건설 중이라 소음이 장난 아니다. 한국분들도 보인다. 현대건설과 그 하청업체 직원들이란다. 난 컨테이너 라인 중에서도 핵심인 웰딩 파트로 가 보았다. 윤곽은 대충 잡혀 있으나 공정률은 시간을 많이 필요해 보였다.

이렇게 한 바퀴를 돌고 다시 사무실로 오니 각 파트별로 치공구 도면을 받았다. 이곳에서 제작해야 할 치공구들이다.

난 한 번도 제작 경험이 없는 치공구들이다. 그러나 나에겐 불가능 이란 없다는 각오로. 하나하나 제작 준비를 위해 자재, 용접기, 절단기 를 준비했다. 이제부터 나의 머리와 나의 솜씨가 어우러져 하나하나 산고의 아픔을 이기고 만들어 내야 한다. 물론 도면이 없는 치공구들 은 내가 컨테이너 생산을 하면서 필요했던 것들도 제작해야 한다. 처 음엔 나 혼자 하다 서서히 현지인들과 함께 작업을 하게 되었다.

이들은 참으로 느긋한 성격들이다. 오늘 못 하면 내일 하면 된다는 생각들로 똘똘 뭉쳐진 현지인들이다. 한국인들의 빨리빨리 정신과는 충돌을 일으킨다. 언제부터인가 그들이 우리 한국인들만 보면 빨리빨 리라고 놀리기 시작한다.

이들은 또 백인의 피가 섞인 혼혈이지만 우리들을 코가 작고 찢어진 눈을 가진 동양인이라고 깔보는 경향까지 겹쳐져 우리에게 지배당하는 것에 대해 좋게 보지 않은 것 같다.

공장 야드에서 작업을 하다 보니 내리쬐는 태양열이 장난이 아니다. 그래서 이들은 항상 색안경을 끼고 있다. 태양열이 너무 강하다. 그러 나 그늘에 들어가면 시원하다. 습도가 낮기 때문이란다. 자연과학이 다. 내 몸은 이미 동양인의 색깔이 아니다. 검은색에 가깝다. 그래도 이곳이 아메리카가 아닌가. 내가 꿈꿔 왔던 곳인데.

그리고 시간이 지나고 땀이 흐르고 나며 도면 속의 그림들이 하나의 작품이 되어 하나둘 쌓여 간다.

나에게도 이런 면이 있었구나. 나 자신에게 놀라움을 금치 못했다.

나의 삶은 평범하지 않았다

아니, 이게 내가 내 손으로 만들어 낸 작품이야. 역시 조영식은 조영식이구나. 하면 된다. 하지도 않고 안 된다고 하는 자는 현대그룹에 다닐 필요가 없다는 말이 나에게 딱이다.

어느 정도 치공구 제작을 마치고 현장 설비 점검을 위해 현대건설팀과 함께해야 할 시간들이 남았다. 설비 관계자분들께 "이 부분은 도면을 무시하고. 이 부분은 좀 더 보강을. 이 부분은 도면에 있어도 불필요한 설비이니 제거를. 이 부분은 수평에 신경을 많이 써 주셔야 합니다." 라고 설명했다. 이제 한국인들과의 일은 참으로 기분 좋은 일이다. 일단 말이 통한다. 그리고 나의 작업 지시에 막힘이 없다. 긍정적으로 받아들인다. 이제 웅장한 생산 라인의 설비들이 모습을 드러내고 있었다. 공정별 테스트하는 곳이 많아진다. 이들과의 이별도 얼마 남지 않았구나. 회자정리(會者定離), 인간은 만나면 헤어짐의 시작이라 했던가.

컨테이너 생산 일자가 하루하루 다가온다.

한국에서 공정별 추가 인원이 들어왔다.

컨베이어, 용접기, 각종 설비 및 각종 지그 작동 여부 테스트를 마치고 이제 컨테이너가 라인을 타기만을 기다린다.

그야말로 스텐바이다. 물론 부품 파트에서 생산은 며칠 전부터 시작했지만 컨베이어 위에 모양을 갖춘 컨테이너가 오기만을 기다린다. 컨베이어 벨트 위에 첫 20피트 컨테이너가 웰딩 파트 공정에서 멈추었다. 자기 공정을 지키고 있는 작업자와 담당 조장에게 사전을 펼쳐 들고 설명과 설비 조작과 용접 시범을 보이고 난 후 그들이 용접하는 상태를 보고 다음 공정 작업자에게, 또 다음 작업자에게. 이렇게 웰딩 파트 공정을 빠져 나갈 때까지 그들과 함께했다. 이렇게 컨테이너 한 대가 웰딩 파트를 통과하는 모습을 보고 가슴이 뭉클했다. 몇 번이고 반복적으로 다람쥐 쳇바퀴 돌아가듯, 난 조반장들과 함께 용접 파트에서 원활한 흐름을 만들기 위해 등짝에 흐르는 땀도 의식하지 못하고 하루라는 시간을 보냈다.

멕시코 공장 준공식

준공식 하루 전날 한국에서 회사 중역진들이 대거 입국했다.

회장님이 준공식 연단을 보시더니 정주영 그룹 회장님이 보시면 크게 노하신다고 당장 철거하고 규모를 반으로 줄이라는 엄명이 떨어졌다.

정주영 회장님의 검소함을 연단 설계자는 미처 몰랐다는 것이다.

중역진 사무실 그리고 현장직에 근무하고 있는 한국인들은 조를 나눠 밤을 새워 가며 공장 바닥에 물걸레질을 해야만 했다. 내일 준공식을 위해서다. 난 정몽구 회장님과 한 조(組)가 되었다.

회장님이 물걸레 헹구려 물이 든 드럼통으로 가면 옆에 있던 중역분이 걸레를 받아 빨아 주는데 그 중역분이 얼마나 긴장을 하고 있는지 손의 떨림이 보였다.

나의 삶은 평범하지 않았다

준공식 아침은 밝았다. 밤을 새워 가며 다시 설치하고 있는 연단은 마무리 공사로 바쁘다. 정몽구 회장님은 손수 맥시칸들에게 "Do quickly, quickly."라는 말로 독려하며 다니신다.

아버지에 대한 겁(怯)인지 아님 예(禮)인지 몰라도 근엄(謹嚴)함도 고매(高邁)함도 보이지 않는다.

멕시코 경찰의 사이렌 소리와 함께 정주영 회장님이 공장에 도착하셨다.

공장 안을 둘러보는 정주영 회장님을 경찰들이 천정크레인 레일 위에서도 경호를 하고 있었다.

이곳 경찰력을 동원할 정도의 권력과 돈의 힘을 보았다.

현지인들의 작은 스트라이크

잘 돌아가던 생산 라인이 돌아가지 않는다.

작업자들의 움직임이 심상치 않다.

급히 달려가 왜 작업을 하지 않는지 파악해야만 했다.

"당신은 왜 작업하지 않나요?"

"장갑이 없어요."

"당신은 왜 작업하지 않나요?"

"용접기가 고장 났어요."

"당신은 왜 작업하지 않나요?"

"몸이 아파요."

각양각색의 핑계로 생산 작업에 소극적이다.

생산 작업에 손을 놓고 있다.

껌만 쫙쫙 씹고 있다.

옆 사람과 잡담만 하고 있다.

'마음이 동하지 않으면 일을 하지 않아도 돼.'라는 책임감 없는 그들의 정신 상태.

"시간이 많은데 왜 이렇게 빨리빨리 해야만 돼?"

인간의 삶은 즐기면서 살아야지 일의 노예가 되어서는 안 된다는 것이다.

현지인 반장이 현지인들의 이런 정신세계관을 나에게 이해를 구한다.

나의 사고가 이들의 사고와 충돌하고 있다.

내 머리 뚜껑 열리기 직전이다. 분노의 감정을 누르고 현지인 조반장과 함께 자연스럽게 이들이 생산에 집중할 수 있는 여건을 만들어 주어야만 했다.

이들의 작은 스트라이크는 한국인의 빨리빨리 문화에 집단 거부감을 표시한 것으로 결론을 내렸다.

이들의 급여 형태는 주급제도이다. 금요일 주급을 수령하면 그날 저녁에 유흥비로 다 쓴다는 소문이 나돈다. 그리고 이들은 나에게 "돈이 너무 적다."라는 말을 공공연히 토로한다. 아예 곡이 없는 노래다.

내가 이들과의 대화 과정에서 비록 적은 금액이라도 저축을 해야지 내일이 없는 삶을 살아가는 건 아니지 않느냐?

그들의 답은 내일 무슨 일이 닥칠지 모르는데 오늘이 중요하단다.

그리고 우리에게 희망은 미국으로 밀입국하는 거란다.

아~~~ 내 삶의 철학과 이들과 달라도 너무 다르구나,

그래. 이해하자.

이들의 사고방식인데. 이들의 문화인데.

이들의 이직률은 상당히 높다. 한 달이면 50%가량의 생산직 인원이 바뀐다. 그런데 이곳 사람들의 손재주가 뛰어나다. 용접이라는 용(鎔)자를 몰라도 이들은 가르쳐 주면 몇 시간이 지나면 기능공 수준이 된다. 대단한 손재주다. 이들이 취직을 위해 용접시험 응시자들에게 분필을 주고 그림을 그려 보라고 해 봤다. 그림을 잘 그리는 사람은 손재주가 좋다는 썰을 믿어 보았다. 이들을 우선 채용하여 현장 투입한 결과는 만족할 만한 수준이었다. 손재주가 뛰어난 친구들은 용접도 잘한다.

이렇게 웃지 못할 에피소드를 남겼다.

미국 캘리포니아 운전면허증 도전기

한국에서 가져온 국제면허로는 이곳 캘리포니아에선 운전대를 잡을 수 없고. 캘리포니아 운전면허증을 취득해야만 한단다. 회사에서 한국 직원들이 직접 운전해서 출퇴근하라는 지시가 내려왔다.

샌디에고에 있는 DMV 사무실로 갔다. 이곳은 운전면허시험을 관장

(管掌)하는 곳이다.

이곳은 본인의 차를 가지고 운전면허 도로시험에 응시하여야 하며 필기시험은 본인이 원하는 언어로 된 시험지를 가지고 응시할 수 있다. 단 교통표지판은 영어로만 되어 있다. 필기시험지가 두 장이다.

필기시험은 한 번 만에 패스했다. 코스시험은 없다. 도로시험은 시험관이 조수석에 타고 그분의 지시에 따라 시내 운전을 무난하게 하면 합격이다. 시험관은 영어로 운전 지시를 한다. 물론 간단한 단어 몇 마디뿐이다.

스타트 나인에 대기하고 있을 때 시험관이 차에 오르면 응시자는 안전벨트를 매고 기다리면 시동을 ON 하라는 지시를 한다. 그리고는 깜박이, 전조등, 브레이크 등등의 각종 조작 기기들을 작동할 것을 지시한다. 여기서 시험관이 도로주행을 해도 무방하다는 판단이 서면 GO 한다. 일단 도로에 나가면 시험관이 운전에 관한 많은 지시를 한다.

그러면 응시자는 그분에 지시에 따르면 된다. RIGHT, LEFT, GO, STRAIGHT, STOP. 시내 교차로 사거리에서 좌회전 차선에 정차 중 시험관이 GO라는 지시를 하는데 내가 엄청난 착각을 하고 말았다. 좌회전 차선에 서 있었으면 좌회전해서 가야 하는데 GO라는 말에 똑바로 가자는 말로 이해를 잘못하고 직진을 했으니 시험관의 음성이 내 귀를 때린다. NO. NO, NO, NO. 사무실로 들어오자 시험관의 뒷모습이 싸늘하다. 시험관이 남긴 말은 FAILED.

재도전이다. 며칠 후 다시 이곳으로 왔다. 지난번의 실격을 교훈 삼아 오늘은 정신 바짝 차려야 한다. 오늘은 시험관이 옆에 타고 있어도 마음의 여유가 생긴다. 그분의 마음에 내가 흡족했는지 시내를 돌고 DMV 사무실 주차장에 파킹을 하고 나니 얼굴에 미소를 띠우며 PASS 라고 해 준다. 아, 내가 미국 운전면허증을 소지하다니. 사무실에서 바로 사진을 찍고 약간의 시간이 지나고 나서 운전면허증을 받을 수 있었다. 사진은 엉망이다. 머리는 멋대로 헝클어져 있고 얼굴 또한 개가 똥을 싸고 가고도 남겠다. 공장에서 일을 하다 왔으니 말이다. 면허증을 주머니에 넣고 멕시코 공장까지 내가 당당하게 운전을 하며 멕시코 국경을 넘었다.

임시로 머물다 국경을 넘어가는 도시(TIJUANA)

미국과 국경을 맞대고 있는 이 도시 사람들은 미국에 일자리를 두고 있는 사람들과 미국 국경을 불법으로 넘기 위해 기회를 노리고 있는 사람들이 사는 도시 티후아나.

공장에 일하는 멕시칸들 또한 그들과 다르지 않다.

현장직들의 이직률이 상당히 높다. 거짓말 좀 보태면 일주일에 50% 이상 직원들이 바뀔 정도다. 오늘 나오지 않은 직원들은 아마도 거의 다가 미국 땅을 밟았을 것이다.

이들은 브로커를 통하거나 아니면 단독으로 국경 철망을 넘는다. 말도 안 되는 부탁을 하는 이들도 있다. 미국으로 돌아갈 때 나를 좀 차

트렁크에 싣고 넘겨주면 사례는 잊지 않겠다는 직원도 있다.

그들의 처절한 삶을 생각하면 응해 주고 싶지만 그들의 간곡한 마음을 헤아리면 내가 죄인이 되는 것이다.

미국과 멕시코 국경 도시

퇴근 후 한국 직원들과 국경 넘어 미국 땅으로 들어가기 위해 미국 국경검문소(Border crossing)에서 입국 절차를 밟아야 한다. 늘 긴장되는 동네다. 혹시 불법 입국자는 없는지 마약 소지자는 없는지 검문소 직원들은 매의 눈으로 살핀다.

어떤 날은 검문소 직원이 보고 있는 중에도 멕시칸들은 철조망을 넘는다. 상당한 높이다. 위험을 오롯이 안고 젊은 청년들은 국경 철조망을 넘는다. 미국 농업에 이들이 없으면 농사를 지을 수가 없단다. 그래서 불법 월경을 때로는 눈감아 줄 때도 있고 아닐 때는 헬기를 띄어서라도 이들을 잡아 다시 멕시코로 넘긴다고 한다.

어느 날 국경 근무자 흑인 직원이 나의 여권을 보다가 농 한마디를 던진다.

"어~~이 찰스 브론슨."

웃음 띤 얼굴로 나에게 말을 걸어왔다.

"노~ 노. 아임 코리안 조지 브론슨."

나의 삶은 평범하지 않았다

서부 영화 전문 배우인 그분을 내가 좀 닮았다고 이분도 나를 알아보는구나.

우린 이렇게 2년 동안 국경검문소에서 먼저 보는 사람이 Hi amigo 라고 스페인어로 인사를 하며 국적을 초월한 친구 사이가 되었다. 흑인의 강인함이 묻어나는 인상에 부드러움의 말투로 우린 서로의 마음을 열고 인사를 나누는 사이가 되었다.

회사 축제

공장 준공식 1주년 기념행사로 회사 축제를 열었다.

한국인의 시각으로 보면 절대 이해 불가의 일들이 이곳에선 아주 정상적인 일상들이다. 넓은 홀 한가운데 현장 지게차 운전자와 사무실 여사원이 몇 시간 동안 짝을 이뤄 탱고춤을 추고 있다. 비지땀을 흘리면서도 몇 시간째 떨어질 줄 모르고 Dance를 추고 있다. 한국 사회에서는 절대 불가능한 짝이다. 사람 대 사람이 아니라 직업관에서 한국 사회에서는 용납이 안 되는 커플이다. 한국 사회의 문화는 사무실과 현장의 차이란 하늘과 땅의 차이다. 역시 여기는 서양이구나. 한참 시간이 자난 후에야 스치고 지나가는 힌트, 서양 사회는 차별 문화가 우리보다는 흐리다.

두 분의 체력도 대단하다. 그리고 내가 봐도 너무 밀착된 자세다. 이곳 스페인의 후예들의 춤은 빠르고 정열적이다.

내 눈앞에서 스페인 후예들이 탱고의 아름다운 장면을 나에게 선물했다.

이 나라는 정열적인 댄스가 유명하다. 이들의 문화다. 남녀가 어울려 춤을 추는 것이 이들의 놀이문화가 아닌가 한다.

아 나라의 교육은 학교에서 실생활에 필요한 것들을 가르친다고 한다. 그중 하나 Dance도 포함된다고 한다. 이들은 백인 피와 인디오 피를 비율적으로 어느 쪽의 피가 많으냐에 따라 삶의 질이 달라져 있다. 사무실 근무자들은 백인 쪽이고 현장직은 인디오 쪽의 사람들이다. 인디오 피를 많이 가진 사람들 대부분은 밑바닥의 삶을 살아가고 있다.

스페인 백인들이 이들에게 전파한 춤이다. 남녀가 어울려 춤을 추는 것은 이들이 여가(餘暇)를 즐기는 문화가 되었다.

이 나라 젊은이들이 잘하는 3가지가 1. 싸움, 2. 춤, 3. 손재주라고 한다.

학교에서 춤을 배운다는 것이다. 우리나라 학교에서 음악시간이 있듯이 이곳 학교에서 Dance 시간이 있단다. 그래서 인지, 아님 선천적 피가 그런지 몰라도 다들 춤을 잘 춘다.

멕시칸들의 싸움

중식 시간 회사 Yard에 현지인 직원들이 모여 있다. 박수소리도 나고 뭔가가 좋은 볼거리가 있나 보다. 인파로 원을 만들고 중앙에 두 젊

　　　　　　　　　　나의 삶은 평범하지 않았다

은 직원들이 싸움을 하고 있는데 말리는 사람은 없고 각자의 싸움꾼에게 응원하는 열기가 대단하다.

이들의 싸움은 한국인들 싸움과는 판이하게 다르다.

절대로 엉켜 붙지 않는다. 만약 엉켜 버리면 주변 구경꾼들이 떼어 놓는다. 마치 링 위에서 프로 선수들의 복싱 장면과 같다. 두 사람의 싸움 실력이 프로 권투선수 못지않다.

어느 정도 시간이 지나자 이들은 싸움을 멈춘다. 그리고 아주 신사적으로 악수도 하고 각자의 일터로 간다. 참으로 대단한 민족이다. 도장에서 훈련을 쌓은 실력도 아닌데도 이정도의 실력자라니 대단하다는 말이 자꾸 나온다. 이들 멕시칸들은 우생학적(優生學的)으로 조상에게 싸움꾼의 피를 물러 받았나 보다.

엄마 배 속에서 나올 때부터 타고난 모태본능(母胎本能)이라고들 한다. 인디오들이 가지고 있는 강인함의 물성(物性)이 이들을 이토록 타고난 싸움꾼으로 만들어 놓은 것 같다.

멕시코의 윤락가

일 년이란 시간이 흘러갔으니 이제는 좀 다른 새로운 문화를 찾아봐야겠다. 새로움을 접해 봐야겠다는 욕구 본능이 샘물 솟듯이 용솟음친다.

티후아나 중심가에 물 좋은 술집이 있다는 소문을 듣고 찾아가 보기로 했다. 한국 직원들 중 내가 원하는 곳에 흥미를 가지는 이가 없어 토요일 밤 혼자 멕시코 국경을 넘기로 했다.

샌디에고에서 기차로 국경까지 이동하고 도보로 국경 통과 후 택시로 그 술집으로 가는 루트를 잡았다. 설렘과 불안감을 동시에 안고 출발했다.

젊음이 좋긴 좋다. 내 나이 38세, 아직은 무서움도 두려움도 없다. 오로지 마음이 있으면 몸이 움직여야 한다는 일념뿐이다. 어둠이 깔리는 멕시코 치안이 국제적으로도 불안한 국경 도시다. 난 당당한 걸음으로 건물 안으로 들어갔다. 음악이 내 귀청을 후빈다. 화려한 무대에 현란한 조명이 눈에 들어오는 모든 것이 신천지다.

"WOW." 난 지금부터 긴장된 나의 모든 것을 내려놓고 이 밤의 문화를 찬미(讚美)할 것이다. 난 이제부터 동양인이 아니다. 이곳에서 오래도록 살아온 현지인이다. 모든 외부세계의 신경들을 나랑 잠시 동안 이혼을 하고 오롯이 이곳의 밤 문화에 젖어 봐야지. 취해 봐야지. 후회 없는 뜨거운 밤을 만끽하자. 나도 이제 현지인과 어느 정도의 대화는 된다. 무대에서는 그 유명한 하와이완 훌라댄스가 무대 가득 무희들이 연출하고 있다. 화려함의 극치다. 무대 아래 객석은 손님들로 가득하다. 다들 맥주를 병째 나발을 불고 있다. 이곳 서양 문화는 안주도 없고 잔도 없다. 병 입구에 약간의 소금을 뿌려 병나발을 불며 마시는 문화다. 난 젊은 시절 술에 대한 인연이 별로 없었다.

그저 오늘은 이곳의 술집 문화를 접해 보자. 그리고 서양 여자에 대

나의 삶은 평범하지 않았다

한 호기심에 온 것이다. 웨이터 아재가 내 옆으로 온다. 저기 무대 위에서 공연하는 무희(舞姬) 중 마음에 들면 얘기하란다. 옆에 앉혀 주는데 그 대가는 100불짜리 양주 한 병만 사면 된단다. 이제야 뭔가 되는구나. 내 눈의 동자를 키울 수 있는 데까지 키웠다. 춤의 무대가 끝나고 노래하는 무대가 이어진다. 무대에 오른 여가수가 조명빨인지, 옷빨인지, 화장빨인지 몰라도 글로써 표현할 수 없는 아름다운 선녀다. 저 여성을 내 옆에 앉히고 오늘밤 즐겨 봐야지라는 생각이 굳어진다. 망설임 없이 웨이터를 손짓으로 불렀다. 무대 공연 끝나면 나에게 불러 달라는 주문을 넣었다. 공연을 마치고 무대를 내려오는 여가수를 웨이터가 모셔 왔다. 난 일어나면서 앉으라는 손짓을 하고 양주 한 병 값인 100불을 웨이터에게 주었다. 얼굴은 조명빨에 아름다울 거라는 내 생각을 무너뜨린다. 조명이 없는 내 옆자리에서도 충분히 예쁘다. 하늘에서 내려온 서양 선녀다. 흔히 말하는 여자는 옷빨, 화장빨, 조명빨이라고 하지만 아니다. 이곳 여자들은 특히 예쁘다. 백인 피와 동양적인 인디오의 피가 섞인 혼혈인들이다. 정말 예쁘다. 그냥 유명한 화가가 그려 낸 그림이다. 세계적인 유명 조각가가 빚어 놓은 조각이다. 사람이 이렇게 예쁠 수 있을까. 내 일찍이 이토록 아름다운 여인과 술잔을 마주한 적이 있었던가. 앞으로도 죽어도 한이 없을 것 같다. 깊은 대화는 불가능하다. 참 예쁘다. 예쁜 게 아니라 신이 빚어 놓은 선녀 조각품이다. 나는 어디를 가나 항상 지니고 다니는 스페인어 사전의 힘을 빌려 그 여인에게 아름다움을 표현해 주었다. Mucho bonita.

한 잔, 두 잔, 이 얘기 저 얘기 나누다 보니 날이 밝아 온다. 술집도 이제 마무리를 하나 보다. 아가씨에게 팁을 손에 쥐어 주고 헤어짐의 아쉬움을 Hug, 악수 그리고 가벼운 볼 Kiss를 하고 밖으로 나왔다. 여명이 트는지 어둠이 걷히고 있다.

이제 미국으로 넘어가야 한다. 밖에 나오니 아침 공기가 차다. 택시를 잡아타고 국경까지 왔다. 역시 미국이라는 나라는 공기도 맑고 깨끗하다. 국경을 넘어 미국 땅을 밟으니 고향집에 온 듯 긴장되었던 마음이 풀린다.

이런 유락가도 경험해 보았다

이곳의 밤 문화에 대한 관심도가 갑자기 또 확 올라온다. 유흥가에 대한 흥미가 나의 피 속에 뻑뻑하게 혼합되어 있나 보다.

기회의 날만 기다리다 오늘밤을 The day로 잡고 또 홀로 멕시코 국경을 넘을 각오로 길을 떠났다. 물론 미리 위치 파악과 길거리 간판도 나의 머릿속에 넣어 두었다.

문을 열고 들어가자 홀 중앙에 원판이 빙빙 돌아가고 있다. 남자들이 원판 주위에 빙 둘러 앉아 있다. 그리고 그들의 시선은 돌아가는 원판에 쏠려 있다. 웨이터가 안내하는 자리에 앉아 홀 안을 한 바퀴 훑어 봤다. 젊은 남자들이 많다. 중년의 멕시칸들과 미국 젊은 친구들 그리고 나. 젊은 남자들은 대부분 미 해군들이란다. 샌디에고에 미 해군 사

나의 삶은 평범하지 않았다

령부가 있어 이곳 윤락가 주 고객이 이들이란다. 무대 위에 10대 후반의 앳되어 보이는 흑인 여성이 웨이터의 손을 잡고 원판 위에서 "나 어때?"라는 얼굴 미소로 어필을 하며 돌고 있다. 젊은 흑인 남성이 손을 높이 든다. 높이 든 손에 10불이 들려 있다.

웨이터가 바로 그 아가씨를 흑인 남성에게 넘겨주고 원판 무대에서 사라진다.

웨이터를 불러 이곳 놀이문화에 대해 질문을 했다. 나의 질문에 일괄적 답은 이렇다.

손만 잡을 수 있는 금액은 10불.

가슴을 만질 수 있는 금액은 20불.

키스까지 가능한 금액은 30불.

치마 속까지 손이 들어갈 수 있는 금액은 50불.

모든 행위가 가능한 금액은 100불 이상.

내 시선이 무대 위로 가는 순간 금발의 아가씨가 돌고 있다.

나의 머릿속에 도파민과 리비도가 용솟음친다.

나의 본능은 주저함이 없다. 20불이 들려져 있는 내 손은 허공에서 춤을 추고 있다.

이곳의 문화와 나의 본능이 조화롭다. 나 자신도 놀랐다.

웨이터가 아가씨 손을 내 손에 넘겨주고 갔다.

"Nice to meet you."

"Me too."

"You are so beautiful."

더 이상의 대화는 불가다. 영어 실력은 여기까지가 나의 한계다.

자, 이제 나의 마음을 Relax하고 너를 탐닉(耽溺)하리다.

잠시도 아까운 시간이다. 나에게 허용된 즐거움은 단 20분이라는데 입보다는 지금은 손이 호강할 시간이다. 10대 후반이라 그런지 피부가 너무 매끄럽다. 서양인들은 피부에 난 솜털로 인한 그 매끄러움은 모기도 피 한 모금 빨러 왔다가 낙상사고로 저세상 갔다는 전설 같은 얘기가 돌 정도로 매끄러움의 극치다.

내 손은 이미 아가씨 가슴을 파고들고 있었다. 십대 백인 여성의 젖가슴은 탄력과 매끄러움이 남성의 Libido를 자극하고도 남는다.

나의 정신줄이 천당을 헤매고 있는데

타임 오버란다.

뭐라 카노. 이제 막 시작한 기분인데

함께해 준 백인 아가씨 고맙다. 나에게 인종의 차이점을 피부로 느끼게 해 준 백인 아가씨 복 받을 낍니다.

동양인이 돈의 힘을 빌려 백인 아가씨의 몸매를 탐(耽)했다. 돈의 힘은 귀신도 친구 만들 수 있고 깡패도 깔고 간다고 한다. 내가 돈의 힘을 빌리지 않았다면 용접하던 손으로 백인 아가씨의 몸을 감히 탐할 수 있었을까?

나의 삶은 평범하지 않았다

혼자 돌아본 멕시코 농촌 마을

컨테이너 ABS검수관의 집에 초대를 받았다. 일요일 내가 출퇴근용 밴을 몰고 국경을 넘었다. 티후아나 외곽 지역의 단독주택이다. 검수관의 친구분들도 자리 잡고 있다. 검수관은 부엌에서 음식 만든다고 정신없다. 그의 부인도 땀을 이마에 달고 프라이팬에 온 힘을 쏟고 있다. 아이는 마당에서 유모차를 타고 혼자 놀고 있다. 그의 친구들과 난 맥주병을 들고 마시며 멕시코의 문화를 즐겼다. 음식을 만들어 손님 대접하는 감독관의 얼굴이 행복이 묻어난다. 벽에 걸려 있는 마도로스 모자를 쓴 분이 아버지이며 외항선 항해사였는데 한국도 가 봤다고 하면서 한국에 대해 관심이 많았다고 했다. 와 주어서 너무 고맙다고 다시 한번 인사를 해 주었다. 난 초대해 주어서 고맙다고 답례를 했다.

맥주와 테킬라를 마시며 멕시코의 문화에 빠져 보았다.

헤어짐의 아쉬움을 남기고 난 차를 몰고 미국 쪽이 아닌 멕시코 남쪽으로 차를 몰았다. 멕시코 농촌을 보고 싶었다. 한참을 달려가다 보니 시골 어느 마을에 마을분들이 멕시코 전통 악기로 연주를 하고 있었다. 그냥 갈 수 없어 길가에 차를 멈추고 조심스럽게 가까이 가 보았다. 인사를 하고 한국에서 왔으며 당신들의 문화에 대해 관심이 많은 사람이라고 내 소개를 했더니 잘 왔다고 하더니 악기 연주로 나를 환영해 주었다. 멕시코 음악이 내 몸에 녹아든다. 멕시코 문화는 악기 연주를 들고 답례로 소정의 금액을 지불해야 한다는 멕시코 문화를 알고 있었으므로 얼마의 돈을 줬다. 멕시코 전통 악기 연주 음악은 빠른 템포로 경쾌하다. 이들을 '마리아치'라고 부른다.

이들과의 어울림을 뒤로하고 미국 쪽으로 돌아오는 길에 "너 정말 대단하다. 너 목숨이 두 개냐."라고 내 자신에게 질문을 던져 보았다. 멕시코라는 나라는 총기 소유가 알게 모르게 개인들이 소지하고 있는 나라인데 그것도 시골 마을로 미국 넘버의 자동차를 가진 동양인이 말이다. 그들의 타깃이 안 되건만 넌 오늘 하나님의 보호가 있었다. 운이 일단은 좋은 놈이다.

지난번에 퇴근 시간에 티후아나 시내를 지나오는데 총소리가 시가지를 공포로 몰아넣은 적이 있었다. 마약 갱단과 경찰과의 치열한 시가전을 하고 있었다. 이런 나라에 홀로 돌아다녔다니 간을 아예 빼놓고 다녔다. 겁을 상실했다. 생명이 하나지만 난 두려움은 없었다. 내 호기심이 이 모든 위험 요소들을 누르고 있었다.

나의 삶은 평범하지 않았다

16

미국 서부 둘러보기

1차: Balboa Park, LA 코리아타운, SAN FRANCISCO,
  YOSEMITE 국립공원

2차: LAS VEGAS, HOOVER DAM, GRAND CANYON

BALBOA PARK

Balboa Park은 샌디에고 시내에 있다. 일요일 아침 한국 직원들과 함께 Balboa Park으로 나들이를 갔다.

우리들 눈 안으로 들어온 아름다운 여인 때문에 일행의 발길을 멈추게 한 사건이 일어났다.

잔디밭에 아랍계로 보이는 Picnic 나온 가족이 모여 음식을 먹고 있는 장면에 다들 넋 놓은 눈길이 한쪽으로 쏠려 있다. 하얀 색깔의 히잡을 두른 젊은 여인에 시선이 모아지며 우리 일행의 마음을 붙잡아 놓고 있다. 우윳빛 피부, 말로만 듣다가 지금 내 눈 안에서 그 피부를 감상하고 있다. 이 느낌을 나만 즐기는 게 아닌가 보다. 나와 함께 온 직원들 모두 같은 느낌을 안고 있는지 정신줄을 놓고 있다. 입에서 침은 흐르지 않지만 입에선 감탄사가 와~ 세상에 저렇게 예쁜 여성이 있단 말인가? 그분들이 우리를 보지 않았다면 더 감상을 했을 낀데. 아~~~~ 하고 아쉬움을 안고 Balboa Park 안 이곳저곳 둘러봤다. 우린 이후에도 자주 이곳에 놀러 오곤 했다.

혹시나 또 그 여인을 다시 볼 수가 있을까 하는 마음에서……. 그러나 그 후 다시는 볼 수 없었다. 그러나 인디안 복장을 하고 춤을 추며 구걸을 하고 있는 그분은 항상 그 자리에서 사람들의 시선을 잡고 있었다.

LA 코리아타운

3박 4일 동안 휴가를 얻어 직원들과 요세미티 국립공원까지 둘러보고 오는 여행길을 계획하고. 샌디에고에서 LA까지 4시간 동안 차를 몰고 가야 하는 길이다. 우리 직원들은 교대로 운전대를 잡기로 하고 길을 나섰다.

우선 코리아타운으로 가 보기로 했다. 거리의 간판은 한글이고 지나가는 사람도 한국인이 많다. 누가 봐도 여기가 미국인지 한국인지 좀 헷갈릴 정도의 한국 냄새가 짙다. 한정식집에 들어가 밥을 시키고 소주 한 병을 주문했더니 한국인 주인아주머니께서 정중히 거절을 하시

나의 삶은 평범하지 않았다

면서 이곳 미국 사회는 술은 술집에서만 마실 수 있다고 하신다. 미국 법이라고 친절하게 설명을 하시면서 덧붙여 말씀하셨다. 어느 날 완곡한 손님의 청을 거절치 못하고 술을 팔았다가 고발을 당해 엄청난 벌금을 맞았다고 하시면서 지난날의 사연을 저희들에게 장황하게 얘기해 주셨다. 식당을 나와 한국 식품 가게에 갔다가 점원으로 일하는 유명한 탤런트를 만났다.

"어, 어, 탤런트 ○○○ 아니십니까?"

"예! 맞습니다. 반갑습니다."

"그런데 여기서 왜 이러고 있습니까? 한국에서 연기하시면서 생활하셔야지요."

"한국에서 일이 없을 땐 여기 와서 이러고도 있습니다."

"아~~~~~ 예. 수고하십시오."

"잘 가십시오."

SAN FRANCISCO

LA에서 샌프란시스코까지는 6시간을 운전해 가야 하는 먼 거리다. 그것도 고속도로로 말이다. 이제 필요가 쌓이면 다른 사람에게 운전대를 넘겨야겠다. 고속도로 옆 펼쳐진 포도밭이 나온다. 한 시간을 달렸지만 계속되는 포도밭이다. 포도밭이 끝나고 소들이 보인다. 끝이 보이지 않은 목장 지대다. 미국이라는 나라는 스케일이 크다. 한국인들의 좁은 시각으로 모든 사물을 보아 온 것들이 비교 불가다. 샌프란시스코 진입하기 직전 펼쳐진 풍력 발전단지를 보고 벌어진 입들이 다물어지지 않는다. 우~~~와 사막에 이런 설비를 오와 열을 맞춘 개수를 알 수 없는 풍력발전기들. 가도 가도 끝없이 펼쳐진 발전단지다. 역시 스케일이 큰 나라다.

영어로 표현하면 HUGE다.

그렇게도 유명하다는 금문교를 보기 위해 우리는 먼 거리를 달려왔다. 해가 뉘엿뉘엿 지고 있다. 숙소를 구하자. INN이라고 써진 간판만 찾자. 우리 형편에 호텔은 맞지 않는다. 아예 우리들 머릿속엔 호텔이 없다. 오로지 여관뿐이다. INN에 여장을 풀었다.

여관 주변이 차이나타운이다. 저녁을 먹기 위해 거리 구경도 할 겸 거닐다 보니 정말 크다. 넓다. 중국의 어느 도시 같다. 규모가 대단하다. 샌프란시스코 도시 한가운데 차이나타운이 있다니 중국인들의 상술에 또 한 번 놀란 감탄사가 나온다.

이른 아침 도시 전체가 안개비에 시야 확보가 안 된다. 빨리 나가서 금문교를 봐야 하는데 마음은 이미 금문교를 찾고 있다. 오늘 일정을 소화해야 한다. 금문교를 보고 요세미티로 이동해야 하는 일정이다. 시내를 몇 번째 뱅뱅 돌고 있는데 이정표가 나오지 않는다. 미국 도로표지는 너무 잘되어 있는데 찾지 못한다는 것은 뭔가 잘못된 것 같다. 이 정도 찾았으면 벌써 찾고도 남을 시간에 이러고 도시를 뱅뱅 돌고 있으니 말이다. 아~~ 이럴 수가 우리가 번역을 하지 않고 금문교를 찾

나의 삶은 평범하지 않았다

앉으니 바보들. 우리들은 다 바보들이다. Golden Gate Bridge. 바로 앞, 저기 있네. 금문교 이정표가 맞다. 오른쪽으로 가라 했으니 가 보자.

저 멀리 안개 사이로 붉은색의 다리, 바로 그 다리다. 세계적으로 유명한 다리 금문교다. 차로 지나가면서 본 금문교는 정말 대단했다. 크기도 미적 감각도 뛰어났다.

우린 샌프란시스코와 이별을 하고 요세미티 국립공원으로 차를 몰았다. 드넓은 평야 지대만 보다가 이제 서서히 소나무들이 보이고 산의 형태를 한 모습들이 점점 가까워진다. 터널 속으로 우릴 밀어 넣는다. 터널은 벽과 천정이 자연 그대로 암석이다. 여기 미국은 자연 그대로를 살려 두는 것 같다. 자연 친화적이라고 해야 하나. 우린 요세미티 국립공원 주차장에 파킹을 하고 오늘 밤은 차에서 모든 걸 해결해야 한다. 잠도 먹는 것도 어둑어둑해진 주변 환경. 내일 아침 일찍 산책으로 하루 일과를 여는 거로 하고 우린 간단한 음식으로 배를 채우고 각자의 잠자리 의자로 돌아가 잠자기로 했다. 불편해도 많이 불편하다. 이대로 잠을 잘 수는 있을는지…….

그 불편했던 잠자리였건만 피로가 잠을 오게 했나 보다. 꿀잠을 잤나 보다. 머리가 맑다. 국립공원 안 숲속을 한번 둘러보자 곰이 출몰한다는 경고 표지가 많이 보인다. 이른 아침 안개비가 내린다. 하늘 높은 줄 모르고 쭉 밀고 올라간 소나무들. 이름이 '미송(美松)'이란다. 소나무 잎 길이가 이삼십 Cm가 되는 것 같다. 요세미티 국립공원은 미국인들에게 인기가 꽤 많은 것 같다. 미국인들은 캠핑카를 많이도 이용

하나 보다. 이들에게 제공되는 전기와 물도 캠핑카 문화에 도움을 주고 있다. 이곳은 숲이 워낙 울창해서 그런지 아침 공기도 맑다. 기분이 상쾌하다.

이른 아침이라 그런지 안개로 시야 확보가 힘들다. 안개와 자연의 어우러짐이 정말 한 폭의 산수화다. 자연이 너무 아름답다. 이곳에서 머물고 싶다. 죽는 그날까지 이곳을 떠나고 싶지 않다. 인간이 이렇게도 많이 오는데 자연 훼손이라곤 찾아보기 힘들다. 원시 그대로의 모습을 간직하고 있다. 거닐다 보니 그 유명하다는 요세미티 폭포가 내 눈앞에 저 멀리서 나에게 손짓을 하는 것 같다. 높이가 장난이 아니다. 이곳과는 거리감이 있는데도 물줄기가 뽀얀 물보라를 일으키며 떨어지는 모습이 신부 면사포 같다. 너무 아름답고 장엄하다.

요세미티에서 유명한 화강암 바위, 수직 높이가 900m. 하나의 거대한 바위 덩어리다. 사람들이 밧줄 하나에 매달려 있다.

흔히 말하는 암벽 타기를 하는 젊은이들인가 보다. 먼 곳에서 보기만 해도 아찔한 높이에 밧줄 하나에 목숨을 걸다니. 요세미티 국립공원을 이루는 두 가지는 대나무처럼 하늘 높이 쭉 밀고 올라간 미송이라는 소나무 숲과 화강암 바위들의 조화로움에 인간들이 Holic 되나 보다.

신이 빚어 놓은 자연이며 아름다움의 극치다.

LAS VEGAS

라스베이거스로 가는 도중 생리 현상을 해결하기 위해 가도 가도 끝이 보이지 않은 모하비 사막 한가운데 차를 세웠다. 문을 열고 땅을 밟는 순간 뜨거운 열기가 목 안 가득 들이닥친다. 내 삶 38년 만에 처음 접하는 더위다. 사막의 열기는 상상을 초월하는 더위다. 내 오줌 줄기가 땅에 닿자 수증기로 변한다. 사막의 끝자락에 신기루가 보인다. 사막 한가운데 일렁이는 호수가 우리를 손짓하고 있는 것 같다. 더운데 수영이나 하고 가라고 한다. 그러나 신기루에 지식이 없는 여행자라면 죽음을 부르는 신기루가 아닌가 한다.

사막 위에 지어진 기적의 도시 라스베이거스는 도박의 도시, 네온사인의 도시, 환락의 도시다.

밤 조명은 서울의 밤은 호롱불, 이곳 라스베이거스의 조명은 형광등 불빛이라고 비교하고 싶다.

호텔마다 현란한 CASINO의 간판 조명은 가로등과 어울려져 밤의 풍경을 더 화려한 도시로 만든다. 나도 괜히 이 호텔, 저 호텔 기웃기웃 간을 보러 다녀 보았다. 적당한 곳으로 들어가 100불이란 거금을 Coin으로 교환을 하고 기계 앞에 여유롭게 앉아 코인을 기계 입에 넣고 손잡이를 당겨 보았다. 촬촬촬촬, 경쾌한 음이 주변의 귀를 부러움으로 가득 차게 만든다. 뭐야. 내 사주팔자에도 없는 횡재를, 그것도 세계적으로 유명한 라스베이거스에서 코인을 수거하는데 내 마음의 기쁨보다는 손에 느껴지는 황금덩어리. 그 코인의 촉감이 너무 좋다. 이 촉감을 내 어디서 만끽할까. 현금으로 계산해 보니 100불 정도 된다. 한숨 고르면서 생각에 잠겨 보았다. 이게 미끼가 아닌가. 그렇다. 그러나 이곳에 오는 여행자는 전기값을 내놓고 가야 이 도시에 대한 예의라니 나 역시 동의를 한다. 다시 한번 기계 손잡이를 조신하게 당겼다. 아무런 소리도 없다. 조금 전의 그 소리는 어디 간 거야. 시간이 흐르고 마음도 손도 지쳐 갈 무렵 주머니의 코인은 다 기계 속으로 빨려 들어갔다. 생물 같으면 변으로 나올 시간인데 무생물인 이놈의 기계는 먹기는 먹는데 쌀 줄은 모른다. 넓디넓은 카지노에 기계음만 들리고 코인 쏟아지는 소리는 들리지 않는다. 참, 여기 있는 사람들은 다 나와 같은 생각일까? 이곳에 가면 기본적으로 전기값 100불은 카지노 기계에 넣고 와야 한다고 선임 직원들이 나에게 알려 준 말에 충실히 이행을 하고 간다. 현란함의 조명을 위해 난 오늘 기본값을 하고 간다.

오늘밤 묵고 가야 할 호텔 마지막 공연 시간에 입장했다. 무대에서 펼쳐지는 화려함은 글로써 표현 불가다. 무대가 갈라지고 무대에서 불기둥이 솟고 물이 뿜어져 나오고 폭포수가 되어 흐르는데 객석은 아무런 영향이 없다. 무대의 물이 객석으로 넘칠 줄 알고 피하려고 한 나의 무식함이 부끄러웠다. 이런 쇼는 처음 접한다. 이곳의 쇼는 Dynamic하며 한국에서 본 쇼는 조용한 쇼라고 해야 할 것 같다.

나의 삶은 평범하지 않았다

HOOVER DAM
....

네바다주와 애리조나주 경계의 블랙협곡에 자리한 후버댐은 콜로라도강을 막아 건설한 댐이다. 아치형 콘크리트 중력댐으로 높이가 221m, 폭은 411m. 연간 전력 생산량은 40억(KWH)의 전력을 생산한다. 1931년부터 공사를 시작해서 1936년에 준공된 댐이다. 준공 당시의 댐 이름은 볼더댐이었으나 1947년 허버트 후버 대통령을 기념하여 후버댐으로 이름을 변경했다.

콜로라도 강폭은 좁다. 그래서 그런지 몰라도 댐의 높이가 대단하다. 221m라면 아파트 약 100층 정도의 높이라니 엄청난 댐의 높이다. 댐 위에서 아래 강바닥을 보면 아찔할 정도의 높이다.

전기를 변전소로 송전하는 송전 철탑이 수직으로 서 있지 아니하고 절벽에 45도 각도로 서 있다. 과학적으로 불가능하지만 수학적으로는 가능하단다. 전선이 서로 잡아당기고 있기 때문에 45도로 서 있을 수가 있다니 역시 머리 좋은 미국인들의 설계다.

댐을 지나면 WELCOME TO ARIZONA 입간판이 우릴 반긴다. 시차도 한 시간 빠르다. 역시 나라의 크기가 실감난다.

GRAND CANYON
....

캘리포니아주에서 네바다주를 거쳐 이제 막 애리조나주에 입성했다. 서서히 그랜드 캐니언의 냄새가 슬슬 난다. 지형의 색깔들이 붉은 색이다. 서서히 내 눈에 웅장한 캐니언의 모습을 보여 준다. 수억 년 동안 침식 작용을 거쳐 만들어진 대협곡, 그 깊이가 자그마치 1600M 라니 그저 벌어진 입이 다물어지지 않는다. 저 밑바닥 콜로라도 강줄 기가 실타래 같다. 이곳을 보는 이 하나같이 협곡 풍경에 벌어진 입에 서 감탄사가 절로 나온다.

차를 몰고 가다 풍경이 좋다는 곳마다 차를 세우고 사진을 찍었다. 몇 시간을 이렇게 보고 또 보고 가는 곳마다 풍경이 다르다. 그림이 다 르니 지루함도 피곤함도 모르고 자연에 취했다.

난생처음 Tornado와 마주했다.

애리조나주의 날씨는 변화무쌍하다. 갑자기 천지가 한밤 중 속으로 들어간다. 아무것도 보이지 않는다. 천지가 우는 소리를 내더니 비바 람을 뿌린다. 하늘 저쪽에서 시커먼 회오리가 보인다. 저놈이 우리 쪽 으로 오지 말라고. 오, 하나님. 오, 부처님. 두 분의 배려를 바라는 간 절함으로 두 손을 모았다. 나의 기도에 감동을 먹었는지 토네이도라는 놈은 우리 쪽과는 다른 방향으로 정신없이 달려가고 있다. 저놈이 지 나간 땅의 모든 것은 둘둘 말아 쓰레기 무덤만 남기고 갔겠지. 너라는 놈은 인간이 사는 곳엔 오지 말아야 하는데…….

나의 삶은 평범하지 않았다

사막 한가운데 휴게소에서 한국 여인을 만나다

그랜드 캐니언 여행 중 사막 저 멀리 CAS STATION 건물이 보인다. 자동차에 기름도 채우고 잠시 쉬어 가야 할 것 같다. 건물 안으로 들어가자 동양인 여성이다. 이런 사막 한가운데서 동양인 여성을 보다니.

"안녕하세요?"

"혹시 한국 사람입니까?"

"예!" 반가움의 미소가 번진다. 오랜만에 한국인을 보아서 인지 그 여자분은 반가움에 어쩔 줄 모른다.

"이곳에 이렇게 살면 위험하지는 않나요?"

"예. 아주 위험합니다. 무섭습니다." 여성분은 이곳 삶의 힘듦을 거침없이 우리들에게 토로하신다.

이곳은 총기 소유가 합법이고 또 이곳은 인가도 없는 사막 한가운데라 신변의 위험을 감수하고 살고 있단다. 미국이라는 나라에 살려면 어쩔 수 없다고 한다.

혼자 살고 있다는 여성분 오랜만에 본인의 신세를 마음껏 표출할 수 있게 해 준 우리보고 고맙다고 인사를 여러 번 한다.

이런 곳에 왜 젊은 여성분이 위험을 몸에 안고 살아가는지 궁금증이 많았지만 혹여 그분의 아픔을 건드릴 것 같아 위로의 말만 드렸다. 부디 건강하시고 행복하십시오.

차를 몰고 그 여성분을 뒤로하고 오는데 왜 내 마음이 이러지 이성의 감정보다는 동포라는 감정에 참 안타깝다. 사람이 살지 않은 사막에 여성 혼자 휴게소를 운영하시는 모습이 잔잔한 내 마음을 일렁이게 했다.

미국 경찰이 집에 왔다

주거단지 안에는 빨래방/헬스장/수영장이 갖추어져 있다. 집에서는 빨래를 할 수 없다. 직장 동료 한 분이 베란다에 빨래를 건조하다 이웃집에서 경찰에게 신고를 한 모양인지 경찰들이 집으로 왔다. 외관상 보기가 좀 흉하다는 이유다. 미국 사회의 문화를 이해해야만 한다.

교민들이 운영하는 교회에 가 보았다

우리가 이곳에 생활하고 있다는 소문이 어떻게 이곳 교회에 알려졌는지 일요일 날 아침 하나님 앞으로 가자고 교회 관계자분이 밴을 몰고 오셨다.

나의 호기심이 발동한다. 이곳 교민들의 삶을 들여다보아야겠다는 호기심이 발동했다. 제법 큰 규모의 교회 건물이다. 난 목사님의 기도문은 내 귀로 들어오긴 하지만 뇌로 가지 아니하고 바로 다른 귀로 빠져나간다. 그러나 눈의 활동범위가 넓어진다. 사람들의 삶에 기름이 흐르고 있다. 다들 얼굴에 부티가 묻어난다. 목사님의 기도가 끝을 맺고 나자 교회에서 마련한 점심을 교인들과 함께 담소를 나누며 먹는다. 난 오랜만에 먹어 본 제대로 된 한국 음식이었다.

남자들은 하나같이 Handsome하고 여성분들도 미모가 출중하다.

80년대에 결혼관이란 도시 아니면 미국으로 시집간다는 것은 성공한 결혼을 한다는 것이었나 보다. 한국 땅에서 보기 쉽지 않는 미인들이다.

이런 분들과 어울림을 위해 매주 와야겠다는 생각을 굳히고 있는데 픽업해 준 분의 말씀이 나의 가슴을 흔든다. 어느 날 꿈속에 하나님이 보이게 되면 나도 모르게 하나님을 믿게 된다고 하는 말에 나도 꿈속에 하나님을 보고 싶었는데도 아직도 내 꿈속에서 그 하나님이 보이지 않는다. 이래서 난 아직도 하나님을 믿지 않나 보다.

미국 술집에 가 보았다

나 혼자 시내에 나가 미국 술집에 대한 호기심을 해소하기 위해 혼자 차를 몰았다. 홀 안에 당구대가 있고 미국인들은 맥주병을 손에 들고 병나발 불고 있다고 해야 할 것 같다. 그림이 그렇다. 나도 맥주 한 병을 병 입구에 소금을 뿌리고 마시니 입 넘김이 좋다.

나 혼자 동양인 남자다. 고독을 씹으며 홀로 맥주를 마시고 있는 모습을 본 동양인 여성분이 내 곁으로 온다. 한 미모를 한다. 아름답다. 예쁘다. Beautiful.

"한국분이세요?"

"예! 맞습니다."

"여기서 무슨 일을 하시나요?"

"저는 멕시코 현대 하이맥스라는 회사에 파견 근무하고 있습니다."

"예. 회사 이름 들은 적이 있는 것 같군요. 혹시 미국 영주권 필요하지 않으세요?"

"당연히 영주권을 가지고 싶죠. 그러나 쉽지 않다는 얘길 들어서요."

"이렇게 하면 취득이 가능합니다."

추호의 망설임도 없다. 바로 본론으로 들어간다.

"선생님이 저와 가짜로 서류 결혼을 하고 단속이 뜨면 부부 같은 생활을 하면 됩니다. 물론 그 대가는 저에게 주시면 됩니다."

"비용에 대해 질문을 해도 괜찮은지요."

"선생님이 마음의 결정이 되면 금액을 오픈하겠습니다. 단 선생님의 능력으론 가벼운 금액일 겁니다."

나와 처음 만난 여성이지만 하나의 주제에 삶의 얘기까지 시간가는 줄 모르고 얼굴을 마주했다. 머나먼 이국땅에서 낯모르는 미모의 여성과 이런 곳에서 대화를 나누다니. 나도 어찌 보면 보통 놈은 아닌가 보다.

"다음에 기회가 되면 만났으면 합니다. 오늘 즐거웠습니다."

"제가 선생님 집까지 모셔다드릴까 합니다."

"그래 주시면 고맙지요."

나를 숙소 앞까지 픽업해 주고 가는 그 여성의 뒷모습을 바라보면서

나의 삶은 평범하지 않았다

이곳 한국인들의 삶들이 참으로 다양하다는 것을 알았다. 우리 민족은 어디를 가나 직업에 관계없이 돈 되는 일이라면 어디든 자리를 펼쳐 놓고 있다.

우리 민족의 Business 정신이 참으로 대견스럽다.

샌디에고 HIGH SCHOOL에서 영어 공부

이민자들을 위한 야간 영어 수업에 참가해 보았다.

학교 복도에 학생들의 사물함이 비치돼 있다.

멕시코 젊은이들이 대부분이고 이곳에 파견 근무하는 한국인 포함 30명 정도가 한 반을 이루고 있다. 정·부선생님 두 분이 반을 책임지고 계신다.

백인 여선생님과 필리핀 남선생님 두 분이 역할 분담을 해서 운영하는데 열등 학생은 필리핀 선생님이 교실 뒤편에 마련된 별도의 공간에서 특별 지도하시고 계셨다.

교재는 선생님이 그날그날 프린트를 해 오셨다. 그리고 수업 방법은 학생들끼리 대화 형식으로 수업을 진행하셨다. 난 멕시코 젊은 여성과 짝을 이루어 실제 상황을 가정하에 대화를 하다 보니 표정 관리가 좀 어색했던 기억이 머릿속에 남아 있다.

그때의 기억으론 정말 살아 있는 수업 방법이라는 느낌을 받았다.

일요일 오후 금발의 백인 여성들

초인종이 울린다. 문을 열어 보니 금발의 젊은 여성 두 분이 건강식품을 좀 사란다.

사지 않겠다고 해도 밀고 들어온다.

말은 충분히 통하지 않아도 이 여성들이 가지고 온 물건은 반드시 팔고 가겠다는 의지 하나로 똘똘 뭉쳐진 것 같다. 필요 없다고 하자 내 무릎 위에 앉는다. 그리고는 나에게 보내는 눈빛이 야릇하다. 이럴 땐 내가 어떻게 해야지라는 답보다는 이성에 끌리는 본능이 저만치서 이리로 오고 있다. 그러나 더 이상 나아가면 알 수 없는 국제적인 Issue로 번질 것 같은 추론이 돌연 머릿속에 자리 잡는다. 이 금발의 아가씨들을 이 집에서 조신하게 내보내는 방법은 오로지 그녀들이 팔겠다는 건강식품을 구매해 주는 방법 외는 없다. 지갑에서 달러를 꺼내자 무릎 위에 앉아 있던 백인 아가씨가 내 볼에다 입맞춤을 사정없이 해 준다.

주거단지 안 미모의 관리인

젊은 백인 여성이 아파트 관리인이다. 그런데 외모가 미인을 능가한다고 표현해야 하나. 한국에서 백인 여성을 많이도 보아 왔지만 역시나 본토에 있는 여성들의 미모는 글로 표현하기엔 적절한 단어가 없다. 외모는 서양인이지만 성격은 동양인 같다. 그냥 여성스럽다.

나의 삶은 평범하지 않았다

이런 미모의 여성을 멀리 한다면 남자가 아니지 현실이 허용하는 범위 안에서 내 눈과 마음을 즐겁게 해 주어야만 할 것 같다.

그 여인이 생각나면 관리사무소에 아무런 볼일도 없으면서 그 여인을 보고픈 마음에 구실을 만들어 가곤 했었다. 주로 집 안에 개미가 너무 많다. 오늘도 개미 퇴치용 약제를 얻으러 가야지. 물론 영어로 말하기엔 내 혀가 짧다. 특히 개미(Ant)라는 단어가 내 입에서 억양이 고생을 많이 한다. 결국 국제 언어인 손가락 언어로 소통을 하고 그 여인도 보고 말도 나눠 보고 약도 얻어 왔다.

가끔 생각이 도지면 또 나의 발길은 나도 모르게 관리사무소로 가고 있었다.

사무실 여직원

백인 피와 인디오 피가 반반 섞인 멕시코 여직원을 언젠지 몰라도 내 가슴 언저리에 앉혀 두고 있었다. 사무실에 가면 나를 보는 순간 바로 책상에서 일어나 커피를 나에게 권하면서 이성의 눈빛 인사를 나누고는 다시 자리로 간다. 여직원에 대한 끌림의 본능이 오면 생산 현장을 잠시 비우고 사무실에 구실을 만들어 그 여직원을 보러 갔다. 하지만 언어의 장벽을 넘지 못했다. 비록 짧은 대화였지만 형용사가 들어가야 하는데 그 정도의 언어 구사 능력은 아니었다. 매번 만나면 얼굴 표정으로 대화를 나누다 오곤 했다.

이제 막 진도를 막나가려는 때 귀국 명령이 떨어져 영영 이별을 고하고 말았다.

지금은 내 마음속에 멕시코 여인은 사라지고 없다. 젊은 날 호기심의 끌림에 서양 여자와의 로맨스로 자서전 모퉁이에 쓸 정도의 짧은 시간과 마음뿐이다.

미국인들의 생활 주거지

담배 한 갑 사려고 해도 차를 몰고 상가 지역으로 가야 살 수 있다. 주거 지역과 상가 지역을 엄격히 구분해 두었다. 내가 거주하고 있는 샌디에고 변두리 출라비스타 지역엔 상가가 없다. 갑자기 시원한 맥주 한 잔을 마시고 싶어도 차를 몰고 상가 지역으로 가야만 한다.

선임자들이 우리에게 한 말이 생각난다. "이곳은 차가 신발입니다." 그렇다. 한국인들은 밖에 나올 때 신발을 신고 나오듯이 미국인들은 차를 몰고 나온다. 성인이라면 각자의 차가 있어야 삶에 불편함을 느끼지 않는다고 한다.

새벽 조깅

이른 아침 안개 자욱한 거리를 달리다 보면 마주 오는 백인이 나를 지나치면서 먼저 인사를 한다.

"Good morning" 인사를 주고받으며 조깅을 한다. 미국인들은 자신의 자존감도 중요하지만 남들에게도 예의를 갖춰 준다.

어린아이가 잠에 취한 듯 엄마 따라 울면서 끌려가고 있다. 어린 아기의 손에 밧줄이 매여져 있다. 한국 사회라면 아동학대죄에 해당하겠지만 이곳 미국에선 법적인 문제가 안 되나 보다. 하긴 공항에서 이런 모습을 자주 보았던 그림이다. 그 당시 난 엄청난 충격이었다. 미국 사회는 부부가 직장 때문에 아이를 보호시설에 맡기고 직장에 가는 일상이다. 한국 같으면 안고 갈 건데 미국 사회는 어릴 때부터 자립심을 심어 주나 보다. 30년 전의 일이지만 문화의 차이에 충격을 먹었다.

미국에 이민 온 초등학교 친구를 만났다

미국 오기 전 이 사람 저 사람 거치고 거쳐 이민 온 친구의 전화번호를 내 손안에 넣고 미국에 왔다. 미국 온 지 일주일 만에 LA 출장 명령을 받고 사무실 선임자의 도움을 받아 내가 머물고 있는 호텔로 아들, 딸 그의 아내와 친구가 뚜껑 없는 스포츠카를 몰고 나 만나려 왔다.

친구의 아내가 상당한 미인이다. 한국에서 그토록 짝사랑했던 그 여성보다 훨 예쁘다.

와~~~아. 한국에서는 보기 힘든 고급 스포츠카다.

"야, 너 돈을 많이 벌었구나. 좋은 차를 몰고 다니고. 그래. 이곳 생활은 어때 살 만해?"

"아니." 힘든 삶이란다.

"친구야, 여기가 너무 좋다. 나도 여기에 이민 오고 싶다."라는 말이
떨어지기도 전에 바로 오지 말란다.

"난 아직도 Three Job을 한다. 그래도 아직 기반을 못 잡고 있다."

미국 이민 문제는 이제 막 미국 땅을 밟았으니 많은 시간을 두고 마
음의 결정을 하기로 하자⋯⋯.

콧수염을 기르다

멕시코 생활에 어느 정도 여유가 생길 무렵 멕시칸들이 나에게 이
런 말을 해 주었다. 여기서 살려면 콧수염을 길러야만 한다. 이곳 멕시
코 여성들과 연애를 하려면 필히 콧수염을 기르라고 한다. 그래서 너
도 나도 한국인들 다수가 콧수염에 많은 신경을 썼다. 내가 봐도 나의
콧수염 기른 옆모습은 서부 영화 전문 배우 찰스 브론슨을 좀 닮았다.
국경검문소 직원이 나를 보자 농담으로 던진 내 이름은 찰슨 브론슨이
었다. 나 또한 전혀 모르는 미국인이 나보고 먼저 말을 걸어 주고 미국
배우 닮았다고 농담으로 나에게 친절을 보여 주니 고맙고 좋았다. 다
콧수염 때문에 일어난 일화다.

미국 국경검문소에서 난감한 상황 발생

어느 날 국경검문소에서 아주 난감한 상황에 봉착하게 되었다. 영어로 나에게 질문을 던지는데 답을 할 수 없었다. 질문을 이해도 못 했다. 내 입에서 뱉어 낼 수 있는 것은 단어 몇 개가 전부다. 그러니 이들의 질문에 무슨 놈의 답을 할까? 그 직원은 나보고 보디랭귀지로 말한다. 차를 저쪽에 세우고 자길 따라서 사무실로 들어오란다. 그리고는 차키를 나에게서 가져가더니 한참 후에 와서는 차키를 건네며 가란다. 아마도 그의 눈에 내 차에 뭔가가 있을 거라고 내 차를 뒤진 모양이다. 아무것도 나온 게 없는지 그냥 가라고 했다. 선임자들의 말에 의하면 마약 아니면 멕시칸 밀입국의 助力者로 본 것이란다.

미국의 흑인 슬럼가

내 호기심이 미국 샌디에고 도심 흑인만 모여 산다는 Slum가에 차를 몰고 가 보았다.

선임자들이 말하길 걸어서는 절대로 들어가지 말라는 말에 차를 가지고 갈 수밖에 없었다. 그들은 무엇을 하는지 마약을 하는지 비스듬한 자세로 벽에 기대고 있기도 하고 길가에서 얘기하는 사람들, 아이들의 장난들 이런 모습을 차 안에서 눈으로 담고 흑인의 삶 속을 잠시 들어가 보았다.

삶의 활기보다는 늘어진 삶이라고 해야 할 것 같다.

이곳에는 완전 흑인만 모여 사는 곳이 아니다. 백인 같은 흑인도 있다.

"One drop one blood."

"한 방울의 흑인 피가 섞여 있어도 흑인이다."

SEA WORLD

이곳은 샌디에고 시내에 있는 바다 동물들을 모아 놓고 관람객에게
보여 주는 동물원이다. 가장 감명 깊게 본 동물은 쇼하는 범고래다. 인
간에게 친화적으로 동화되었는지 그렇게도 사납다는 동물인데 조련
사와 한 몸같이 움직인다.

관람석 앞에서 물결을 일으켜 물벼락을 선사하는 시간이면 관람석
에서 터져 나오는 환호성은 대단하다. 일회성이 아니다. 연출을 마치
고 돌아가는 길에 또 물보라를 관람객에게 선사하고 간다.

신대륙 발견과 날벼락

멕시칸들의 정체성에 대해 난 많은 관심을 가지고 있었다.

14세기 콜럼버스가 이 나라에 오기 전 인디오들이 아즈텍 문명을 찬
란히 빛내고 살아가던 평화로운 이 땅에 느닷없이 들이닥친 백인들은

금과 은을 취하기 위해 신대륙 발견이라는 강자의 논리로 역사의 한 줄을 남기고 있지만 그 당시 인디오인들은 내 집 안에 강도가 들이닥친 셈이다. 이들은 백인들에게 대항이 불가능했다. 무기의 질 차이로 인해 그대로 항복을 하고 백인들이 요구한 금을 캐야만 했다. 이때 여자들은 서양인들의 성의 노리개가 되어 지금의 메스티소라는 혼혈인들을 만들어 놓았다.

지금 멕시코 인구 대부분이 이런 혼혈인들이다.

단 서양 피가 많은 이들은 고급 직종인 사무실에 근무하고 반반의 피가 섞인 메스티소는 공장의 생산직 백인의 피가 미미한 멕시칸들은 길거리 막일을 하거나 길거리에서 손을 벌리는 구걸의 삶을 살고 있었다.

어느 날 현장직 멕시칸에게 이런 질문을 던져 보았다.

"당신의 정체성은 스페인 아니면 인디오?"

그들의 답은 웃음이 답이다. 하긴 내 질문이 이들에게는 아픈 역사이고 한편은 혼란스런 자신들의 정체성이다.

아버지 쪽은 백인의 피를 엄마 쪽은 인디오 피를 정체성의 혼돈이다.

멕시코 길거리를 거닐다 보면 확연히 구분지어지는 인종의 색깔. 이 색깔은 상류 사회, 저 색깔은 하류 사회를 형성하며 살아가는 이 나라. 그래도 불평불만 없이 잘 어울리며 평화롭게 살아가고 있다. 다들 열심이다. 이들의 한결같은 희망은 미국으로의 이민이다.

미국과 국경을 맞대고 있으니 삶의 질 차이를 그들은 너무 잘 알고 있다. 기회만 보고 기회만 닿으면 망설임 없이 불법적으로 국경을 넘을 생각만 머릿속 가득 채우고 있다.

동고동락한 시간이 길어지니 이들은 친분을 이용해 정중하게 부탁을 해 오는 일도 종종 있다. 국경을 넘을 때 차 트렁크에 좀 태우고 갈수 없냐고…….

힘든 거절이지만 망설임 없이 말했다.

"미안하지만 안 돼."

당연히 너희들 입에서 나올 답이라는 듯 그들은 더 이상의 부탁은 하지 않는다. 그들은 국경만 넘으면 자기들과 같은 민족이 다수가 살고 있는 곳이기 때문에 모든 게 낯설지 않다는 것이다. 문화도 인종도 언어도 동일하다.

중국 조선족이 한국에 가는 것과 같다.

이들은 삶의 질도 고액의 임금도 두 마리 토끼를 잡기 위해 호시탐탐 국경을 넘을 기회만 보고 있었다.

귀국 통고를 받고……

약 2년이란 시간 동안 미국이라는 나라에 거주했는데 이제 몸도 마음도 여유가 생기고 있는데 귀국 명령이라니…….

이곳 회사도 이제 자리 잡았다. 생산도 품질도 안전 문제도 모든 게 정상 궤도에 올라와 있다.

이제 한국인이 없어도 현지인만으로도 생산이 가능한 단계에 와 있다.

나의 삶은 평범하지 않았다

군이 많은 비용을 들이면서까지 한국 직원들을 잡아 둘 필요성이 없어졌다.

그러나 당사자인 나는 몹시도 서운하다. 서운하다는 것은 이곳 생활이 너무 좋다는 것이다. 한국으로 돌아가기 싫은데.

여기가 천국인데.

일 년 열두 달, 춥지도 덥지도 않은 날씨에 모기 한 마리 없는 샌디에고. 물가도 한국의 삼분의 일 정도로 저렴하다. 물건도 넘쳐나는 미국이 좋은 생활을 버리고 한국으로 돌아간다는 것은 싫어도 너무 싫다. 나는 어쩌면 태어날 때부터 한국 안에서 살도록 종신형을 선고받은 몸이었는데 잠시 신의 은총으로 좋은 물을 좀 마시라고 미국이라는 나라에 살고 있는데 종신형을 언도받은 곳으로 다시 복귀 명령을 내리는 신이 너무 밉다.

이곳의 서양인들의 문화에 녹아든 나. 익숙한 거리 풍경을 두고 내 어찌 돌아가리. 그렇다고 딱히 사랑하는 여인이 있는 것도 아닌데 이토록 내 마음을 잡고 놓아 주지 않은 것은 무엇인고……. 그냥 답이 없는 한숨 소리가 그 답이다.

그 한숨 소리는 수십 년을 혼자 살아온 수절 과부의 한 맺힌 소리와도 같다.

귀국 명령에 불평은 해도 순응은 해야 한다. 여기서 구매한 물품들이 너무 많다. 국제 이삿짐으로 부쳐야 한다. 국제 이삿짐센터 직원과의 계약을 마치고 내가 봐도 대단하다. 너무 많다. 한국으로 가져갈 물건들이. 그 당시 29인치 소니 TV 무게는 장정인 나조차 혼자 만질 수 없는 무게다. JBL스피커와 각종 전자제품들은 이삿짐센터에서 몽땅 다 가져갔다. 방 안이 텅 비었다. 이제 나도 내일이면 한국으로 가야 한다. 동료 한 명과 함께 귀국하게 되었다. 이제는 아무도 배웅해 주지 않는다. 혼자 가야 하는 길이다. 샌디에고 공항에서 LA공항 가는 미국 국내선 비행기에 탑승을 하고 보니 승무원이 할머니다. 한국은 결혼만 해도 근무에서 제외시킨다는 말이 있는데 여긴 이게 뭐야. 승객 입장에서 볼 것이 아니라 노동조합 입장에서 봐야 한다는 사실을 깨우쳤다. LA 공항 대한항공 창구를 찾아야 한다. 공항의 규모가 대단하다.

"Excuse me. where is the Korea airline?"

"Over there."

간단한 질문에 간단하게 돌아온 답. 대한항공, 한국 사람, 오랜만에 보는 한국의 냄새다. 얼마나 반갑던지 한국 땅을 밟은 듯 그 기쁨이란 말로 표현키 어렵다.

비행기에 탑승하자 지금까지 이곳 생활이 파노라마처럼 지나간다. 그리고 김포공항에 나와 있을 가족들을 생각하고 서서히 그동안 나를 얽어 메고 있던 동아줄이 풀리는 것 같다. 나를 동여매고 있던 긴장들이 떠나간다. 맥이 풀린다. 몸이 의자 속으로 빨려드는 것 같다.

김포공항 엄마도 아내도 아들도 누나도 누이도 다 나와 있다. 그동안 못다 한 정, 포옹으로 악수로 다시 정을 나누고 엄마는 나를 보자 눈물을 보이신다. 엄마와 아들 사이가 참으로 정이 깊은가 보다.

귀국 후 QC사무실 근무

생산부 사무실에서 나를 맞이하는 부장님.

"그동안 수고했습니다. 내일부터 생산부QC 사무실에 근무를 하시기 바랍니다."

"예. 알겠습니다."

QC 사무실은 생산부 소속 현장 품질을 관리하는 부서 사무실이다.

생산부 상무님 사무실에 들려 귀국 보고를 드렸다.

"자네 현장의 용접에 대해 품질을 좀 끌어올려야겠어. 자네의 실력을 발휘해 봐."

"예. 잘 알겠습니다."

아, 나도 대기업에서 사무실 근무라 학력도 일천한데 이곳 사무실 직원들은 전문대 출신들이다. 내가 이들과 함께 근무를 해야 하다니. 나의 노력이 이들보다는 열 배를 더 필요하겠구나. 그렇지 않으면 이들과 어깨를 함께할 수 없을 것 같다.

생산 현장의 품질에는 무엇이 품질을 좌지우지되는가를 파악하고 그것을 해결해야 되는 임무다.

컨테이너 사업이 사양길

사측에서 나오는 풍문에 의하면 한국에서는 컨테이너 제조 원가를 맞출 수가 없다는 것이다.

원가의 비중이 높은 부분은 직원들의 임금이란다. 임금이 낮은 개발도상국으로 설비들을 옮겨 간다는 것이다.

공식적으로 발표된 적도 없이 확인되지도 않은 뜬소문이 1공장, 2공장 동시에 소문이 돈다.

컨테이너 사업을 철수하고 다른 아이템으로 전환하는데 기존 컨테이너 생산 직원들은 명퇴를 받는다며 위로금의 액수까지도 매우 구체적이다.

어수선한 가운데 일본 미쓰비시사에서 생산된 빠제로(갤로퍼) 두 대가 2공장 구석진 곳에서 해체되고 있다. 빠제로와 똑같은 모방 제품을 현대정공 2공장에서 생산을 하겠다는 것이다. 여기에 소요되는 현장직을 모집하는데 공업고등학교 졸업장을 가진 직원들만 자격이 주어진단다. 시간이 흘러 이제는 계열사로 전출자 지원을 받는다는 것이다. 그 1차로 현대자동차로 전출 지원자를 받는데 자격 요건이 고등학교 졸업자에 연령도 40세 미만자에 한해서다. 이래도 저래도 나오는 자격 요건과는 거리가 멀다. 학력도 나이도 불안감은 이제 가슴에서 머리끝까지 밀려온다.

이제는 계열사 이름도 나왔다. 중공업, 건설, 강관, 자동차, 미포, 산업 개발 등등.

내 머릿속에는 자동차 말고는 마땅히 확 땡기는 회사가 없다. 평소 파이프 제조에 대해 궁금증이 갑자기 나의 호기심을 자극했다. 강관에 지원서를 제출했다. 오전에 지원한 회사에서 합격이라는 통지가 오후에 나에게 전달되었다.

뭐야. 이게 그냥 가벼운 마음으로 제출한 지원 서류가……. 이건 되돌려야 한다는 다급한 마음에서 상무님 사무실을 찾았다. 나의 얘기를 다 듣고 난 뒤 하시는 말씀은.

"자네는 나한테 한마디 상의도 없이 결정한 이 사항은 내 선에서 벗어난 결정권이다. 일단 가라. 내가 강관에다 말해 놓을 테니까."

더 이상 말을 잇지 못하고 사무실을 나와야만 했다.

아~~~~ 이게 현대정공의 마지막 날이다. 내일이면 난 현대강관 소속이라니 내 손으로 지원 서류를 넣고 후회를 하다니. 그래. 이제는 떠나간 님이다. 가자. 그곳에서 또 다른 변화의 인생을 걸어 보자…….

울산 현대강관주식회사(파이프 제조)
(현재: 현대제철주식회사)

현대강관(주) 생산관리부 출하반 소속이다. 현장에서 제품 관리를 하고 출하를 담당하는 부서이다.

처음부터 현장 근무라 서서히 몸으로 적응해 나가야만 했다.

몸과 마음의 고생을 하고 있던 어느 날 생산부 상무님이 나를 찾는다는 것이다.

상무님은 나에게 차를 권하시면서 말씀하셨다.

"아무 소리 하지 말고 당분간 그냥 일만 열심히 해. 내가 알고 있으니…."

현대정공 상무님으로부터 나에 대한 얘기를 듣고 나를 부른 것이다.

중국 공장 파견 근무

강관으로 이적한 지 얼마지 않아 해외 파견 근무 발령이 났다.

입에선 "얏호!", 몸은 벌써 중국 거리를 활보하고 있다.

나에게 또 이런 행운이 하나님, 부처님 감사합니다.

잠시 파견 근무지로 가는 것은 가족의 생계를 책임져야 하는 아버지들의 비애라고 하는 이들도 있지만 난 엉덩이춤이 절로 나온다.

다른 세계의 문화를 접할 수 있는 기회다. 그리고 많은 돈을 손에 쥘 수 있는 절호의 기회다. 나에게 내려진 아름답고 즐거운 행운이다.

현장 관리자 몇 분과 함께 북경을 거쳐 길림성 훈춘시에 건설되고 있는 현대갤림유한회사(吉林現代有限會社)에 도착했다.

새벽녘 어둠이 걷히는 창문 밖 그림이 내 눈을 확 잡아끈다. 젊은 여성들이 몸의 실루엣이 드러나는 잠옷을 입고 거리를 활보하고 있다. 남자들은 바지만 입고 상의는 벗은 몸이다. 문화의 충격이다.

두 분의 한국분이 막 도착한 우리를 반갑게 맞이한다. 한분은 총경리(현지 법인 사장) 한 분은 사무실 부장이라는 직책을 가진 분이다. 한국으로부터 나에 대한 정보를 갖고 있는지 나를 보는 눈에 반가움이 묻어나지 않아 보인다. 어찌하리. 이미 엎어진 물인데 좋던 싫던 난 여기에 있어야 하고 당신들은 내가 보기 싫어도 함께 살아야 하는데.

공장 건물과 파이프 생산 설비 공사가 한창 진행 중이다.

나의 본성을 본 총경리

퇴근 무렵에 공장의 라인이 섰다. 나는 아직 파이프 설비에 대해 지식이 많이도 부족한 나에게는 엄청난 숙제였다.

마침 한국에서 조반장으로 꾸려진 기술자들이 정상적인 시운전을 위해 파견 근무를 하고 있었다, 그런데 6시 퇴근 시간이 되자 모두 손을 털고 숙소로 가 버린다.

난 이들과 함께 퇴근은 할 수가 없다. 내가 만약 퇴근을 하면 내일 공장은 휴무를 해야 한다.

많은 직원들이 놀게 해서는 안 된다. 한국의 기술자들을 원망해서도 안 된다. 내가 문제점을 해결해야만 한다는 강한 그 무엇이 나를 숙소로 못 가게 한다. 너는 남들과 다른 놈이다. 무슨 일이 있어도 내일 라인이 돌아가게 해야 한다. 설비가 한국에서 만들어진 장비들이라 부품을 이곳 현지에서 구하기가 힘들다. 아니 아예 없다고 봐야 한다. 그러면 임시로 그 부품을 만들어야 한다. 브라겟이라고 하는 부품이다. 소재는 주물 제품이다. 일정한 힘이 가해지면 부러지게 설계된 부품이다. 구할 수도 없다. 내일 아침 공장을 돌려야 하는데……

그러면 내가 할 수 있는 것이라곤 재질은 다르지만 기능만 충족시켜줄 수 있는 제품을 하나 만들자. 나는 산소 절단기로 철판을 자르고 드릴로 구멍을 뚫고 그라인더로 다듬고 정신없이 땀을 흘리고 있는데 뒤에서 총경리 음성이 들린다.

"조 과장 뭐 해요. 퇴근도 하지 않고…"

"퇴근 직전 라인이 멈춰 서서 부품 하나 만들어 놓고 퇴근하겠습니다."

"이런 면도 있었구만…. 조 과장을 다시 봐야겠습니다."

나의 삶은 평범하지 않았다

나에 대해 다시 봐야겠다고 한다.

한국 회사에서 노동운동을 하던 신분이니 당연히 나라는 존재가 좋은 이미지는 아니었나 보다.

난 이렇게 해서 나에 대한 나쁜 이미지를 좋은 이미지로 탈바꿈한 결과를 만들어 냈다.

나의 새로운 본모습을 본 총경리는 나의 정체성에 감명을 받았는지 총경리 명의의 생산과장에서 생산부장이라는 직책을 달아 주셨다.

저세상 문 앞까지 갔다 온 사건

판매가 미미하다. 생산된 제품은 산더미 같이 쌓여 있는데 녹이라는 독한 놈이 생산된 제품을 슬슬 갉아먹고 있는데 영업 활동은 점점 상승 곡선이 아니라 점점 하향 곡선을 그리고 있다.

이곳은 개혁 개방을 한 지 얼마 되지 않아서인지 경제 흐름도 돈의 흐름도 여유롭지가 않다. 우리 회사의 제품은 KS900 인정을 받은 품질을 보증하는 제품이라 가격대가 이곳 구매자들에게 맞지 않다. 품질보다는 현지인들은 가격을 우선순위에 두고 그들은 파이프 구매를 한다. 이들이 구매하는 제품은 품질은 누구 봐도 형편없는 제품들을 구매하여 사용한다. 난 많고 많은 시간을 죽여야만 했다. 공장은 거의 며칠째 가동을 하지 않은 관계로 난 공장 뒤 공터에 평행봉을 만들어 놓고 운동을 꾸준히 해 왔다.

오늘따라 균형 감각을 잃었다. 뒷머리가 땅에 먼저 닿았다. 정신이
점점 사라진다. 스르르 잠이 온다. 갑자기 정신이 번쩍 든다. 이게 뭐
지. 이렇게 내가 죽는구나. 나는 아직 더 살아야만 하는데 지금 죽으면
안 돼….

나도 모르게 몸을 일으켰다. 정신이 확 돌아왔다. 사람이 죽을 때 이
런 건가? 죽음 직전에 그렇게 편안하고 기분이 좋다더니. 아~~!

중국공장 파견근무 나의 생활상

나 혼자 사용할 수 있는 약 50평의 아파트 한 채가 나의 주거 공간이다.

이곳은 임금이 싸다 보니 밥하는 분, 청소·빨래하는 분, 두 분이 나
를 위해 일을 하셨다. 그리고 또 한 분의 여성은 현지처라기보다는 애
인 사이.

여성 세 분이 나의 삶에 도움을 주고 있었다.

나도 이곳에서 누릴 수 있는 모든 것을 누려 보았다.

1997년 중국이 장막을 허물고 세상 밖으로 처음 얼굴을 내민 초기였
다. 이제 이들에게 자유라는 것과 개인 사유재산이 뭔지 알고 돈이 모
여 있는 곳이라면 젊은이들이 모여들었다.

그래서 그런지 이때만 해도 미모의 아가씨들이 소도시에도 많이 머
무르고 있었다. 특히 노래방이라는 곳에서 종업원으로 취직을 하고 있
었다. 손님보다 여종업원들이 많았다.

나의 삶은 평범하지 않았다

가무청(歌舞廳)이라는 간판이 우리네 노래방이다. 도우미 아가씨들이 수십 명이 두 줄로 도열해 있다. 오른쪽은 조선족, 왼쪽은 한족 아가씨들이다. 난 이곳을 이용할 때면 미모보다는 말이 통하는 조선족을 선택한다. 이곳 연변일보에 난 신문 기사 내용 중 중국에 거주하고 있는 한국인들은 현지처를 다 두고 있다는 보도를 본 적이 있었다.

난 여성스러움이 묻어나는 여성과 늘 함께했었다. 이곳에 노래방에 근무하는 여성들은 한 미모를 한다. 미모가 받쳐 주지 않으면 취직 자체를 할 수 없다. 왜 사람은 많은데 일자리는 턱없이 부족한 현실이다. 개혁 개방이 막 시작된 시점이라 물론 시간이 지나면 이들도 대도시로 대도시로 다들 일자리를 찾아 옮겨 가겠지만 아직은 우물 안 개구리다. 이 좁은 바닥을 벗어나지 못하고 있다. 난 여성스러움이 묻어나는 조선족 여성과 늘 함께했었다. 노래방에서 자주 접촉을 하다 보니 결국은 애인 사이로 변했다. 남녀 관계란 지극히 정상적으로 흘러가는 길이다. 나도 이런 전철을 밟았다. 어쩌다 노는 날이면 연길, 용정, 장춘 등 가 볼 만한 곳은 함께 다니고 밤이면 나의 숙소에서 雲雨之情을 나누곤 했다. 남녀 사이에 운우지정이 없으면 연의 끈이 썩은 새끼줄이 아닐까 한다.

귀국 후 출하반 사무실 근무

학력이 일천한 놈이 사무실 근무 발령이 났다. 물론 상무님의 배려겠지만 컴퓨터를 다룰 줄 알아야 하는 자리다. 창구에서 화물차 기사분들에게 생산 제품을 출하하는 직책이다.

처음엔 업무가 서툶의 연속이었지만 시간이 지나자 나도 업무에 녹아들었다.

출근과 동시에 화물차 기사분들의 출근 인사를 받고 농담도 던지고 커피타임도 가지면서 하루 일과를 시작했다.

키가 작은 추레라 기사에게 농담 한마디 던졌다.

"넌 도로에서 시비 붙으면 창문만 열고 말로만 해라. 자네는 차 문을 열고 땅으로 내려오는 순간 넌 끝장이다."

덩치 큰 기사에겐 이렇게 말했다.

"넌 도로에서 시비 붙으면 무조건 땅을 밟아라. 그래야 너 덩치 보고 깨갱 한다."

"야, 오늘 커피가 댕기네."

입에서 말이 다 나오기도 전에.

"아이구 형님!"

바로 자판기 앞으로 달려가는 화물차 기사분들의 경쟁이 치열하다.

나의 눈길을 잡아 둬야 아침 일찍 화물을 받을 수 있으니 말이다. 이들 기사분들은 나에게 눈도장을 찍기 위해 알랑방귀를 많이도 뀐다.

명절 상품권이 사무실 직원한테 돌고 있다.

난 처음이라 이건 뇌물로 간주하고 담당 부서장에게 찾아가 말했다.

"이거 받으면 안 될 것 같습니다."

나의 삶은 평범하지 않았다

내 말이 채 떨어지기도 전에.

"야! 아무 소리 말고 주머니에 넣어 둬."

"예!"

괜히 내가 발설을 하게 되면 지금까지 관행적으로 받아 오던 것들이….
그래. 내가 그냥 조용히 넘기자. 그래. 내가 조용히 넘어가자. 모두
를 위하는 길이다.

실습차 온 여고생

지금 같으면 성추행 혐의로 수갑 차고 감방 가야 할 일들이지만 그
시절엔 아무런 법적인 문제가 되지 않았다.

실업계 여고 3학년생들이 실습차 내가 근무하는 출하반 사무실에도
배치받아 왔다. 한 명의 자리가 바로 내 옆 책상에 배정이 되었다.

여고생의 치마 길이가 짧아도 너무 짧았다. 내 눈이 그곳을 피하려
고 마음을 다잡아 보지만 어느덧 내 눈은 그곳으로 가 있다. 화들짝 놀
랐을 때가 한두 번이 아니다.

나도 모르게 말이 나오고 말았다.

"김 양 치마 길이가 너무 짧지 않나?"

"아저씨……."

"김 양 커피 한 잔 빼 줄래……."

"예. 돈 주세요."

지금의 사회적 분위기로 본다면 성범죄 범위 안으로 들어가고도 남는다.

이 여고생은 나와 대화를 할 때마다 코와 입을 막는다.

"와! 나한테 무슨 냄새라도…."

"예. 아저씨한테 담배 냄새가 너무 심하게 나요…."

난 다음 날 바로 담배를 피우지 않으려고 담배를 가져 오지 않았다. 수십 년을 피워 온 담배인데 딸 같은 여고생 덕분에 끊을 수가 있었다.

그때 끊은 담배다. 이제는 담배 냄새가 싫다.

학생 고마워…. 지금은 학생도 엄마가 되어 있겠지.

대기업 하청업체 사장이 되다

당진 공장으로 발령이 났지만 도저히 갈 수가 없었다. 아들 병역 문제와 딸 문제들이 나의 발목을 잡고 있다. 결국 조기퇴직이라는 길을 선택할 수밖에 없었다. 이로서 30여 년의 직장 생활을 조기에 접기로 마음을 굳혔다. 사표를 제출하고 나니 위로금과 공장 내 하청을 하나 맡으라고 한다.

나에게는 또 다른 도전이다. 나에게 비록 하청이지만 엄연한 회사의 사장이다.

가진 것 하나 없이 시작한 나의 사회생활에 이제 화룡점정(畵龍點睛)을 찍었다.

나에게 이런 화려한 사장생활은 오래 가지 못했다. 원청회사에서 처음 계약 조건에서 나에게 불리한 조건으로 변경을 요구해 온다. 원청의 요구를 묵살한다는 것은 계약을 하지 않겠다는 것이 된다. 현금 결제 방식에서 어음 결제 방식으로 계약 변경 요구안을 받아들여야만 한다. 마음의 동요가 심하게 온다.

늘 상존하는 안전사고, 대형 중량물을 취급하는 현장 작업상 마음 졸이는 하루하루의 삶에서 해방의 마음이 너무 커져만 간다.

두 가지 다 내 마음을 움직이는 결정적 계기가 되었다. 하청사업을 반납하기로 마음 굳히고 회사 담당자를 찾았다.

반납 조건으로 나에게 권리금조로 적지 않는 금액이 돌아왔다.

30여 년의 현직에서 은퇴

막상 모든 짐을 내리고 나니 이 세상에서 외톨이가 된 기분이다. 고독이 밀려온다. 참을 길이 없다. 내가 갑자기 왜 이러지. 나의 몸속이 그냥 허(虛)하다. 내 마음 다스릴 방법 찾아 나 홀로 동네 뒷산을 올랐다. 이제 이 세상에 나 혼자만 남는다는 생각이 공황장애 현상으로 나타난다. 이제 누구와도 얘기할 상대도 없다. 어디에도 갈 곳도 없어졌다. 아직은 움직임이 활발한 나이인데 50대 초반의 나이에 실업자가 되다니 삶에 대한 자괴(自愧)감이 쓰나미처럼 밀려온다. 이런다고 시근(始根)이 변화되는 건 아닌데 자살이라는 단어가 뇌 속에서 자리 잡고 아름다운 유혹으로 다가오고 있다. 며칠 동안 산행길에 봐 둔 소나무에 오늘도 눈길이 간다. 적당한 나무다. 내가 자살이라는 단어가 나와 친구가 되면 이 나무와 연을 맺어야겠구나. 아니다. 지금 내가 무슨 생각을 하고 있는 거야. 내 마음속 깊은 곳에 쌓인 감정의 정화를 씻기 위해 산을 오르고 있지 않은가? 갑자기 정신세계의 혼탁함이 맑아진다.

나의 의식 속에 죽음의 악취도 사라지고 삶의 향기가 자스민 향으로 변해 간다.

아니다. 생을 여기서 마침표를 찍기엔 아직은 아니다. 좀 더 살아 보자. 아직은 살 만한 가치가 있다. 새로운 각오를 다지고 하산을 했다. 나의 업보(業報)는 내가 안고 가겠다.

이제 막 나에게 주어진 냉담한 인생에 따뜻한 태양의 빛을 쬐며 조용한 시간의 흐름을 느껴 보자. 이제는 나에게 육체노동의 대가를 구걸할 곳이 없어졌다.

젊은 날 노후를 대비한 생활비는 친구인 우체국장으로부터 설계를 받아 완벽한 시공을 해 놓은 상태였다.

하지만 24시간을 어떻게 쪼갤 것인가?

시간과의 싸움이다.

아름다운 삶 속으로 들어가자. 오롯이 나만을 위한 공간으로 몸을 숨기고 주어진 자유를 느껴 보자. 어차피 사회생활을 접으면 주위에 많던 사람들도 멀어진다. 이제는 고독과 외로움을 친구 삼아 자연인의 삶 속으로 들어가야만 한다. 하루의 Routine도 완전히 갈아엎어야 한다. 자폐적이라 할 만큼 개인적 삶 속으로 들어가 자유롭게 사는 걸 지향(志向)할 것이다.

내 주변의 풍경들도 어김없이 겨울이 찾아온다. 가로수의 낙엽은 땅바닥에 뒹굴고 바람은 갈수록 차가워진다. 나의 사회생활의 작별을 고하는 순간과 맞닥뜨린 순간과 참으로 많이도 닮아 있다.

이제는 나의 삶을 작은 것에 자족하고 소박한 것들에 깃든 아름다움과 기쁨의 근거를 찾아가는 생활을 해야겠다.

비록 내가 둥지를 틀고 앉은 곳이 대도시 외곽이지만 농경지가 더 많은 지역이다. 주변 자연환경에 마음으로 무욕함을 추구하고 아름다운 목가적 삶 속으로 풍덩 빠져 들어야겠다.

내 젊은 날 경제적 역동성으로 활기가 넘쳤던 그 시절 이제는 세월과 함께 떠나가고 없다. 아무것도 이제 남은 건 역동성이 빠져나간 그 자리에 앉아 있는 맥 풀린 실업자의 몸뚱아리, 어디가도 환영받지 못하는 몸뚱아리. '이러다 가족으로부터도 버림받는 신세로 전락하지나 않을까.' 심히 염려스럽지만 이 모든 걸 잊고 이제부터는 실업자의 삶 속으로 들어가자. 그리고 새로움에 적응해 나가자.

배움

중학교 입학

중학교 입학은 나에게는 많은 변화를 가져왔다.

교복과 책가방은 나의 어깨에 뽕을 넣어 준 물건들이었다. 초등학교 때 책가방을 들고 교복을 입어 보는 게 로망이었던 것들이다.

첫 등교하는 날 모자에 모표를 달고 교복 상의 목 부분엔 학교의 상징 배지와 학년 배지를 부착하고 의젓하게 동네 한 바퀴를 돌고 학교로 가노라면 난 자신도 모르게 몸뚱아리는 하늘로 올라가는 기분이었다.

교문을 들어서자 교복을 착용한 여학생들이 운동장에서 장난을 치며 뛰어놀고 있다. 그녀들의 하얀 속치마가 내 눈 속으로 들어와 나의 내면에서 무언가가 분출되면서 정신적 혼돈이 온다. 등교 첫날부터 내 눈 가득 책 속의 글자들을 보여야 하는데 이성에 대한 그림이 내 머릿속을 먼저 채우다니……

내 동공은 크게 열리고 심장 박동은 빨라진다.

사춘기인 내 몸속 가득 뜨거운 회오리바람이 휘몰아친다.

지금 피 끓는 사춘기인가 보다.

그냥 아무런 행동도 하지 않고 속으로 소화시키기엔 불가능하다.

나는 이때 사춘기가 막 시작된 시기라 아무것도 하지 않으면 정신병원으로 실려 가야 할 것 같다. 교실로 가야 하는데 교실로 가야 하는데…. 그런데 내 몸은 운동장 한편에 서 있는 철봉대 기둥을 꽉 껴안고 있어야만 했다.

초등학교에서는 담임선생님이 전 과목을 강의하셨는데 중학교에선 교과목 담당선생님이 교실에 들어오셨다. 나에겐 또 다른 환경이었다.

매시간 교과목이 바뀔 때마다 어떤 선생님이 들어오실까? 혹시 여선생님일까?

그 기대에 찬물을 끼얹는 경우가 많았다. 그때는 비율적으로 남자선생님이 많았다.

영어 시간 때 지금도 내 머릿속에 남아 있는 영어 선생님의 회초리 사건에 대해 잊혀지지 않는다. 내 질문에 선생님은 명쾌한 답 대신 내 손바닥에 회초리 답을 주셨다.

너무 아팠다. 한 대도 아니고 여러 대를 맞았다. 감정이 개입된 매라 더욱 아팠다. 감히 선생님한테 반항을 해 선생님의 권위에 도전한 죗값은 혹독했다.

지금 생각하면 말도 안 되는 매다. 선생님은 나의 질문에 지식의 일천함을 감추기 위함과 또 다른 학생의 입을 막기 위함으로 매가 움직이지 않았나 생각이 된다. 만약 지금이라면 있을 수 없는 사건이었다.

지금은 학생 권리가 우선이지만 그 시절 선생님 권리는 있었고 학생의 권리는 없었다.

내가 중학교 다닐 그 시절만 해도 선생님의 그림자는 밟을 수는 있지만 교육의 매 앞에서 반항은 생각조차 할 수 없었다. 선생님의 권위가 하늘을 찌르고도 남을 정도로 대단했다.

영어도 수학도 너무 어렵다. 슬슬 공부의 흥미도 잃어 가고 학교에 가기도 싫어진다. 친구와 난 강가 땅콩밭으로 등교하는 날이 많아졌다. 농부의 땀을 훔쳐 먹는 재미가 솔솔 했다. 학교에서는 등록금 가져오라는 선생님의 말은 점점 협박성을 띈다.

"엄마 학교에서 돈 가오라 카는데, 줄 끼가? 언제 줄 낀데?"

"좀 기다려 봐라."

"엄마 나 학교 그만 다닐란다."

말없이 부엌으로 들어가시는 울 엄마, 아들 하나 더 이상 공부 못 가르친다고 얼마나 신세타령을 하며 눈물을 훔쳤을까? 그놈의 돈이 뭐길래 아들 하나 공부 못 시킨다고 엄마는 소리 없는 울음을 얼마나 많이 울었을까?

돈이 뭐길래 어린 나의 운명을 바꿀 수 있는 존재였는가?

너무 빠른 나이에 돈의 힘을 알았다. 돈이 인간의 삶을 쥐락펴락한다는 것을 알았다.

이렇게 하여 나의 중학교 공부는 1학년을 미처 다 못 채우고 접어야만 했다.

한창 공부해야 될 나이에 학생 신분에서 사회인 신분이 되어 버렸다.

이제 사회인 신분인 난 생활전선으로 몸을 던져야 하는 운명이 되었다.

울산대학교 평생교육원에서 중국어를 접하다

밤 9시 수업을 마치고 교정을 걸어가는데 어깨띠를 두른 학생 무리가 내 곁으로 오더니 말했다.

"교수님 으라차차 2번 열심히 하겠습니다."

학생들이 나를 교수로 본모양이다.

책과 노트를 옆구리에 끼고 있는 모습이 고매(高邁)한 교수님으로 착각을 했나 보다.

이럴 땐 시치미 딱 때고 그냥 넘겨야 한다.

손을 들어 "파이팅."으로 응수해 주었다.

학생들이 저만치 사라지자 난 그 자리에 배를 움켜쥐고 웃었다.

숨이 막힐 정도로 웃었다.

비록 어둠이 내려앉은 밤이지만 나를 교수로 보다니.

어린 시절 나의 희망이고 갈망이었던 교육자의 꿈을 아주 잠깐 동안 맛을 보았다.

아~~~ 나의 삶에도 이런 경우도 있구나.

해외 어학연수

산동사범대학교

울산대학교에서 중국어를 배우는 학우 3명과 울산대 학부생들과 함께 산동사범대학교 어학 캠프에 참가하기로 했다.

아들과 딸 같은 학생들과 함께 중국에 있는 대학교로 어학 캠프를 간다고 하니 가슴이 붕 뜬다. 중국 청도에서 제남까지 버스로 이동이다. 가도 가도 끝없는 평야 지대다. 그 광활함에 입이 다물어지지 않는다. 우리나라도 이런 들판이 있었으면 하는 마음이다.

제남시는 산동성의 성도이다. 그리고 천성(泉城)이라고도 한다.

도시 전체가 땅속에서 샘물이 솟아나고 있다. 그 샘의 숫자가 70여 개나 된다고 하니 가히 샘의 도시이라 할 만하다. 물이 고여 있는 작은 연못이든 큰 연못이든 물속에서 거품이 포글포글 솟아오르는 곳도 엄청난 양의 물을 뿜어내는 곳도 나의 눈엔 신비함 그 자체다.

산동사범대학교는 한국 울산대학교와 자매결연을 맺은 학교였다.

이 대학교는 산동성 제남시에 소재하고 있으며 산동성 중점 대학으로 중화인민공화국 건국 후 산동성에 최초로 설립한 대학교가 산동사범대학교라고 한다.

"덕을 존중하고 성공을 위해 노력하라."는 교풍과 도덕을 견지하고 꿈을 견고히 하며 지식을 추구한 후 실천하라는 교훈을 가진 대학교다.

1983년부터 외국 유학생을 받기 시작하였고 2006년에 대외한어본과를 설립하였으며 2007년부터 전국적으로 학생을 모집하기 시작하였다.

지금까지 70여 개 나라에서 2만여 명의 장기 혹은 단기 유학생을 양성해 오고 있다. 수준이 비슷한 한국 대학교와 자매결연을 맺고 있다고 한다.

학교 규모는 상상을 초월한다. 학교 내 은행, 호텔, 마트, 우체국 등등 영업 중이다.

한국의 대학과는 비교가 불가할 정도의 크기다.

산동사범대학교에 도착 후 우리는 유학생 기숙사에 방을 배정받고 짐을 풀었다.

다음 날 아침 산동사범대학교 정문을 들어서자 어마어마한 모택동 동상이 학교 정문을 내려다보며 우뚝 서 있다. 교문을 막 들어서는 나를 내려다보는 것 같다. 중국다운 대학교이다.

산동사범대학교

한 달간의 어학연수의 시작을 알리는 행사가 진행되었다.

울산대 4학년 학생이 통역을 맡고 산동사범대 교수 몇 분이 참석한 가운데 어학연수의 시작을 알리는 간단한 식을 거행했다.

첫 수업은 간단한 학교의 소개와 한 달간 우리가 배울 학습 교재와 교수님 소개로 첫 수업을 시작했다.

중국인 교수 수업을 하고 나면 중국 학생과 한국 학생 일대일 수업이다. 산동사범대학교 1학년 여대생과 난 짝이 되었다. 기분이 은근히 좋아진다. 정신세계가 책 속으로 들어가야 하는데 왠지 모르게 정신이 자꾸 남녀라는 이분법에 내 정신이 꽂혀 있다. 혼미해진 내 정신세계를 겨우 어르고 달래서 배움의 학생 신분으로 끌어올려 책 속으로 들어갔다.

나의 삶은 평범하지 않았다

몸이 아프면 증상이라고 한다.

마음이 아프면 감정이라고 했던가.

내 마음속 감정이 잠깐 동안 아픔을 맛보았다.

여학생의 고매한 가르침의 말이 내 청각을 깨워야 하는데 나도 알수가 없다. 자꾸만 시각이 먼저 발현(發現)한다. 신박한 내 정신세계에 놀라지 않을 수가 없다. 고매한 가르침을 진중함으로 받아야 하거늘 내 마음은 엉뚱한 곳에서 놀고 있으니….

책과 맺어져야 하는 자리다. 그런데 난 그렇지를 못하고 있다. 남녀의 이분법으로 머릿속을 채우고 있으니 글자도 내 머릿속으로 들어오지 않고 있다.

여학생은 교육자 입장이고 난 피교육자 입장인데 난 그 얼개를 지금 무너뜨리고 있다. 내 정신세계가 비루(鄙陋)함 속에서 헤어 나오질 못하고 있다.

울산대학교 여학생들이 내 방에 놀러 와서 밥도 같이 먹고 커피도 함께 마시고…….

대학생들의 세계는 남녀의 구분이 또렷하지 않는 것 같다. 나이도 그렇다. 그냥 같이 공부하는 학우라는 개념이다. 관광을 가도 나에게 함께 가자고 한다. 참 착한 여학생들이다. 난 잠시 동안 자아가 혼돈 속으로 파묻혔다. 다시 현실세계로 돌아와 정신을 차렸다. 나도 딸과 같은 여학생들과 다르지 않은 유학생이다. 여학생들이 나를 보는 관점 또한 나와 같은 생각인가 보다.

한 달간 이곳 학교에서 보고 느낀 점은 중국 대학생들의 배우고자 하는 열기에 섬뜩함을 느꼈다. 쉬는 시간이면 강의실 복도에 학생들로 발 디딜 틈이 없다. 책 속의 모든 지식을 머릿속에 넣기 위해 큰 소리로 외우는 소리는 건물을 들어 올릴 것 같다.

그 소리에 난 섬뜩함을 느꼈다.

한국 학생들은 좋은 대학교에 가기 위해 열심히 공부한다. 하지만 이곳 중국 대학생들은 졸업하기 위해 공부의 열기를 계속 이어 가고 있었다.

서남대학교(충칭시 소재)

중경시 면적은 대한민국보다 약간 작으며 인구는 3,500만 명 정도이다.

1997년 사천성에서 분리되어 중경 직할시로 분리되었다.

양자강과 자링강 합류 지점에 위치한 도시다.

이 도시에 소재한 서남대학교는 지난번 어학연수를 한 산동사범대학교보다도 규모가 더 크다. 교정엔 호텔, 우체국, 은행, 세탁소, 400m 트랙을 갖춘 운동장, 상점들, 식당, 공원 등등. 또한 학교 내 노선버스를 운행하고 있었으며. 학교 외곽 지역에는 교수님들의 마을까지 형성돼 있었다.

서남대학교는 규모부터가 나를 압도한다.

외국인 유학생을 위한 하나의 빌딩 안에 강의실 교수실, 대형 강당 그리고 유학생을 위한 기숙사 등이 갖춰진 대형 빌딩이다.

로비에 들어서면 대한민국 국기와 이곳으로 유학 온 학생들의 나라를 상징하는 국기들이 그 위용을 자랑하고 있다. 우리나라 태극기를 보는 순간 가슴이 뭉클하다. 학생들의 공부를 위해 개인 사생활 보호 차원에서 1인실로 구성된 숙소였다. 그리고 건물 안에 강의실, 대강당, 식당 세탁실도 한 건물 안에서 모든 게 배차되어 학생들의 생활에 불편함을 없도록 설계가 되어 있었다.

수업 방법은 교수님이 주로 수고하는 문법 수업이 아닌 회화 중심 수업 방법을 택하고 있다. 학생이 중심이 되어 교재를 읽고 학생 간 대화 형식이다. 그리고 교수님은 수업 중에 한국말은 한마디도 하지 않으신다. 현지인들의 말이 내 귀에 확 들어오지 않는다.

읽기, 말하기 중 아직도 듣기가 쉽지 않다. 특히 현지인들의 말은 더더욱 그렇다.

언제쯤 나의 귀가 뚫릴는지…….

필리핀 어학연수

타가이타이는 마닐라 남쪽 지역에 위치한 해발 고도가 높은 지역이다. 필리핀 최대 도시 마닐라가 가까이에 있지만 마닐라 풍경과는 많이 다르다. 날씨는 한국의 가을 날씨 같은 곳으로 공기 질도 좋아 사람이 살아가는 데 아주 좋은 조건을 갖춘 도시다.

이곳 타가이타이는 필리핀에서도 인기 있는 휴양지이며 조용하고 시원한 바람과 휴화산인 타알 화산은 그림 같은 전망으로도 유명하다.

그래서인지 이곳은 중상층이 많이 사는 도시다.

겨울 방학을 맞은 초, 중, 고등학생들과 함께 학원 영어 선생님 인솔하에 한 달 동안 필리핀에서 영어도 배우고 현지인들과 자연스런 어울림의 대화를 위해 필리핀으로 가는 비행기를 타게 되었다.

한국에서 출발할 땐 한겨울의 날씨였는데 이곳 필리핀 아키노국제공항은 여름 기온이다. 덥다. 필리핀 마닐라는 습도가 매우 높다. 도로를 가득 메운 차량에서 뿜어져 나오는 매연가스가 목을 아프게 한다. 현지 영어를 배우겠다는 의지 하나로 이곳 필리핀에 온 나였지만 더위 습도 그리고 이곳의 문화를 어떻게 극복할 것인지?

20여 명을 태운 버스는 아키노국제공항을 출발한 지 2시간 만에 타가이타이라는 도시에 도착했다. 해발 고도가 높은 지역이라 마닐라와는 다른 날씨다. 덥지 않다. 주택 단지 안에 집들이 고급지다. 별장 같은 집들이 촌락을 이루고 있다. 마을 외곽 지역을 둘러싼 담장은 성처럼 높다. 마을 보호 차원인가 보다. 마을 입구엔 경비 초소가 있다.

개인 총기 소지가 불법이라고는 하지만 치안이 불안함을 보여 주는 경비 초소다. 필리핀 날씨는 열대 기후지만 이곳 필리핀 국민들 중 삶

나의 삶은 평범하지 않았다

의 형편이 좋은 사람들은 해발 고도가 높은 지역에 거주한다. 이곳은 사람이 살아가기에 좋은 기온이다. 약간 더운 한국의 가을 날씨 정도로 보면 적당할 것 같다. 한 달간 머무를 집은 꽤나 큰 3층 구조의 집이다. 나는 2층 독방을 배정받았다. 침대와 책상, 옷장 등 갖출 건 다 갖춘 방이다.

여주인이 학원 원장이고 남편은 툭툭이로 영업하는 기사분이시다. 원장 선생님과 현지에서 고용된 임시 선생님들로 구성되어 있었다.

이들 부부 사이에 어린 딸아이가 있는데 보모가 아이를 Care 하고 우리들의 밥을 책임진 분들은 2명의 아가씨들이며 출퇴근하고 있었다.

수업 방식은 Level에 따라 그룹을 지어 선생님 한 분과 수업하는 방식이다. 현지 선생님들은 한국어는 한마디도 못 하시는 분들이다. 나는 나이가 있어서 그런지 발음에 대한 교정을 많이도 받았다.

밥은 미니 뷔페식이었다. 줄 후미 쪽에 서 있으면 맛나는 반찬은 내 입으로 들어올 수 없다. 어린 학생들의 식욕은 대단하다. 번개같이 먹고 또 가져온다. 갓 사춘기에 접어든 남학생들은 잠시도 가만히 있질 못한다. 3층 자기들 방에 올라가는데 계단으로 올라가질 않는다. 외벽에 붙은 상수도 배관을 타고 올라간다. 에너지를 발산할 길이 없어서인지 위험 부담을 안고 그들은 남아도는 에너지를 소진하고 있다.

저녁에도 난 잠을 온전히 잘 수가 없다. 내 방 바로 위가 청소년들이 거주하는 방이다 보니 이들은 방 안에서도 뛰어다닌다. 잠자기 전까지는 내가 인내심으로 버텨 내야만 한다. 인내의 한계를 넘어서면 올라가 조용히 좀 해 주십사 주의를 주었지만 그때만 잠시 조용할 뿐 시간이 지나면 그 넘치는 에너지를 어쩌질 못하나 보다. 그래. 나도 너희들 땐 그랬다. 수직 벽을 걸어 보기도 해 보고 손에 붉은 피가 나도록 나무를 때려 보지 않았든가.

일요일 단체로 대형마트에 가 보기로 했다. 입구에 사설 경찰이 완전 무장을 하고 입출입하는 고객의 행동 하나도 놓치지 않겠다는 매의 눈초리다. 아무런 죄진 것도 없는데 쪼그라든다. 한편으론 위로가 된다. 이곳의 치안이 불안하다는 반증이다. 물가를 보고 또 한 번 놀라지 않을 수가 없었다. 인건비는 한국의 십분의 일 정도라는데 물가는 한국과 비슷하다. 이런 물가라면 서민들의 삶의 질이 얼마나 힘들까. 세계 어느 나라든지 빈부의 차가 있다지만 이곳은 서민들의 비중이 높은 것 같다.

집으로 올 땐 오토바이에 별도로 사람을 태울 공간을 만들어 놓은 필리핀에만 있다는 툭툭이를 타고 집으로 왔다. 가격은 아주 저렴했으나 불편함은 감수해야만 했다. 이곳 생활은 교통비가 싸다는 것으로 위로를 받아야 한다.

　　　　　　　　　　나의 삶은 평범하지 않았다

일요일 아침부터 단체로 바닷가 관광 일정이 잡혀 있어 난 많은 기대를 하고 차에 올랐다. 필리핀의 시골길을 달려 바닷가에 도착 했다. 바닷가는 지대가 낮은 곳이라 그런지 한국의 한여름 날씨다. 40도는 족히 되나 보다. 백사장이 없는 바닷가 상가 지역이다. 이곳에서 필리핀 전통 음식을 먹고 각자 자유로운 시간을 가진 후 차를 타고 숙소로 오는 하루 일정이었다. 이곳에도 어김없이 무장을 한 경찰들이 이곳저곳에 서 있다. 치안 유지를 위해 곳곳에 서 있지만 그냥 자연스럽게 시민들과 어울려 있다. 복장만 경찰 복장이지 경직된 모습은 아니다. 자연스럽다.

젊은 남자 선생님과 저녁에 시내 구경하기로 한 날 숙소가 뒤집혔다. 그 선생님이 마약을 하다 학생들에게 발각이 되었다. 선생님들이 경찰 당국에 신고를 하고 경찰들이 그 선생님의 소지품을 검사하는 과정에서 학생들의 돈으로 보이는 현금과 다량의 마약이 나왔다. 아~ 운명적으로 하나님이 나를 도와주셨다. 다른 선생님께 오늘 밤 그 선생님과 약속을 얘기 했더니 오늘밤 염라대왕 앞으로 갈 뻔했다고 한다. 아마도 시내에 가자고 해서 나쁜 짓을 하려고 한 것이라고, 운이 좋았다고, 납치해서 한국 가족에게 거액의 돈을 요구했을 가능성이 있었다고 하늘이 도운 거라고 했다.

인간이 일생을 살아가면서 예기치 못한 일을 당할 수도 있다는 것을 보여 준 사례였다.

왜 선생님들을 채용할 때 자질에 대한 검증이 없었냐고 질문이 있었지만 원장 선생님은 쉽지 않다고 했다. 이곳 필리핀에서는 마약도 총기 소지도 불법이지만 헐렁한 법망을 이용해 소지하고 있는 사람들이 꽤 있다고 하니 조심조심 또 조심할 수밖에 없다. 그래서 사람이 많이 모여 있는 곳이면 무장 경찰들이 있다는 것과 퍼즐이 맞아 떨어진다.

따갈로라는 언어가 필리핀인들이 조상들로부터 사용해 오던 언어이다. 그들은 고유의 언어를 버리고 영어를 사용한다. 언제부터인가 영어가 이 나라의 공용어가 되었다. 일제 강점기 우리나라 글과 말이 있었지만 일본어를 공용어로 사용했었던 적이 있다.

그러나 필리핀 국민들은 자기들의 언어인 따갈로를 사용하지 않는다. 이 부분에 대해 조심스럽게 질문을 던져 보았다.

"당신들의 조상들로부터 내려온 고유의 언어가 있는데 왜 외국어인 영어를 공용어로 씁니까?" 내 질문에 한 치의 망설임도 없다. (그들의 역사, 문화, 전통의 깊이를 논증하지 않으려고 한다.)

그들의 답은 아주 간단명료했다. 돈을 벌 수가 있단다. 영어를 가지고 장사를 한다는 것이다.

어학연수차 자기 나라로 들어오는 사람들로 인해 국익에 많은 도움이 된단다. 미국이나 캐나다로 어학연수를 가게 되면 비용이 문제지만 돈에 민감한 사람들은 저렴한 자국을 선택한단다.

나의 삶은 평범하지 않았다

일요일 한국인 교회에 가 보았다.

목사님도 교인들도 다 한국인들이다. 교인들은 하나같이 은퇴 후 이곳으로 이민 온 분들이었다. 내가 은퇴 이민에 관심을 보이자 많은 조언을 해 주었다.

가장 가슴속에 남는 말은 있는 듯 없는 듯 조용히만 살면 위험에 휩쓸리지 않고 풍요로운 삶의 기쁨을 누릴 것이라는 말을 강조에 강조를 해 주셨다.

한 달 살아 보기 하러 오는 한국인들이 꽤 많다고 한다. 일단은 비용 면에서 메리트가 있고 덤으로 영어도 익힐 수 있다고 하니 약간의 구미는 당긴다.

이곳에 진출한 사기꾼

숙소 옆집에 한국인이 살고 있다는 말에 난 만나 보고픈 마음에 찾아갔으나 사람이 없다. 몇 번의 시도 끝에 만날 수가 있었다.

초인종을 누르자 인기척이 돈다. 사람이 나오는데 한국인이다.

"반갑습니다."

"어떻게 저를 찾아오셨습니까?"

"옆집에 어학연수차 공부하고 있는 사람입니다."

"그러시군요."

"여기서 뭘 하시며 생활하고 계십니까?"

"전 마닐라 외곽 지역에 소재한 한방대학교에 다니고 있습니다."

"왜요?????? 한국에서 다니시지요? 왜 여기서 한의학을 공부하십니까?"

"한국에서 제가 대학병원에서도 못 고치는 병을 고치다 보니 고발이 많이 들어와서 사업을 할 수가 없어서 이곳으로 옮겨 왔습니다."

"아~~~ 예. 그 정도의 실력을 갖췄으면 신문에도 나고 했겠습니다."

"면허증이 없고 대학병원에서 포기한 환자들을 고치는 의사로 유명하여 신고가 자주 들어오다 보니 정상적인 영업이 불가하여 이쪽으로 옮겨 올 수밖에 없었었습니다. 이곳에서도 영업에 필요한 면허증 취득을 위해서 마닐라 근교에 있는 학교에 갑니다."

그런데 학교라고 하는 사진을 보여 주는데 학교 건물이 아니고 한국인이 세웠다는 조그마한 사찰이었다.

한국에서 대학원을 나온 사람이라는데 영어도 못 한다.

뭔가 이분의 말이 앞뒤가 맞지 않다. 뭔가가 있구나 하는 의구심이 든다.

나에게 본색을 드러내기 시작을 한다.

"부탁 하나 해도 되겠습니까? 한국으로 돌아가시면 허리가 불편한 분들을 데리고 오시면 치료비의 50%를 사례비로 주겠습니다."

대답을 하지 않자 치료하는 방을 보여 주겠다면서 3층 치료실로 안내한다.

아직 포장을 풀지 않은 침대들이 쌓여 있다.

나도 허리가 아프다고 했더니 바로 고쳐 주겠단다. 그것도 공짜로

나의 삶은 평범하지 않았다

누워 보란다.

이리저리 만진다.

"이제 어떠세요?"

"아픈데요."

"이제는 어때요?"

"여전히 아픈데요."

"지금도 아파요?"

계속 아프다고 하면 언제까지 이러고 있어야 하나 대충 이 자리를 벗어나자고 생각했다.

"이제 됐습니다."

이분은 입으로는 무슨 병이던 다 고칠 수 있는데 손으로는 고칠 수가 없나 보다.

입은 서울대 병원인데 손은 돌팔이다.

그분이 나보고 함께 사업을 하자고 계속 권한다. 나보고 한국에서 환자만 데리고 오면 된단다. 나머지는 본인이 알아서 한단다.

난 이미 이분이 범상치 않은 사기꾼이라는 결론을 내린 상태라 협조적인 척은 해 주어야겠다는 생각으로 마무리를 했다. 그리고 조용히 이 집을 벗어나야겠다는 생각뿐이었다.

"사업에 성공을 빕니다."

"꼭 한국으로 들어가시면 환자분들을 데리고 와 주십시오."

애절함이 묻어나는 부탁이다.

난 이 집의 대문을 나오면서 아~~~~ 외국에서 자국민을 상대로 사기극을 벌이는 사람들이 있다는 소문은 들어는 보았으나 실제로 사기꾼을 만나 보다니.

얼굴에 나 사기꾼이라고 써 놓은 것도 아니다. 그냥 평범한 사람이다. 사기꾼 같지 않다. 그냥 인심 좋은 이웃집 아저씨 같다.

나의 삶은 평범하지 않았다

검정고시로 꿈을 이루다

나는 아버지 얼굴도 모른다. 어려운 살림을 꾸려 가시는 어머니 밑에서 자라고 공부하다 보니 모든 게 여유롭지가 못했다. 중학교 입학은 했으나 새롭게 대하게 된 영어와 수준이 확 높아진 수학에 흥미를 잃어 가기 시작할 무렵 등록금 문제로 어머니와 학교 사이에서 내가 선택할 수 있는 길은 오로지 학업을 포기하는 길밖에 없었다.

이렇게 학업을 포기한 세월이 수십 년이 흐른 어느 날 아는 분이 중학교 검정고시 기출문제를 열심히 보고 있는 모습을 우연히 보게 되었다. 아니 나이도 적지 않은 분이 학업에 빠져 있는 그 모습에 난 '지금 뭘 하고 있는 거야?' 하며 화들짝 나 자신을 깨웠다. 나도 시작해야지. 그럼 어떻게 해야 하나…. 일단 교육청에 전화를 했다. 4월과 8월, 연 2회 시험이 있으면 중학교는 6과목(국어, 영어, 수학, 사회, 과학, 도덕)이며 고등학교는 한국사를 포함 7과목이란다. 이 과목들 중 내가 가장 취약한 과목은 수학이다. 집 주변 학원 중에 수학을 전문으로 가르친다는 학원에 전화를 했다. 일주일에 두 번 각각 1시간, 월 학원비 20만원, 개인 교습으로 등록을 했다. 그리고 교육청 홈페이지에 들어가 중학교 기출문제를 뽑아내고 또 인터넷에서도 기출문제집을 구입했다.

 아주 오랜 세월 잊고 있던 수학 공식은 참으로 어렵고도 어려웠다. 그런데 내 나이가 나이인 만큼 어제 배운 수학 공식도 오늘은 머릿속에 없다. 하지만 1년이란 세월을 투자해 보자. 1년이란 세월이 흘러가자 수학 공식들이 머릿속에 자리 잡고 있다는 확신이 선다. 2018년 난 초등학교 졸업장을 들고 교육청으로 달려가 4월 치러지는 중학교 학력인정 검정고시 응시원서를 접수하려 가는 발길은 가볍고 기쁘고 말로는 그 벅찬 가슴 표현이 쉽지가 않다. 물론 자신감도 있지만 시험 당일 울산공업고등학교 정문에는 합격을 빈다는 검정고시 학원들의 현수막에, 전단지를 배포하는 사람과 검정고시 응시자들로 인산인해다. 난 이 정도로 응시자가 많다는 사실에 놀랐다.
 시험지를 받아 본 나의 마음은 흥분과 떨림이 교차한다. 내 눈에 들어오는 문항들은 일단 쉽다. 무난하게 합격 점수는 넘어설 것 같았다. 합격자 발표에 나의 수험번호 200038이 당당히 있었다. 하늘을 날 것 같았다. 이제 8월 고등학교 학력인정 검정고시에 바로 도전해야 한다는 일념으로 고등학교 수학 기출문제지를 들고 수학 학원으로 달려갔다. 중학교와 다르게 고등학교 수학은 쉽지 않았다. 어렵다. 학원에서는 수학 집에서는 다른 과목 기출문제집에 코를 박고 열심히 아주 열심히 눈알이 밖으로 나올 정도로 문제집을 풀고 또 풀어 나갔다. 시험

나의 삶은 평범하지 않았다

당일 역시 수학은 모르는 문항이 아는 문항보다. 많았다. 가채점 결과
는 수학 점수가 좋지 않았으나 다른 과목에서 합격선 이상의 점수로
합격할 것 같다. 합격자 발표일 나는 진료차 울산대학병원에 있었다.
합격 여부가 너무도 궁금한 나머지 창구 직원에게 정중히 부탁하여 합
격 여부를 확인했다.

"합격인데요." 난 다시 한번 확인을 부탁했다.

"수험번호 300090 합격입니다." 창구 직원이 말이 채 끝나기도 전에
야~호를 외쳤다. 병원 내 모든 시선이 나에게 쏠려온다. 난 거리낌 없
이 64세의 나이도 잊은 채 그 기쁨을 표현했다. 나도 이제 학력에 대한
부끄러움은 내 몸속에서 뽑아내 버려야겠다. 여기서 끝이 아니다. 대
학의 물을 한번 먹어 봐야지……

방송통신대학교 입학

공부를 한다는 것은 새로운 지식을 쌓아 가는 것이고 나의 삶에 윤
활유 역할을 하게 될 것이다. 중어중문학과에 입학 원서를 접수하고
나오는 발걸음 뒤에 교문에 새겨진 방송통신대학교란 명패를 보는 순
간 가슴이 떨리고 벅차오른다. 내가 대학생이 되다니. 지금까지 살아
오면서 학력에 대한 콤플렉스를 많이도 겪었다. 이제는 학력에 대해
이제는 당당하다. 4년 동안 지식도 쌓고 학우들과의 관계도 폭 넓게
가지고 싶다. 나아가서는 나의 평범하지 않은 삶에 대한 자서전을 쓸

수 있는 능력도 키울 수만 있다면 하는 한없는 희망들을 가져 본다.

수강 신청 후 등록을 하고 집으로 배달된 교재를 보는 순간 너무나 벅찬 마음에 가슴으로 안아 보고 입맞춤도 해 보았다. 책 속을 보니 어렵다. 모르겠다. 그러나 멀티강의를 듣고 또 듣고 교재를 읽고 또 읽고. Study 수업에도 참가하고 이렇게 열심히 하다 보면 꿈이 현실로 이루어진다는 긍정의 생각으로 4년의 학교생활에 각오를 다졌다. 60대 중반의 내 나이에도 나는 계속해서 변화를 갈망하고 있음을 알 수 있다. 배움이라는 것은 끝이 없으며. 사람은 죽는 그날까지 배운다는 것이다. 몸을 건강하게 유지 관리하기 위해서는 꾸준히 신체 관리가 중요하듯 정신적 건강을 위해서 끊임없이 배우고 지식 쌓기에도 나의 모든 역량을 쏟아부을 것이다. 몸도 마음도 노년의 역량(力量)을 다해 삶의 쾌락을 느끼고 싶다. 무엇을 할까 고민하는 사람이 있다면 그리고 내 머리에 지식의 저장고를 채우고 싶다면 두려워하지 말고 도전을 해 보라고 말해 주고 싶다.

내가 지금 다니고 있는 방송대는 수능시험을 치르지 않아도 입학할 수 있는 입학하기 쉬운 국립 대학교다. 그러나 졸업하기란 쉽지 않은 대학교다. 하지만 방송대에 입학할 때의 초심을 끝까지 잃지 않고 졸업하는 그날까지 열정을 다한다면 어렵지 않게 졸업 학점을 취득할 수 있을 것이다. 나는 학사일정에 맞추어 공부한 결과 4학년 1학기를 마치면서 졸업 학점을 취득할 수 있었다. 흔들림 없이 자기 자신에 채찍

나의 삶은 평범하지 않았다

을 놓지 않으면 불가능이 가능으로 바뀐다. 노년의 나이에 새로운 도전을 하는 데는 자기만의 용기가 필요하다. 이 나이에도 방송대를 통해서 대학 생활 4년이라는 세월을 보내는 동안 지난날의 내가 아닌 지식인으로써 새로 태어난 내가 되어 졸업을 앞두고 있다. 이제 긍정적인 사람으로 거듭나고 싶다. 대학에서 배우고 그 배움을 깊이 있게 생각을 하면서 노년의 삶에 활력을 불어넣을 것 같다. 이제는 자신감이 생겼다. 4년 동안 방송대가 나에게 준 모든 지식들을 가지고 내가 갈망해 온 나의 자서전에 마음껏 표현할 수 있을 것 같다. 앞으로 대학을 졸업하고 나면 나에게 주어진 시간들을 책과 함께 살아갈 계획이다. 이 나이에 책보다 더 좋은 위안이 없고 책 속에서 얻은 자양분만큼 풍요롭게 해 주는 보약은 없다고 생각한다. 4년의 대학 생활을 매듭짓고 또 다른 곳으로 나가는 새로운 출발이라는 각오를 다지며 이제 재학생이라는 틀을 깨고 중어중문과의 동문으로 거듭나야겠다. 그리고 나에게 아낌없는 지식을 준 학교에 마음속 깊은 감사를 드린다.

배움의 넋두리

내가 원하는 것들을 내 머릿속에 채우도록 해 준 곳이 바로 방송통신대학교라고 생각이 된다. '시작이 반이다.'라는 생각과 중도 포기만 하지 않는다면 졸업은 할 수 있다는 각오로 임했다. 4년의 학점 취득에 무리는 하지 말자. 내 실력으론 장학생의 꿈은 접고 그저 낙제 점수만 면하자. 8학기가 안 되면 10학기까지라도 해 보자. 마음 편하게 아주 편하게 즐기면서 공부하자는 생각으로 나의 대학 시절을 보낸 것 같다. 4년 동안 주로 교수님들의 멀티 강의를 반복해서 듣고 또 듣고 하는 공부 방식을 택했다.

학교 신문인 위클리는 졸업 후에도 꾸준히 구독할 것이다. 재학생과 동문들의 삶을 보고 나의 삶도 가끔 신문에 올리고 하는 연을 이어 가기 위해서 계속 구독코자 한다.

이제 4년의 재학생으로서 삶을 마감하고 선배 동문들이 잘 꾸며 놓은 동문 모임의 보금자리로 옮겨 갈 것이다.

학교 홈페이지를 장식하고 있는 내 인생을 바꾼 대학 한국방송통신대학교. 노후의 내 인생을 새롭게 태어나게 해 준 모교 방송통신대학교다.

4년의 대학교 물을 먹음으로 이 사회에서 다양한 사람들과 어울림에도 넉넉한 마음으로 이길 수 있다는 마음을 다지는 참 좋은 계기가 아닌가 한다. 그리고 배움의 지식이 내 머릿속에 많이 축적이 되면 세상을 바라보는 눈도 달라질 것이다.

사회가 돌아가는 것도 달라 보인다.
지식이 쌓이면 내가 바라보는 사회가 넓어 보인다.
지식이 일천하면 내가 바라보는 사회가 좁아 보인다.

나의 삶은 평범하지 않았다

그래서 인간은 배워야 한다.

그리고 알아야 한다.

대학이라는 곳에서 배움을 득(得)하지 않았다면 몰랐을 대한민국의 피곤함이 나를 깨웠다. 그리고 대한민국 사회를 더욱 객관적 시각으로 볼 수 있게 되었다.

내가 지식을 쌓지 않았던 지난날은 가짜 뉴스도 가짜 역사도 필터링 없이 다 받아들였다. 그리고 잘못된 논점으로 친구들의 지식 세계를 흐리게 했다니 참으로 부끄러운 지난날이었다.

공부를 한다는 것은 새로운 지식에 이른다는 것이고 내가 숨을 쉬고 살아가는 세상에 도전장을 던지는 것이다.

대학은 지식을 채우고 생각하는 곳이다. 개인과 사회의 건강한 삶을 생각하고 고민하며 세계의 거대한 변화를 감지하고 나는 무엇을 견지해 나가고 무엇을 변화, 발전시켜 나갈 것인가를 밤낮으로 상찰(想察)하고 대화하는 공간이라고 생각한다.

내가 보고 싶은 것만 보거나 내 눈에 보이는 것만이 전부라고 생각해서는 안 된다. 하나의 시선에 사로잡히지 말고 다양한 가능성에 유의하면서 유연한 태도를 견지할 수 있어야 한다.

"虎死留皮 人死留名."

"호랑이는 죽어 가죽을 남기고 사람은 죽어 이름을 남긴다."

내 죽어 염라대왕의 "그대는 이승에서 흔적을 남긴 것이 무엇인고?"라는 질문에 "제가 살아온 역사를 자서전이라는 책자에 남기고 왔습니다."라고 당당하게 말할 수 있을 것 같다.

대학교라는 곳과 연을 맺지 않았다면 그분의 질문에 백지 신탁을 할 뻔했다.

나의 당돌함은 그 누구도 말리지 못한다

1학년 기말고사 대비 중국현대사 강의 중 교수님이 모택동의 중국 역사를 중화민국으로 학생들 앞에서 강의를 하고 계신다. 난 바로 교수님의 열강을 끊고 이의를 제기할까 하다가 그래도 예의가 아닌 것 같아 강의를 마칠 때까지 기다리다 강의실 복도에서 말했다.

"교수님 아까 마오쩌둥 집권 시 국가명은 중화인민공화국인데 교수님은 중화민국이라고 하셨습니다."

"아~~~ 내가 그렇게 강의를 했어요?"

교수님은 내가 착각을 했다라고 하시면서 다음 강의 시간에 바로 잡겠다고 하신다.

난 일반적인 성격의 소유자는 아닌가 보다. 새내기 1학년인 주제에 감히 교수님에게 강의 내용에 대해 오류를 지적하는 것은 주제 넘는 행동이라는 생각이 들지만 지식의 오류는 바로 잡고 가는 게 맞다는 생각이다.

학교 신문에 모 기자분의 인터뷰 내용 중 우리나라가 일제로부터 자주 독립을 한 대한민국이라는 기사를 보고 바로 신문사로 전화를 넣었다.

"제가 알기로는 외세에 의한 독립으로 배웠습니다."

"예. 맞습니다. 기사 오류 맞습니다."

인터뷰 당사자가 말한 그대로 옮겨 놓은 것이라는 기자의 답변이다.

난 내 주변에 뭔가 잘못된 것이 있으면 바로 잡으려는 옹고집이 있나 보다.

긍정적인 용기

누가 봐도 객관적으로 무모한 것이라도 성공에 대한 확신만 있다면 주저하지 말라는 것이 나의 확고한 신념이다.

난 남들이 비웃거나 말거나 상관하지 않는다. 나중에 그 비웃음을 부끄럽게 만들어 주면 되니까.

내 젊은 시절 학력이 없다는 것은 주변 사람들이 잘 알고 있다.

그러나 그 학력이 없다고 해서 일상생활에 머리도 지혜도 없는 것은 아니다. 난 인간이 가질 수 있는 자질과 능력에 대한 평가는 학교에서 배운 책 속에 지식의 깊이만으로 측정하는 것은 오류라고 생각한다. 비록 학력은 초등학교 졸업이었지만 더 생각을 많이 하고 더 치밀한 계산과 더 적극적인 사고로 모든 일을 처리하면 된다는 생각을 가지고 있었다. 모든 이들이 이론적으로 불가능하다고 하는 일들은 아예 실천으로 옮겨 보지도 않고 포기를 하는 이들이 많다. 난 혹시나 하는 마음과 '설마 불가능하겠어?'라는 사고로 모든 일에 도전해 왔다.

현대그룹을 창업하신 정주영님의 어록(語錄)의 "해 보기나 해 봤어?"는 곧 나의 삶의 좌표가 되었다.

나도 모든 일은 일단 해 보고 안 되면 포기를 하는 성격이었다.

대학 생활 4년 동안 어느 한순간 포기라는 유혹이 찾아왔다.

"不怕慢 只怕站."

"중단하는 것은 늦게 가는 것보다 못하다."

"이 나이에 졸업하면 뭐 할 낀데."라는 화두로 찾아온 마귀는 나를 혼돈의 세계로 빠뜨렸다. 그러나 힘들다고 어렵다고 포기하는 것은 사나이가 아니다. 칼집에서 뺀 칼은 썩은 호박이라도 잘라야 한다는 속담처럼 도로아미타불은 나의 사전엔 없다. 끝까지 가자. 끝을 보자. 잠시의 혼돈을 정리하고 다시 현재의 나로 돌아왔다.

나는 아직도 배워야 할 것들이 너무 많은데 그래서 졸업을 해야만 했다.

나의 삶은 평범하지 않았다

지금까지 부족함을 메꾸기 위해 책과의 씨름을 한 4년 동안은 나의 또 다른 역사였다.

지난 4년의 세월 동안 정신없이 보낸 대학 생활은 공부하고자 한 생각은 많았고 이룬 것은 그에 미치지 못했다. 나는 흔히 공부라 함은 지식을 머릿속에 차곡차곡 쌓는 것이라고 생각해 왔다.

지식보다는 나의 인품을 위한 공부요, 현명함을 위한 공부였다. 사람과의 사귐에 좋은 역할을 하기 위해 나는 공부했다. 이제 이것들을 바탕으로 나는 남은 여생 동안 책을 읽고 친구들과의 어울림에 4년의 지식과 교양을 자양분 삼아야 할 것 같다.

난 이제 대학을 졸업하고 나면 모든 열과 정렬을 책 속으로 풍덩 빠질 것이다. 난 이 나이에 책보다 더 좋은 위안이 없고 책 속에서 얻은 자양분만큼 마음을 풍요롭게 해 주는 보약이 없다고 본다. 나이가 많은 노인일수록 책을 더 가까이 해야만 하는 필요성을 느껴야 한다고 생각한다.

앞으로 나의 삶은 책을 친구 삼아 하루도 내 품에서 멀어짐이 없이 애인 같은 사이로 만들 것이다.

대학을 졸업한 동문들은 항상 모임에서 하는 말이 있다.

나는 이런 식으로 학점을 취득했다.

난 낙제만 하지 말자는 식으로 공부했다.

난 적지 않은 나이에 공부라는 놈에게 스트레스 받으면 안 된다는 생각으로 공부했다.

난 과락(科落)만 하지 말자라는 마음으로 4년을 공부했다.

공부하는 4년의 기간 동안 여러 부류의 학우들을 보았다.

난 과락만 면하면 된다는 각오로 공부를 했지만, 어떤 학우는 7시간 동안 책상에 꼼짝도 하지 않고 책 속의 내용을 머릿속에 다 채워 넣어야만 책상에서 내려왔다는 학우님. 그 학우님은 학교에서 성적우수자에게 주는 장학금은 받았지만 엉덩이엔 욕창이 생겼다는 웃지 못할 공부벌레도 있었고, 또 어떤 학우는 책 속에 인쇄된 검은 활자에 형광색 펜으로 덧칠을 해 놓고 공부를 한 학우도 장학금을 받았다고 한다.

또 다른 학우는 전공과목인 중국어 실력은 그닥인데 시험만 보면 만점이다. 이 학우는 시험엔 비법이 있다고는 하는데 공개 불가란다.

이에 반해 정상적으론 6과목을 기본으로 하는 학기지만 3과목만 공부하는 학우는 졸업 학점을 8학기 만에 따는 것이 아니라 학기에 구애받지 아니하고 공부하는 학우. 또 어떤 학우는 아예 휴학계를 내고 공부와는 잠시 연을 끊고 있는 학우. 참으로 다양한 학우들과 대학 생활 4년을 함께한 시간들이었다.

기수 모임은 이렇듯 4년 동안 각자의 졸업 학점 취득에 노하우들로 얘기의 꽃을 피운다. 그동안 본인들의 학교생활에 재미와 추억의 보따리를 풀어놓고 그 속에서 나온 것들을 술에 말아 마시며 시간을 즐긴다.

　　　　　　　　　나의 삶은 평범하지 않았다

한자1급 시험에 도전기

한자2급을 취득하고 1년 6개월 동안 하루에 한자 2000자를 썼다. 1차 시험엔 1점 차이로 불합격을 먹고 재도전을 하면서 하루도 거르지 않고 2000자를 쓴다는 각오로 재도전의 각오를 다졌다. 1년에 두 번 실시하는 시험에 도전장을 내고 응시장에 갔다.

주로 초·중·고등학생들이 대부분이다. 어쩌다 몇 분의 성인이 있을 뿐이다. 시험지를 받아 보니 역시나 지난번의 시험지나 오늘 시험 문항이나 어렵다. 150문항 중 50문항의 객관식은 쉽다. 100문항의 주관식은 무지 어렵다. 쉽게 대할 문제들이 아니다. 이번에도 주관식이라는 센 놈들과의 한판승부에 내가 지면 2번의 고배를 마셔야 한다. 일단 내 머릿속에 없는 문항의 답은 조금 이따 만나자는 약속을 하고 쉬운 놈부터 공략해 들어갔다. 물론 이렇게 꼼꼼하게 챙기고 풀었지만 아예 손도 못 댄 문항도 10개 정도 된다.

1시간 20분의 시험 시간을 다 채우고도 시간이 부족하다. 답지 제출하기 전 대충 점수를 매겨 보니 합격선은 무난히 넘긴 것 같다. 답안지를 제출하고 나오면서 기분도 발걸음도 가볍다. 가게에 들려 시원한 음료수 한 병으로 문제 푼다고 고생한 몸 달래 주고 나니 답답하던 가슴이 뻥 뚫린다.

저녁 6시, 정답이 인터넷에 떴다. 가채점 결과 합격선을 무난히 넘겼다.

아, 나도 한자1급 시험에 합격을 했구나. 1년 6개월 동안 고생한 보람을 찾았구나. 그리고 이제 매일 한자를 쓰지 않아도 되는구나. 이제 그 시간에 다른 것으로 시간을 메꾸어 가야겠다.

한 달 후 한자1급 합격의 자격증이 집으로 왔다.

난 보고 또 보고 자격증에 입맞춤도 해 보았다.

한자1급 시험을 치르고 친구들에게 이런 Joke를 날렸다.

"내가 한자1급 시험에 합격을 했다는 것은 한국 교육계가 썩지 않았다는 증거다."

1급 증서를 받고 보니 온 세상이 나를 위해 존재하는 듯하다.

나라는 존재는 이제 한자1급 시험에 합격도 했고 대학에서 4년을 공부한 내가 더 나은 인간이 되어 사회에서의 훌륭한 인간이 되어야겠다는 생각과 지난날의 내가 아닌 학사로서의 삶을 살아야 한다는 생각을 가져 본다.

엄마 저 대학을 졸업했어요

하나뿐인 아들 공부시킨다고 시골 논 300여 평을 팔아서 중학교에서 공부하게 해 준다고 우리 집안의 목숨줄인 땅 매매 계약을 체결하고 나서도 엄마는 얼마나 많은 고민을 하셨을까?

가난이냐?

아들 공부냐?

소식을 듣고 한달음에 달려오신 외삼촌은 엄마에게 너와 어린아이들의 목숨줄인 땅을 팔았다고 야단을 치셨다.

"너 그 땅을 팔면 뭐 먹고 살려고. 아이들하고 어떻게 살려고 그 땅을 판단 말인가." 한참 동안 엄마를 꾸중하시고는 매입자에게 찾아가 계약 취소를 하고 오셨다.

지금 생각하면 외삼촌이 너무 고맙다. 만약 그때 외삼촌이 없었다면 그때의 우리 집 형편은 곧 나의 형편이라는 상황을 떠올리면 답이 없다.

공부보다는 먹고사는 문제가 더 심각한데 우리 엄마는 아들 하나 있는 거 공부를 시켜야 한다는 일념이었나 보다. 아들 하나 있는 거 훌륭하게 만들어야 한다는 엄마의 절절한 마음이었나 보다.

그 시절 난 너무 어린 나이라 무엇이 무엇인지 몰랐다. 지금 그때의 상황을 들여다보면 엄마는 아들 공부에만 있었고 배고픔과 가난은 엄마의 가슴엔 없었다. 만약 그때 엄마의 의지대로 이루어졌다면 어떻게 되었을까?

나로 인해 가족의 배고픔이 삶의 고통으로 왔을 때 내 머릿속으로 공부가 들어갔을까? 가족의 배고픔에 모른 체하고 공부에 매진할 수가 있었을까?

그렇다고 내가 공부에 흥미를 가지고 있었던 것도 아니었는데. 책에 대한 흥미를 잃어 가고 있었는데….

엄마 저 70이라는 나이에 엄마의 한을 풀었습니다.

대학교라는 최고의 학부에서 공부를 하고 그 결과물인 졸업장을 받았습니다.

외삼촌 고맙습니다.

두 분 다 저세상에 계시지만 엄마, 외삼촌 저 이제야 두 분 앞에 졸업장을 올리고 무릎을 꿇습니다. 두 분의 바람대로 최고의 학부를 졸업했습니다. 부자는 아니지만 밥술은 먹고 삽니다. 이제 두 분께 자랑스런 자식이 되었습니다.

지금까지 공부를 해 오면서 내가 느끼고 가슴에 남아 있는 모든 것들을 이곳에 모아 볼까 한다.

내가 대학 시절 공부를 하면서 노력에는 배신은 없다는 것을 알았다.

70이라는 나이에 한자1급을 취득하고 대학교 졸업장이라는 큰 무형의 재산을 가졌지만 나이가 자산의 가치를 감소시키는 게 아니라 무용지물로 만들어 버렸다. 인간의 나이는 그 용도에 맞게 짜여 있다. 인간 나이 70이면 사회에서도 뒷전으로 밀려도 아주 먼 뒤쪽으로 밀린다. 젊은이들이 운영하는 이 사회를 그냥 바라만 보아야 하는 나이다. 기계로 말하면 고철이나 마찬가지다. 어떤 물건은 오래될수록 값어치가 올라가는 골동품이라지만 인간은 나이가 들면 그 나이만큼 골치 아픈 존재로 몰락한다. 난 처리 곤란한 물건이 아니라 아직은 사회에 보탬이 되는 인간이 되어야 한다.

나의 삶은 평범하지 않았다

수십 년 동안 책이라곤 본 적이 없는 나의 머리에 책 속의 지식을 억지로 머릿속에 집어넣으려고 하면 들어가기는 하는데 그놈이 내 머릿속에 안주할 생각을 하지 아니하고 탈출을 시도한다. 24시간이 지나면 90% 정도는 머릿속에 없다. 이미 탈출하고 말았다.

젊은이들의 머리, 즉 뇌 구조는 스펀지 같은 몰랑몰랑한 물질로 되어 지식을 빨아들이지만 60대 후반의 나이가 되면 뇌도 돌덩어리가 되어 지식을 빨아들이지 못하고 튕겨 나간다. 이러니 난 남들보다 열 배, 백 배 더 책을 보아야만 했다. 뇌가 딱딱하니 눈과 손이 엄청 고생을 했다. 무식하면 손발이 고생한다는 속담이 있듯이 이런 명언이 나에게 딱 맞는 말이다. 학점을 따기 위해 난 계획적으로 공부한 결과 졸업 학점을 통과하고 나니 모든 게 이제 맥이 풀린다. 4학년 마지막 학기, 이제 쉬엄쉬엄하자. 그동안 딱딱한 뇌로 공부한다고 고생했다고 나의 뇌에게 고맙다고 수고했다고 위로를 해 주었다. 그리고 고생한 눈과 손발에게 감사의 마음을 표하면서 비록 나이는 사회의 뒷방 신세지만 학교에서 배운 지식으로 사회에 도움이 되는 사람으로 거듭 태어날까 한다.

흔히 말하는 일반 대학교 수능시험을 치르고 입학하는 일반대는 학생들의 연령대가 차이가 많이 나지 않지만 방송대는 연령대가 20대에서 80대까지 연령대가 다양하고 직업 또한 다양하다.

일반대는 매일 학교에 가서 학우들과의 어울리고 교수님과의 대화도 가능하지만 방송대는 특강이나 기말시험 대비 때만 교수님과의 대면 수업이 있을 뿐이다.

　방송대 교수님들은 서울에 계시는 관계로 타 대학교 교수님들이 주로 강의를 하신다.

　나는 방송대 4년 동안 성적장학금 1회, 학생회임원장학금 2회를 받아 학교로부터 은혜를 입었다.

방송대 신문에 게재된 내용

　학교 신문 160호에 실린 방송대를 선택한 이유에 대한 설문 조사 내용을 여기에 옮겨 볼까 한다.

　　1위 34.9% - 취직과 승진 이직 창업에 도움이 될 것 같아서

　　2위 26.9% - 지식, 호기심을 충족시키기 위해

　　3위 16.8% - 못다 한 학업에 꿈을 이루기 위해서

　　4위 9.5% - 사회적으로 인정받고 자신감을 얻을 수 있을

　　　　　　　것 같아서

　나는 4위에 한 표를 던졌다.

　난 비록 나이는 많지만 지금까지 살아오면서 학업에 대한 콤플렉스가 참으로 많았다. 비록 늦게 학업에 대한 욕구가 깨어나 책과 함께 교수님들의 지식을 내 것으로 만드는 것도 중요했지만 그러나 난 학력만

큼은 사회적으로 인정을 받고 싶었다.

내 주변 이들로부터 나라는 인간은 최고의 학부를 졸업한 사람이라고 인정을 받고 싶은 갈망이 있었다.

내 삶은 학력에 대한 비애감에 숨죽이면 살아온 세월이었다.

학력에 대한 한이 서려 있었다.

나는 나이가 너무 많다. 매번 반복되는 나의 뇌 구조가 책 속의 내용과 멀티강의 교수님의 강의 내용은 그 시간이 지나가면 내 머릿속에는 교수님의 말씀이 없다. 무슨 말을 했더라. 뭐였더라. 내 머릿속엔 저장된 게 아무것도 없다. 그냥 뻥 뚫린 곳으로 많은 지식들이 빠져 나가고 없다. 과연 이런 뇌 구조로 대학 졸업장을 손에 넣을 수 있을까? 대학의 높은 지식의 문턱을 넘을 수 있을까?

'대학의 학사 졸업장을 내 손에 넣을 수 있을까?' 하는 회의감이 밀려왔다. 이제 그만 포기할까. 입학 후 한 학기 만에 포기라는 유혹이 나를 찾아와 꼬신다. 하지만 그래도 끝까지 가 보자. 나라는 존재는 이름 석 자 앞에 포기는 없다는 수식어가 있지 않은가?

내 나이에 내 시간에 맞춰 공부할 수 있다. 게다가 훌륭하신 교수님들의 강의와 교재에 한 번 더 빠져 보자. 나에게 용기를 불어넣어 보자.

나에게 방송통신대학이라는 곳에서의 학교생활은 비록 코로나로 인해 제대로 된 학사일정은 아니었지만 나에게는 젊음을 되찾아 준 4년의 세월이 아니었나 한다. 4년 동안 내가 공부한 책들은 다 내 손때가 묻었다. 내 숨결이 배어 있는 책들을 위해 내 곁에 두고 싶다. 죽는 그날까지 내 곁에 두고 친구 찾듯이 만나 볼 것이다. 이제 마지막 학교생활을 하는 4학년이라는 선배로서 후배들에게 그리고 앞으로 방송대에 공부하고자 하는 후배님들에게 '지금 늦었다'라고 한탄하는 시간이 가장 빠른 시간이고 적당한 시점'이라고 말해 주고 싶다.

"자신을 믿고 자신을 책 속에 가두고 그곳에 있는 지식들을 몽땅 뇌 속으로 옮겨 담는다는 생각으로 학교생활을 하다 보면 보람된 학교생활에 남은 여생에 재미가 여러분의 삶에 더해질 것이다."라고 말해 주고 싶다.

이제는 나도 학사 출신으로써 나의 생각을 만들어 내야 한다. 내 생각을 감정적으로만 표현할 게 아니라 논리적으로 설명할 수 힘이 생겼다.

대학 생활

◆ 신입생 환영식

학교생활을 하며 머릿속에 남아 있는 재미있는 내용 하나를 여기에 소개하고자 한다. 1박 2일 통도환타지아에서 학과별 신입생 환영식 무대에 올린 국문과 공연에 앞서 사회자와 국문과 대표자가 주고받은 대화 내용이 너무 재미있어서 여기에 적어 본다.

사회자: 국문과의 자랑이 무엇입니까?

학생:　　　저의 과는 여학생들이 예쁘다는 게 자랑입니다.

사회자:　　오늘 여학생들 다 결석했습니까?

　　　　　아니면 여기 여학생들은 다른 과에서 오신 분들입니까?

학생:　　　······.

◆ 신입생 MT

선배들이 신입생들을 일렬 행대로 줄을 세웠다.

사회자:　　본인 소개.

나:　　　　십구 학번 조영식입니다.

경상도 억양이 너무 센 나의 발음이 아마도 '씹구'로 선배님들의 귀
속으로 들어갔나 보다. 여기저기서 "듣기가 좀 그렇다.", "욕 같다." 등
다양한 반응이 쏟아진다.

사회자:　　그 어감이 영 그렇네. 다시 한번 '열아홉' 학번으로 복창!

나:　　　　열아홉 학번 조영식입니다.

중어중문과 신입생들의 소개가 끝나자 이번엔 얼차려 순서다.

사회자: 전원 앉을 때 '선배는', 일어설 때는 '왕이다.'를 큰 소리
             로 복창을 해 주시면 되겠습니다.
             신입생 전원 실시!
신입생 전원: 선배는…, 왕이다.

이 정도면 그만할 줄 알았는데도 계속 선배는 왕이다.
이유 없는 이유 하나만으로 끝없이 이어졌다.

             "선배는 왕이다."
             "선배는 왕이다."
             "선배는 왕이다."
             ~~~~~~~~~~.

나: 선배님들 여기 아버지뻘 되는 사람도 있으니 적당히
             합시다.

나의 까칠한 성격이 나오고 말았다.
이어 선배님들의 너그러운 자비심으로 얼차려는 바로 멈출 수가 있
었다.
해마다 신입생들이 줄어드는 현실에 선배들이나 우리 신입들이나
공감을 하면서 소위 말하는 신입생 환영식은 간략하게 마무리하고 각

종 오락과 만나는 음식으로 환영식은 마무리를 지우고 이어서 19학번 운영진 선출 시간이 되었다.

나보고 고문을 맡아 달라는 중문 회장님의 제의에 바로 거부 의사를 표했다.

"저 어떤 직책도 맡지 않겠습니다. 만약 강압적으로 밀어붙이시면 휴학계를 내겠습니다."

단호한 입장을 피력하고 가벼운 마음으로 학업에만 열중할 수 있는 환경을 만들어 놓았다.

대학 생활 4년 동안 3년 동안 코로나로 인해 집에서 비대면 수업만 하다 보니 아쉬움만 남는 학교생활이었다. 우리 19학번 학우들은 운이 없다고 해야 할지 참으로 대학교의 낭만적인 학교생활을 누리지 못하고 졸업을 해야만 했다.

이제 학교생활을 마치고 나면 사회에 의미 없는 존재감이 아니라 나라는 존재감을 심어 줘야 하고 나라는 정체성을 확실히 보여 줘야 한다.

19학번 대표직을 수락하며 다음과 같이 다짐했다.

'19학번 대표라는 직함으로 제임 기간 동안 두루두루 학우님들에게 만족스런 대표가 되었으면 합니다. 저의 부족함을 학우님들과 함께 아우름의 장을 만들어 가는 그런 대표가 되겠습니다.'

4학년 1학기 때부터 19학번 대표직을 맡고 나름의 마음을 다잡았다. 나의 생각을 버리고 대의를 위한 나를 가져야 한다. 선배님들로부터 내려오는 전통과 후배들과의 아우름의 역할을 해야 한다는 각오로 내 마음을 다잡았다.

그리고는 꼭 그렇게 하리라 마음먹었다.

내가 힘들어 하면 주위 분들이 마음을 내려놓으라고 한다. 그러면 한편에선 그 사람 무책임하다는 비난이 쏟아진다. 또 반대로 나에게 주어진 직책에 사명감을 가지고 적극적으로 행동을 하면 욕심과 집착이 심하다고 손가락질을 한다. 그래서 난 학생 간부를 하면서 스스로를 경계하면서 균형을 잡으려고 무던히도 많은 노력을 했다.

대학생으로서 무엇을 배워야 하며 무엇을 느껴야 하는가?

대학에서 평가하는 능력이 대학 공식을 그대로 받아들이기만 해서는 아니 된다. 지식을 바탕으로 마음껏 비판하고 따져 보면서 자신의 관점과 입장을 형성해야 한다. 어떤 권위와 힘에도 굴복하지 않고 자신의 발로 서서 자신의 눈으로 세상을 보면서 정말 무엇이 옳고 무엇이 그른지 마음껏 따져 볼 수 있는 권리. 이것이야말로 이해관계를 초월하는 순수성을 간직한 대학인이 누려야 할 특권이며 의무다.

21

졸업식

지난밤 제대로 된 잠을 자지 못했다. 흔히 말하는 꿀잠을 자지 못했다.

몸은 무거운데 마음은 붕 뜬다. 잠의 나라로 들어가는 검문소에서 기다리고만 있어야 했다. 꿈나라 문지기들이 나의 사정 따윈 받아 줄 기미가 보이지 않는다. 내 눈은 점점 맑아진다. 정신은 얼음 계곡물 바닥으로 잠겨 든다. 이러다 온밤 지새우는 건 아닌지? 우려가 우려를 낳을까 봐 노심초사다. 겨우겨우 꿈의 나라로 들어가긴 하였으나 꿈나라까지 따라온 이상한 놈들과의 한판 붙다가 그만 꿈나라에서 도망을 나오고 말았다. 시계를 보니 2시간이라는 시간 동안 꿈나라에서 머문 시간인 것 같다.

눈 안에 모래알들이 굴러다니는 것 같다. 머리는 그냥 띵하다. 곧장 또 잠이 올 것 같지 않다.

물 한 잔으로 속을 달래고 다시 몸을 꿈나라로 보내고자 침대에 누이고 온갖 노력을 해 보았지만 두 번 다시 받아 주지 않겠다는 꿈나라 수문장의 거부로 오늘밤 잠은 여기서 접어야만 했다.

아픈 눈 비비고 욕조에 온몸을 담구고 정신을 깨우려고 온갖 노력을 했지만 몸은 괴롭다고 야단이다. 그래도 오늘 주어진 너의 임무는 해야지. 달래고 어르고 하여 학교로 갔다. 본관 105호는 오늘 졸업하는 학우님들로 넘쳐나고 있었다. 졸업가운을 빌리고 졸업증서를 수령하는 긴 줄은 움직일 줄 모른다. 오늘 졸업하는 학우가 425명이란다.

오늘 이곳 울산 지역 대학에서 졸업을 하는 학우님들의 숫자라니 놀라지 않을 수가 없었다. 물론 전원 참석은 아니지만 4년 동안 얼굴 없는 학우들이 이렇게나 많았구나.

이런 부류의 학우들은 오로지 집에서만 공부하며 시험 칠 때만 잠깐 학교에 나와 시험을 치르고 나면 또 학교와 거리를 두고 한 4년의 시간 동안 또 다른 영역에서 공부를 한 학우님들이다.

난 오늘 이러한 부류의 학우들이 이렇게나 많다는 사실을 알고 놀라지 않을 수가 없었다.

"졸업증서를 수령하는 창구에서 조영식 학우님은 상장도 있습니다."

"예~~~. 저에게요? 무슨 상."

시니어 상. 내 나이 70, 만학도에게 주는 상이었다. 무슨 상이든 받으면 즐거운 것인데 나이와 연관된 상장이다 보니 마음 한구석엔 기쁨과 세월에 대한 서러움이 교차한다. 벌써 내 나이가. 뭐 하다 이렇게나 많이 먹었단 말인가?

이제서야 공부를 하였다니. 아니, 내 팔자인 것을. 이 나이에도 학부 과정을 다 마쳤다는 데 보람을 찾자. 그리고 시니어상이면 어때.

　　　　　　　나의 삶은 평범하지 않았다

오늘 졸업 행사장 대강당엔 졸업생들과 그 가족들로 열기가 가득하다. 비록 잠 못 이룬 밤을 보낸 몸이지만 가슴은 붕 뜨고 마음도 기쁨이 넘쳐난다.

단상에선 84세의 최고령 졸업생에게 지역대학장님의 상을 받는 그분을 향해 강당 안 가득 환호와 박수가 넘쳐난다.

"대단하십니다."

나도 모르게 축하의 말과 박수로 그분에게 축하를 해 주고 있었다.

내 나이는 나이도 아니다. 내 나이에 대한 억울함이 봄눈 녹듯 한다. 강당 안 가득 손뼉 치는 열기로 공기를 데운다.

혼자서 몸 가누기도 힘이 드신 연세에 공부에 열정을 쏟으신 학우님 참으로 고생하셨습니다.

대단하십니다.

훌륭하십니다.

건강하십시오.

졸업여행

◆ 백두산 가는 날 아침

새벽잠을 깨우며 김해공항으로 가는 차 안의 공기가 차갑다. 6월 초여름인데도 공기가 무겁다. 왜일까. 너무 이른 아침이라 그런가?

내가 모르는 그 무엇이 차 안에 있단 말인가?

아니면 내 마음이 무거운가. 내 마음이 닫혀 있는 건 아닌지?

김해공항에서 9시 출발하는 에어부산을 타기 위해 우리는 새벽 공기를 가른다. 어둠의 거리엔 정적만 흐르고 가끔 지나가는 자동차 불빛만이 거리를 깨우며 지나간다.

어젯밤 잠을 못 잔 후유증이 내 몸에서 서서히 나타나기 시작을 한다. 눈은 쓰리고 머리는 무겁다. 아~~~ 이제 나이가 나의 몸을 짓누르고 있다.

'이제 앞으로 학우들과 함께 가는 여행에 따라갈 수 있을까?' 커다란 의문 부호를 던져 본다. 괜히 부담감이 밀려온다. '혹시 나로 인해 여행에 걸림돌이 되지나 않을까?', '룸메이트에게 나의 코골이가 수면 방해로 이어지지나 않을까?' 이런저런 생각에 생각을 하게 한다.

이제는 내 나이가 외국 여행에 젊은 학우들과 함께한다는 게 짐이 될 것 같다.

젊은 학우들과 함께 어울려 여행을 한다는 것은 고마움의 표시만 하면 될 것 같다.

늙은 나를 보듬어 주어서 함께해 주어서 그 보답으로 그들에게 즐거움을 줄 수 있는 것으로 채워 주어야 할 것 같다.

젊은이들이 하자는 대로 움직이고 나의 의견은 될 수 있으면 묻어 두는 게 좋을 것 같다. 그리고 쓸데없는 말은 하지 않은 쪽으로 하고 뭔가 잘못 돌아가는 모양새가 보이면 내가 앞장을 서서 해결을 한다는

나의 삶은 평범하지 않았다

각오로 임하자. 매사를 함께한 젊은 학우들에게 감사의 마음으로 이들과 어울리자. 19학번 대표로서 중심을 잡아 주는 역할을 해 주어야 한다는 책임감으로 함께하자. 그리고 이번 여행에 나와 학우들과의 어울림의 정도를 파악하고 다음 여행에 나를 결부시키자는 마음으로 이들과 비행기를 탔다.

◆ 한국 공항 같은 연길공항

2시간 반 비행 끝에 우리를 태운 에어부산 항공기는 연길공항에 도착했다. 입국을 위해 공항 안으로 들어가자 이곳이 중국인가 한국인가. 공항 건물이 전통 한옥의 모양새다. 그리고 벽에 그려진 그림들은 한복을 입은 사람들이 한국의 전통 놀이를 하는 그림들로 채워져 있다. 한국이 아닌 나라에서 더 한국다움을 본 나의 정신세계에 커다란 혼돈이 온다. 거리 풍경 또한 한글로 된 간판들이다. 우리와 같은 핏줄로 이어진 동포들이 사는 고장이다. 그리고 이곳은 내가 25년 전 파견 근무를 했던 고장이 아닌가. 참으로 나에겐 남다른 감회가 온다. 가슴에 뭔가 모를 뜨거운 기운이 내 가슴속을 데우고 있다. 늘 그래 왔듯이 중국 어느 공항이던 나에겐 쉽게 통과할 수 없는 그 무엇이 있나 보다. 이번에도 예외는 아니었다. 남들보다 오랜 시간이 소요된다. 원인을 모른다.

"저에게 무슨 문제라도 있습니까?"라고 지난번에 답답해서 이곳 해

관 직원에게 정중하게 질문을 했으나 알려 줄 수 없다는 답만 나에게 돌아왔다.

수십 년 동안 이어지는 중국 입국 절차가 이번에도 쉽지 않다. 이를 지켜보던 한 학우가 농담 삼아 말했다.

"혹시 중국 파견 근무할 때 무슨 문제를 일으켜 공안당국에 자료 남긴 거 아닌교?"

"글쎄."라고 웃음으로 답할 수밖에 없다.

이곳은 길림성 조선족 자치주 차창 밖은 끝 간 데 없이 이어진 옥수수밭이다.

이곳에 자라고 있는 옥수수는 이제 갓 새싹을 틔운 어린 옥수수들이다. 한국엔 옥수수 열매가 맺고 있는데 시차가 깨나 난다.

25년 전 이 길을 수없이 많이도 오고간 길이다. 훈춘에서 연길까지. 그땐 이런 고속도로가 없었는데 이곳 중국도 엄청난 발전을 했다. 북한과 중국을 맞대고 있는 도문시 두만강이 이들 두 나라를 갈라놓고 있다. 예전에 강 주변에 철조망이 없었는데 두만강 따라 중국 국경을 철조망으로 둘렀다. 북한 사람들이 강을 건너 중국으로 오는 걸 막는 장벽이란다.

강 건너 북한 땅에는 사람 하나 보이지 않고 산에도 나무 한 그루 보이지 않는다.

인기척이 없는 유령 도시 같다.

같은 민족이 사는 곳인데 갈 수도 없다.

나의 삶은 평범하지 않았다

갑자기 하늘이 울기 시작하더니 소낙비가 내리기 시작한다. 어릴 때 본 그 소낙비다. 그 소낙비가 머나먼 중국 땅에서 나의 어릴 때 추억을 깨워 주고 있다. 참으로 반가운 소낙비다. 아름다운 그림이다. 나의 추억을 보여 준 이곳이 고맙다. 나의 40대 피 끓던 그 시절의 추억을 만들어 준 고장 연길 도문 훈춘, 25년 만에 내 머릿속은 그때를 되새김질을 하고 있다.

왜 우리 민족은 세계 여러 곳으로 뿔뿔이 흩어져 살아야만 하는가? 왜 나라가 두 동강으로 갈라져 전쟁까지 해야 하는 이런 아픈 역사를 가진 민족인가?

◆ 백두산 아래 이도백하

이곳은 백두산 자락에 위치한 도시 이도백하. 갑자기 천둥 번개가 요란스럽게 치더니 소낙비가 쏟아진다. 대지가 그 비를 다 받아 내지를 못한다. 물방울이 하늘로 다시 올라간다. 빗줄기가 지금까지 보아 왔던 그런 빗줄기가 아니다.

극한 호우다. 지금까지 접해 보지 못한 빗줄기다.

이곳 백두산 초입부터 사람의 손길이 없는 자연 그대로다. 산림이 밀림 수준이다. 아무도 들어갈 수 없는 밀림이다. 보존이 너무 잘돼 있다.

만약 이곳이 대한민국의 땅이었으면 하는 욕심보다 산림 보존 문제로 옮겨 가면 아니다라는 생각이 앞선다. 중국 당국이 보존을 잘해 준

덕분에 우리가 백두산이라는 밀림 같은 산림도 우리가 온몸으로 느끼고 감상할 수 있다.

"만약 이게 우리나라에 있었다면 이 산림이 이대로 보존돼 있었을까?"라는 말과 "아마도 이곳이 한국 땅이라면 개인 별장과 모텔 건물로 산림은 걸레가 되었을 거다."라는 말로 의견 일치를 이룬다.

◆ 가마꾼

호텔을 나올 땐 여름이었는데 백두산 정상 부근엔 함박눈이 내린다.

정상까지는 끝 간 데 없는 계단이다. 나의 호기심이 발동한다.

가마에 내 몸을 맡겨 보면 과연 어떤 기분일까?

가마를 타면 천하를 호령하던 將帥된 기분이 날까?

가마를 타면 새신랑의 기분이 날까?

정상까지 타고 가는데 인민폐 800위안을 제시한다.

난 무조건 가격을 후려쳐야 한다는 생각밖에 없다.

지금까지 배운 중국말을 테스트도 할 겸….

"400위안."

안 된단다.

그럼 나 걸어가야지.

400위안으로 하잖다.

가마에 몸을 맡기자. 눈 내리는 계단을 힘들게 오르는 가마꾼의 뒷

나의 삶은 평범하지 않았다

모습을 보고 있으니 미안하다는 생각뿐이다.

　내가 무거운가.

　아님 오르막이라.

　아님 눈길이라.

　난 미안하다는 마음에 내 몸을 가볍게 할 수는 없을까?

　그러나…….

　몇 발자국 가던 가마꾼들이 가마를 땅에 내리면서 한국말로 "힘들어. 힘들어.", 또 한 분은 중국말로 나보고 몸무게가 너무 무겁단다. 100위안만 더 달란다.

　약속은 약속이다. 그들의 요구를 묵살했다. 미안하다, 불쌍하다는 순수한 나의 감정이 변하기 시작한다.

　또 몇 걸음 가다 또 똑같은 행동이 반복된다. 몇 번이고 반복되는 가마꾼들의 행태에 난 뚜껑이 열리고 말았다.

　"나 당신네들 가마 더 이상 타지 않겠다. 나 여기서 걸어가겠다."고…….

　거친 말이 내 입에서 나오고 말았다.

　그러자 그들은 사태의 심각성을 인식했는지 나보고 미안했다고 정중히 고개 숙여 가며 사과한다.

　화해의 온기로 가마꾼과 난 깊은 포옹을 하고 가마에 다시 올랐다.

　이분들의 삶이 얼마나 퍽퍽할까. 이제 내가 미안해진다.

　정상 도착 후 500위안을 건네면서 수고했다고 악수로 고마움을 표했다.

◆ 연길 새벽시장

새벽하늘에선 비를 뿌리고 있다. 새벽시장으로 가는 데 비 따윈 아무런 장애물이 될 수 없다. 그 무엇도 우리의 호기심을 누를 수 없다.

엄청난 무언가에게 끌림이 있다. 새벽시장에 가면 지금까지 내 눈에 한 번도 넣어 보지 못했던 아름다움이 내 눈을 기쁘게 할 것 같은 기대감이 내 머릿속을 채운다.

잠에 취한 눈 비비며 비 오는 새벽시장의 인파 속으로 들어갔다. 각양각색의 상품들과 먹거리들은 화려한 색상으로 우리를 반긴다. 한국 땅에선 자라지 않은 채소들과 처음 보는 상품들이 내 눈동자를 키운다. 눈에 들어오는 음식에도 호기심이 발동한다. 눈으로 봤을 땐 아주 맛나 보였는데 나의 혀가 이 맛은 아니라고 강력히 어필을 한다. 눈 맛은 좋았는데 혀 맛은 아니다. 함께 간 학우들의 얼굴 표정도 이 맛은 아니라고 얼굴 표정으로 말을 한다.

이곳 새벽시장은 중국이다. 중국인의 입맛에 맞춘 음식들이다. 돼지고기, 쇠고기가 노점 판매대에서 손님을 기다린다. 분명 한국이라면 불법이고 위생법 위반이다. 하지만 이곳은 중국이다. 우리와는 법도 문화도 다르다. 나의 기준에서 모든 걸 판단하는 건 잘못이다. 로마에 가면 로마법을 따르라고 하지 않았던가? 어느 나라를 여행하더라도 그 나라의 문화를 존중하며 여행을 해야 한다. 새벽시장의 문화를 체험하고자 온 손님들과 어깨와 어깨를 부딪치며 지나간다. 그러나 누구

나의 삶은 평범하지 않았다

하나 불평을 하거나 자기 위주로 행동하는 이 없다. 서로가 서로를 배려하며 이 불편함을 즐긴다. 어느 나라, 어느 민족이건 본인의 삶을 위해선 주어진 환경을 최대한 이용한다. 이곳에 모인 상인이나 고객들은 오로지 사고팔고 하는 상도덕 정신이 넘쳐난다. 순수함 그 자체다. 새벽을 깨우는 여명이 시장의 활기를 점점 잃어 가게 한다. 그야말로 새벽에 잠깐 동안 열리는 시장이다. 각자 한 보따리씩 옆구리에 끼고 호텔로 돌아오는 몸은 비에 흠뻑 젖었지만 마음은 가볍고 즐겁다.

행복한 노후

세상에서 가장 빠른 새는 눈 깜짝할 새다. 이보다 더 빠른 새는 어느 새라고 한다. 나이가 들수록 시간은 더 빨리 지나간다. 시간의 속도에 대해 인간이 나이와 상관관계를 느끼는데 생물학적 근거가 있다고 한다. 젊은이나 늙은이나 주어진 시간은 똑같다. 하지만 심리적 시간은 공평하지 않은 데서 오는 격차가 시간의 흐름을 착각 속으로 몰아넣기 때문이다.

우리 노인들에게 움직임의 원동력은 건강, 친구, 돈이다. 이 세 가지를 가지고 있으면 노인들의 삶은 재미가 있는 삶이라고들 한다. 인간이 살아가면서 살아가는 재미가 없다면 삶이 얼마나 먼지 풀풀 나는 삶이겠는가? 인간이 태어나면 엄마의 젖꼭지 빠는 맛에 살고 철이 들면 모든 사물의 호기심에 살고 학교에 들어가면 새로운 친구들과 어울려 정신줄 놓고 어울리는 재미에 산다고들 하지 않은가? 그러다가 사춘기가 되면 이성과의 사랑 놀음에 정신줄 놓고 이러다가 결혼을 하고 자식을 낳게 되면 자식 사랑에 시간 가는 줄 모른다. 직장에서는 승진이라는 재미에 인생의 재미를 느낀다. 현직에서 퇴직 후 이제야 모든 시간이 온전히 다 내 것이다. 내 마음대로 사용하는 무한의 자유에 기쁨을 누린다.

평균 수명이 늘어나면서 노년층의 소비 형태도 바뀌어 간다.

오래 살게 되면 삶의 방식도 당연히 달라져야 한다. 동창회 참석도, 취미 활동도 줄이고 등산도 나지막한 뒷산 산책 정도로 해야 한다. 노년의 삶은 주머니사정과 체력에 맞춰 스케줄을 짜야 한다. 인생은 어차피 한 번뿐인 것인데 좋아하는 일과 하고픈 일을 하다가 죽음을 맞이해도 후회한다는데 여유가 되면 하고픈 것 다 해 보고 죽어야 한다.

어느 날 어르신이라는 소리를 들었을 때 나도 이제 젊음이 넘치는 이곳이 내가 살 곳이 아니라는 것을 느꼈다.

난 이 사회의 한가운데서 밀린다는 생각을 꿈에도 해 보지 못했다.

그리고 내가 없으면 사회라는 기계가 움직임을 멈출 줄 알았다. 그런데 어느 날 아침 눈을 떠 보니 이 사회의 중심에서 가장자리로 밀려나 있는 게 아닌가? 이 지구상에 있는 모든 사물은 순환이라는 수레에 누구나 예외 없이 탑승하고 있다. 난 절대로 아니라고 하지만 세월이 나를 그 자리에 그냥 두지 않는다.

공든 탑은 무너지고 뿌린 대로 거두지도 못한 삶을 사는 이들도 많다. 이제 와서 그런 허망을 알고도 삶의 전환이라는 것 자체도 시도해 보지 않고 살아가는 이들도 있다. 이들은 평생을 취생몽사(醉生夢死), 초로인생(草露人生)이라는 사자성어와 같은 삶을 살다 보니 노후엔 본인 곁에 남아 있는 게 아무것도 없다.

경치는 파노라마 같고 내 삶은 파란만장한 삶이라서 그런지 슬픔, 기쁨, 울분, 분노 등이 내 가슴속 깊은 곳에 자리 잡고 있다. 평탄한 삶을 살았다면 남자의 삶이 아니다. 남자는 굴곡진 삶을 살아야 인생의 참맛을 알 수 있다.

내가 사춘기 시절에는 외모에 대해 관심이 무지 많았다. 아침저녁으로 거울을 보며 눈도 더 크고 코도 더 크고 키도 180 이상 되길 바랐다. 모든 게 이런 외모만 되면 다 잘될 것 같은 시절이 있었다. 이제 내 나이 노인 중에서도 상노인이다. 거울 속 나의 얼굴 주름은 그 깊이를 알수 없고 희어진 머리카락은 누가 봐도 상노인이다.

이제 모든 걸 인정하자. 거울 속 노인을 나로 받아들이자. 나를 받아들이자. 지금까지는 노인으로 받아들이지 못했는데 이제는 받아들이자.

죽음 앞에선 우리네 노인도 사형수와 다름없다. 그들은 죗값으로 죽음을 맞지만 보통의 노인들은 누구로부터 "너 죽어야 해. 사형이야."라고 판결을 내리진 않는다. 하지만 "노인도 사형수와 죽음이란 명제 앞에선 무엇이 다른가."라는 질문을 던져 본다.

두 부류의 사람들도 언젠가는 죽음을 맞이한다. 사형수는 타인에 의해 죽음을 맞지만 노인들은 흔히 말하는 저승사자가 팔짱을 끼면 따라

나의 삶은 평범하지 않았다

가야 하는 죽음이다. 심리적 고통은 좀 덜하지만 누구나 죽음 앞에선 마음의 정리를 해야 한다.

'이제는 삶을 마감해야지. 이제 나도 갈 때가 되었어.'라고 모든 걸 내려놓고 있을 때 또 아침 해를 바라볼 수 있다면 '아~~~~ 나의 삶이 또 하루가 시작되는구나. 또 하루라는 시간이 보너스로 나에게 주어졌구나.' 하는 마음으로 살아가자.

사람이 살아가는 데 필요한 지혜

나는 주변인들로부터 존경까지 받는다는 생각은 않지만 적어도 증오의 대상은 아닐 거라고 난 믿는다. 어느 자리에서나 떳떳하고 솔직할 수 있다는 것은 아마도 내가 인간으로서 일생을 크게 잘못 살지는 않았다는 것을 스스로 반증하고 또한 자신의 긍지 때문이 아닌가 한다.

나보다 많은 월급을 받았지만 씀씀이가 헤픈 친구는 단 한 푼도 저축을 못 하고 하루하루 생활의 중요성만 강조하고 미래에 대한 계획은 없었다. 그러나 나는 현대정공에 입사 후 첫 월급부터 무조건 절반은 노후를 위한 준비를 했다. 노후의 편안한 삶을 살기 위해서는 장기적인 안목으로 노후 설계를 해야 된다는 신념이 젊은 시절부터 확고하게 서 있었다. 절약 정신이 몸에 배어 있었다.

서울의 조그마한 공장에서 일을 하며 난 그 추운 겨울 장갑 없이 언 손에 작업 공구가 달라붙어도 참아 내며 일을 해야만 했다. 장갑 살 돈을 아끼려고 언 손을 호호 불며 겨드랑이에 사타구니에 넣어 가면서 그 추운 겨울을 이겨 냈다. 난 어린 나이에 너무 일찍 돈에 대한 깊이를 알아 버렸다.

구미 홍명공업 작업복과 현대정공 출퇴근복은 나의 일상복이 되었다. 외출복을 구매하지 않으니 돈도 절약되고 회사복을 입고 밖에 나가면 너무 자랑스러웠다. 내 자신이 이런 큰 회사에 다니고 있다는 것을 모든 이들에게 알리고 자랑하고 싶었다. 나도 이렇게 큰 회사에 다닐 수 있다고. 시내 나갈 때도, 고향 마을 방문 때도 나에겐 회사복이 아닌 외출복이 되었다. 가슴에 새겨진 회사 로고가 너무 자랑스러웠다. '저 이런 회사에 다니고 있어요. 보세요. 조영식이가 이런 사람이에요.'

어린 시절 한참 많이 먹고 자랄 시절에 밥보다는 갱죽(羹粥)을 더 많이 먹으면서 그것도 점심은 어디 있는지 모르는 굶주림의 시절이었지만 난 내 처지가 불행하다는 생각은 해 보지도 못하고 살았다. 두고 보자. 이 가정을 반석 위에 올려놓겠다는 각오를 다지고 또 다졌다. 현실의 퍽퍽한 삶을 기름진 삶으로 바꾸어 놓겠다는 굳은 각오로 청소년 시절을 보냈다.

지난날들을 반추하며

인간은 누구나 다 태어난 환경이 다르다. 그러나 누구나 미래는 똑

같은 조건으로 준비되어 있는데 미래를 무의미한 것으로 만든다는 것은 순전히 자기 자신의 책임이다. 아무리 현재의 삶이 힘들고 고생스러워도 생각이 긍정적으로 바뀌면 행복을 느낄 일은 얼마든지 있다고 본다.

이제는 재산에 대한 욕심도 마음의 무거운 짐도 내 어깨를 누르고 있는 모든 짐 내려놓아야 할 시기인 것 같다.

우리 나이쯤 되면 한 번쯤 생각해 보는 것이 있다. 체력은 어느 순간 우리의 발목을 잡는다. 나의 삶에 발목을 잡는 병들과의 인연을 만들지 않으려고 꾸준한 운동으로 그들과의 싸움에서 이겨 내려고 무던히도 노력을 하고 있다.

나는 아프면 병원보다는 헬스장에서 고치려고 한다. 몸도 만들고 건강도 찾고 주머닛돈도 지키고 시간도 허비하지 아니하고 일석이조가 아닌 일석오조다. 지인들과의 대화 자리가 마련되면 나의 이런 건강 챙기기 비법을 강조한다. 아니 열강을 한다는 것이 맞겠다.

노인은 하는 말보다 듣는 데 비중을 많이 두어야 한다.

여자의 얼굴은 화장을 할수록 예뻐지고 남자의 말은 할수록 쓸모없는 잔소리가 된다. 말이란 게 이 사람 저 사람 옮겨 가며 갈수록 살이 붙고 뼈가 커져 사실과 다르게 해석이 되고 본뜻과는 상당히 멀어진다.

어느 모임에 가든지 이런 말을 입에서 나오지 않도록 해야 한다.

1. 남의 단점을 얘기하지 마라.

2. 나의 자랑을 하지 마라.

3. 나의 구체적인 삶을 얘기하지 마라.

4. 나의 재산에 대해 얘기하지 마라.

5. 나의 정치 성향을 얘기하지 마라.

병은 입으로 들어가고
화는 입으로 나온다.

난 솔직히 50대 초반에 명예퇴직을 하고 나서 마음을 잡지 못했다. 가슴은 답답했다. '앞으로 어떻게 해야지.'라는 명제 앞에 많은 시간을 헤매었다. 세상이 나를 버린 것 같다. 이제 더 이상 이 사회가 나를 부르지 않을 것만 같았다.

'내 나이 몇 살인데 사회의 중심에서 밀려 나와 이 사회에서 아무것도 할 수 없는 나락으로 떨어지다니.' 이런 나의 마음을 다잡을 길이 보이지 않았다.

이런저런 생각에 죽음의 유혹이 쓰나미처럼 몰려 왔다.

'어디서 죽음을 맞이하는 게 좋을까?'라는 생각에 산으로 들로 허공을 밟는 발길 옮겨도 보았다. 스스로 생명을 포기한다는 것이 쉽지 않음의 깨달음을 얻고 결국은 '좀 더 빠른 노인들의 삶 속으로 들어가 보자.'라는 생각의 전환을 하고 삶의 설계도를 다시 그렸다.

세월이 흘러 이제 내 나이 70, 매일 아침이면 헬스장으로 출근을 한다. 직장은 없어도 매일 아침 출근할 수 있는 곳을 만들어 놓았다. 비록 출근 시간이 일정하지 않아도 된다. 난 일주일 동안 하루도 쉬지 않고 출근 도장을 찍는다. 이렇게 결근 없이 다녀도 급여는 받지 않는다. 오히려 내가 연회비로 150만 원을 헬스장에 주고 다닌다.

이 나이에 매일 아침 어디론가 갈 곳이 있다는 게 얼마나 행복한가.

요즘 부모 세대들은 문서 없는 노예 생활을 하고 있다고들 한다.

자식의 자식을 Care해 준다고 거기다가 그동안 모아 둔 재산, 자식한테 탈탈 털리고 정작 본인의 삶은 어디에도 없다.

영혼은 건강한 몸 안에 있을 때 가치가 있다. 몸이 아프거나 중병에 걸리면 영혼은 이삿짐을 꾸린다.

젊었을 적 나의 몸은 나하고 가장 친하고 만만한 벗이더니 나이 들면서 차차 내 몸은 나에게 불만을 토로하기 시작한다. 어르고 달래고 헬스장에도 병원에도 모시고 다녀야 한다. 친구가 아니라 이제는 아주 무서운 상전이 되었다.

몸을 건강하게 해 놓지 않으면 영혼은 내 몸에서 나가려고 한다. 영혼을 잡아 두기 위해선 내 몸 관리를 잘해 두어야 한다. 영혼이 내 몸에서 나가면 죽음이다.

살면서 우여곡절의 어려움을 몸소 경험한 사람은 삶의 보람과 가치를 만끽하는 인생 후반부를 맞이하는 경우가 많다. 인생사는 롤러코스

터와 같다. 떨어진다고 고개 숙이지 말고 올라간다고 너무 기뻐하지도 말라. 사람 살아가는 게 그려니 하고 살면 된다.

어젯밤 한 이불 속에서 그렇게 좋아 죽을 것 같더니 아침 해가 떠오르자 어젯밤의 향기는 어디 가고 싸늘한 냉기가 아침을 맞이한다. 이렇듯 행복한 순간도 영원토록 가지 않는다는 것이다.

인생이란 살다 보면 일정한 목적의식을 가지고 내가 의도적으로 만들어 온 일들과 나의 의지와 관계없이 생각지도 못한 일들이 발생하기도 한다.

인생이란 씨줄과 날줄로 엮여 삶의 얼룩무늬를 만들어 내는 것이다. 한 인간의 인생이란 한 편의 파노라마이기도 하고 이렇게 긴장과 갈등을 겪다가 맞이하는 한 편의 감동적인 드라마이기도 하다.

노인이 될 때까지 오랜 세월을 살아오면서 누군가와 싸웠던 일을 생각해 보면 대개가 친한 사람과 싸웠고 그 싸움은 결국 내가 옳고 상대가 나쁘다는 논리로 싸움의 결론을 내고 끝을 본다. 이제는 배타심(排他心)보다는 이타심(利他心)으로 살아야겠다.

사람은 누구나 오래 살기를 원한다. 그리고 노인들은 더욱더 오래 살기를 바란다. 그렇다면 오래 살기 위해선 어떤 신비스러운 건강 비법이 있는 것일까?

내 나름의 건강 챙기기 철학은 그냥 소박하다.

1. 매 끼니마다 小食이다.

나의 삶은 평범하지 않았다

2. 충분한 수면이다.

3. 노인이라고 운동을 게을리해서는 안 된다.

4. 마음을 비운 넉넉한 미소다.

5. 남을 쉽게 용서할 수 있는 바다 같은 마음이다.

6. 남을 내 몸같이 사랑하는 것이다.

7. 나이가 들어 노인의 삶에 환과고독(鰥寡孤獨)을 나의 것으로 받아들여야 한다.

홀아비가 되고, 과부가 되고, 자식이 없고, 이 세상에 늙은 몸 혼자라면 본인과의 싸움을 해야 한다. 고독과 외로움을 아주 친한 친구로 삼아야 한다.

완벽한 가족 구성을 이룬 가정일지라도 노인이 되면 구성원에서조차 그 중심에서 가장자리로 밀려난다. '왜 내가.'라는 생각보다는 '아~~ 나도 이제 이게 내 자리구나.'라는 것을 깨우쳐야 한다.

나는 강해져야 한다. 강해진다는 것은 언제나 승리하거나 성공해야 한다는 것의 의미는 아니다. 단지 실패를 두려워하지 않고 언제든 다시 일어설 수 있는 용기가 있는 사람이 되어야 한다. 나는 노후 설계는 빠를수록 좋다고 생각한다. 나는 남들과 다른 삶을 살아야 한다는 각오로 미래의 설계를 해 왔다. 또 퍽퍽한 이 가정을 반석 위에 올려놓아야만 한다는 각오로 살아왔다. 흙수저지만 먼 훗날 금수저는 아니지만 은수저로는 만들어 놓아야 한다는 각오를 다지면 살아온 인생이었다,

아무리 인생 설계를 훌륭하게 한다 해도 인생은 건축물은 설계도처럼 만들어지는 것은 아니다. 진취적인 생각으로 건설해야 튼튼하고 훌륭한 건축물이 탄생한다.

나이가 들면 남들 보기가 혼자 늙어 가는 게 딱하고 그렇게 혼자 사는 게 딱하고 시장에서 혼자 물건을 고르고 흥정하고 계산하는 게 처연(凄然)해 보일 뿐 남들의 시선을 의식하지 말고 나름의 삶을 사노라면 정말이지 행복의 꿀이 뚝뚝 떨어진다.

나는 무신론자이다. 하지만 종교라는 곳에서 많은 삶의 지혜를 얻을 수 있다. 부처님은 마음을 비우라고 한다. 그리고 예수님은 가난한 자는 복이 있다고 했다. 인간에게 헛욕심을 부리지 말라고도 했다. 법정 스님의 無所有와 맥을 같이 한다.

인생은 짧고 예술은 길다고 누군가가 말을 했듯이 우리네 인간은 참으로 그 삶이 짧다.

노인에게 찾아온 고독

나는 지금 아주 오랜만에 나를 찾아 준 고독과 행복을 나누고 있다. 고독과의 친분을 유지하는 자만이 진정한 도를 득했다고 할 수 있다지만 혼자라면 다들 삶이 불안정한 상태라고 한다. 그래서 혼자 남겨지

나의 삶은 평범하지 않았다

면 외롭다. 슬프다. 이런 무력감에 빠지게 된다. 그래서 혼자라는 것을 두려워하기 때문에 본능적으로 무력감을 느끼게 된다. 고독은 내가 싫든 좋든 인생의 동반자이다. 특히 노년의 삶은 고독이 친구처럼 따라다닌다. 나이와 고독은 비례한다. 그래서 이 고독과 친해지는 道을 쌓아야 한다.

거북이처럼 느림의 삶을 우리 노인들의 여유로운 마음가짐으로 받아들여야 하지 아닐까 한다.

미국의 링컨 대통령은 나이 40이면 자기 얼굴에 책임을 져야 한다고 했다. 그런데도 요즘 사람들은 성형외과에서 어려 보이게 얼굴을 해 달라고 한다. 왜일까? 자기 얼굴에 책임질 수 없는 일들을 너무나 많이 해서 면피하기 위함이라고들 한다. 의사의 손에서 태어난 부자연스런 얼굴보다는 도덕이 만들어 낸 자연을 닮은 얼굴이었으면 한다.

아름다운 노후

생명체는 자연이라는 순환의 원리를 받아들인다면 나이가 든다는 것은 희망적이고 축복이다. 노년의 삶이라고 모든 걸 놓아서는 안 된다.

인간의 삶에 혼자 가면 빨리는 가겠지만 함께 가면 행복하게 느림의 길을 갈 수가 있다.

나도 나이를 먹을 만큼 먹었으니 얼마 남지 않은 삶을 위해 늙은 몸이라고 게으른 삶을 지양(止揚)하고 삶에 활력을 주는 부지런함으로 나에게 채찍을 들어야겠다.

이 나이쯤 되면 쓸모없는 인간으로 취급해 버리지만 그래도 쓸모 있는 인간이 되고 싶다.

인간은 어디서 왔는가. 무엇 때문에 살아왔으며 지금은 어디로 가고 있는지 과거와 미래에 대한 물음을 철학적인 질문으로 던져 본다. 하지만 많은 질문을 해 봐도 정확한 답은 없다. 그래서 인생은 살아 볼 만한 가치가 있고 우리가 알 수도 없는 미래에 대한 매력 때문에 희망을 갖고 살아간다.

우리의 몸과 얼굴이라는 것은 우리들의 마음이나 영혼을 담고 있는 집이라서 그 주인장이 이 집을 비우고 나가 버리면 곧 죽음이라고들 한다. 그래서 이 집을 늘 튼튼하게 관리하는 데 소홀함이 없어야 한다.

세월이 나를 늙게 하는 것이 아니라 내 마음이 나를 늙게 하고 있다. 인간이 어떤 행태로든 늙어 간다는 것은 매우 안타깝고 슬픈 일이다. 하지만 몸은 늙어도 마음만은 세월 따라 가지 말자.

인간이 아무리 위대해진다 해도 자연 앞에서는 미약한 존재임을 알 수가 있다. 그래서 인간은 자연 앞에서는 겸손해져야 한다. 그래야만 인간이 자연보다도 위대해 보인다.

엄마의 배 속에서 나오는 순간부터 내 인생은 내가 만들어 가야만 한다. 때로는 인생이란 것이 내 뜻대로 되지 않아서 나를 슬프게 할 때

나의 삶은 평범하지 않았다

도 있지만 그래도 내 인생은 내가 만들어 가야 한다. 내 인생을 제대로 만들어 가기 위해서 내가 피나는 노력을 많이 해야 한다. 이렇게 인생을 살다 보면 고통도 슬픔도 기쁨도 따른다.

우리 인간들이 살아가는 이 순간에도 어떤 곳에서는 울고 있는 이도 있고 웃고 있는 이도 있다. 누군가는 이 세상과의 영원한 이별을 하고 누군가는 이 세상에 살려고 태어난다. 내가 세상이 아름답다고 해서 다른 이들도 다 아름답게 보는 것은 아니다. 내가 삶이 힘에 부친다고 다른 이들도 다 그런 것도 아니다. 어떤 이들은 복에 겨워 삶의 느슨함을 누리고 있다. 우리가 살아가는 인간 세상에서는 다양한 측면들이 존재하기에 나도 희망을 바라며 삶의 꿈을 키워 간다.

인간은 죽기 전까지 나 자신을 지배할 수 있어야 한다. 내가 나 자신을 컨트롤을 못 한다면 살아도 산목숨이 아니다.

노인은 누구로부터도 누추해 보인다는 소리를 듣지 않으려면 오늘 누구를 만나든 만나지 않든, 누구를 보든 안 보든 나를 보듬고 가꾼다는 건 보이지 않은 나 자신에 대한 사랑이며 나 자신에 대한 예의이기도 하다.

사람이 다른 동물들과 대비되는 것은 끊임없이 자기 존재에 대해 '나는 누구이며 무엇을 하고 있는가?'라는 의문 부호를 매번 던지기 때문이 아닌가 한다.

인간은 누구나 존엄한 존재로 태어난다. 하지만 자신이 존귀해지거나 천해지는 것은 본인의 의지에 의해서 결정된다.

나도 노인이라니
··································

어느 날 아침 화장실 거울에 웬 노인 한 분이 서 있다.

"당신 누구요? 왜 남의 집에 이러구 있소."
"남의 집도 아니고
누구도 아니고
내가 조영식이라구."

내가 언제 이런 몰골이 되었단 말인가?
누가 나를 이런 노인의 모습으로 만들어 놓은 거야.

나의 잘나가던 시절도 세월을 이기진 못한 것 같다. 얼굴에 깊게 새
겨진 주름과 검버섯은 일흔을 넘긴 세월을 그대로 보여 주는구나. 한
때 나를 알고 내 주변에서 나를 본 여인들은 나와의 연을 맺고자 한 그
젊음의 풍채는 이제 세월의 저 뒷자락으로 묻어 둔 것 같다. 난 아직
내 나이를 받아들이지 못하고 있는데….

아파트 엘레베이트에서 어린아이와 함께 탄 젊은 엄마가 아이보고
"할아버지께 인사해야지."라고 말했다. 이 말이 내 귀에 들어오는 순간

나의 삶은 평범하지 않았다

난 뒷목을 잡아야만 했다. 반갑고 고마운 소리가 아니다. 모욕적인 소리로 들린다. 어린 아이가 "할아버지 안녕하세요."라고 머리까지 숙여가면서 나에게 예를 갖췄지만 난 근성으로 "그래."라고 답했다. 기분이 왜 이러지. 하루 종일 꿀꿀한 하루가 되었다. 아직은 내 자신이 자신을 노인으로 못 받아들이고 있는데 나아닌 타인이 나를 노인으로 취급해 버리니 내 기분은 지나가던 자동차가 흙탕물을 끼얹은 꼴이 되어 버렸다. 몇 년 전 내가 나 자신을 받아들이지 못하고 "난 아니라구. 난 아니라고." 하던 노인의 삶 자락을 갓 잡았을 때 일을 상기하면 못난 행동들이었다.

70이라는 나이도 늙은이라는 단어도 노인이라는 부름도 받아들일 수가 없다. 그러던 어느 날 내 안에서 어떤 외침이 들리기 시작을 한다. "다 던져 버려라. 너의 안에 꿈틀거리고 있는 알량한 자존심을 저 바깥으로 던져야만 한다. 그래야만 네가 행복해질 수 있다."라는 소리가 귀를 때린다. 그래. 내면의 마음을 깨우고 나를 인정하라. 노인이라는 사실을 인정해야만 한다. 이제 나이도 70인데 누가 봐도 노인으로 보일 건데. 나만 아니라고 한들 나의 현실이 바뀌진 아닐 것이다. 그리고 나의 모든 것을 던져야만 한다.

비로소 나를 버리고 난 지금 마음의 평화가 찾아온 것 같다. 이제는 숨기고 싶은 내 나이도 나의 늙은 모습도 인정하고 나니 후련하다. 노인이 아니라는 프레임에 갇혀 있던 내 마음을 내려놓고 나니 해방감이 찾아왔다.

'나이가 들어 노인이 되면 세상의 호기심이 사라질 것이다.'라는 것을 생각하면서 살아왔는데 그런데 그게 아닌가 보다. 아직도 호기심은 깊이를 더해 가고 그 마음은 광야와 같이 넓어만 간다.

하나밖에 없는 몸이고 한 번밖에 못 살기에 내 삶이 지극히 소중하다. 그래. 얼마 남지 않은 삶 알뜰하게 살아 보자.

노인이라도 다시 도전을 위해 또 다른 완성을 준비해야만 한다. 나이가 들수록 틀에 박힌 일상에 매몰되어 살아가다가는 늙어 감을 재촉할 따름이다. 노인은 늙어 가는 존재가 아니라 성장하는 존재가 되어야 한다.

심인성(心因性)이란 마음의 병이라고 한다. 특히 나이가 들면 이 심인성 병이 골수에 박힌다. '아이구 이거 큰 병 아닌가?' 하고 확실한 병명도 모른 채 그냥 나이가 들어 온몸이 예전 같지 않다는 것 때문에 지레 겁을 먹는다.

아침에 눈뜨면 오늘 아침엔 무슨 놈의 병이 나와 친구 하자고 찾아왔는지 온몸을 살펴본다. 아니, 이런 지금 내 몸에 있는 병들은 나갈 생각조차 하지 않고 있는데 또 너까지 친구 하자고 오면 내가 감당하기가 힘들다.

노인은 온갖 병을 다 가지고 살아가야 한다.

종합병원도 부족하여 부속 병동까지 있어야 한다.

나의 삶은 평범하지 않았다

부모님께 감사하고 싶다. 부모님은 나에게 건강한 유전인자를 물려주어 지금도 건강한 몸뚱아리를 가지고 살고 있으니 말이다.

노후 준비는 빠르면 빠를수록 좋다

나는 현대정공 입사 후 첫 월급부터 노후 준비를 장기적인 안목에서 접근을 했다.

월급의 50%를 무조건 적금에 부어 버렸다.

너무 계산에 치우치면 앞으로 나아가는 데 발목을 잡힐 수 있다. 나의 인생철학은 먼저 저질러 놓고 본다는 일처리 방식이다.

쓰고자 하는 돈이 부족하면 수입 부분을 늘려야 하고 지출은 줄여야 한다.

수입을 늘리기 위해선 시간 외 잔업을 한다.

그리고 씀씀이는 줄일 수 있는 것은 다 줄인다. 이게 내가 가지고 있는 생활 속의 철학이다

첫째도 근검절약 정신, 둘째도 근검절약 정신이었다.

1. 회사 출퇴근복은 나의 외출복이다.
2. 술도 담배도 다 끊어야 한다.
3. 출퇴근 시 통근버스를 이용한다.

4. 퇴근길은 곧장 집으로 가는 길이다.

이렇게 어린 날 나 자신에게 맹세를 하고 각오를 다진 약속, 난 반드시 실천하겠다는 길로만 갔다.

나의 젊은 날들은 경마장에서 경주마처럼 앞만 보고 달렸다. 가끔은 내 마음 빼앗을 유혹의 그림들이 많았음에도 곁눈질 한 번 없이 오로지 앞만 보고 달려왔다.

조상님들이 계신 그곳에 가면 "저 열심히 살았습니다."라고 당당하게 말하고 싶을 정도로 열심히 살았다.

넉넉한 여건은 아니었지만 조금 무리다 싶을 정도로 노후의 안정된 삶을 생각했다. 그리고 내 태생의 흙수저에서 벗어나기 위해선 쪼들림을 참아 내야 한다는 각오로 적금에 가입했다.

돈이 인간에게 주는 가치는 절대적이며 누구에게나 생활의 여유를 제공한다. 하여 돈을 많이 갖고 싶어 하는 욕심에 무한의 욕망을 지니고 있는 게 돈의 힘이고 그래서 가지고 싶어 했다. 특히 노인들이 주변 이들로부터 인격적인 대우를 제대로 받으려면 돈이 지갑에 있어야 한다. 돈이 없는 노인들은 어깨가 축 늘어지고 주변의 친구가 없어지고 자연히 갈 곳도 없어진다. 돈이 있어야 자신을 확고히 지킬 수 있다. 그럼 노년에 얼마의 돈이 필요한가. 호구지책(糊口之策)에 별다른 지장이 없고 노인의 삶에 최소한의 품의 유지비, 손자들의 용돈, 병원비,

나의 삶은 평범하지 않았다

취미 생활비 등으로부터 자유로워질 만큼의 돈이면 가능하지 않을까?

돈의 값어치와 위력은 그 누구도 가늠하지 못한다.

돈의 힘은 조폭도 내 경호원으로 채용할 수 있다.

돈의 힘은 공자도 제자로 둘 수 있다.

돈의 힘은 귀신도 친구로 사귈 수 있다.

이런 노인으로 내몰리지는 말자

공원에서 하루 종일 시간을 보내는 노인들.

밥차 오는 시간에 맞추어 한 끼를 얻어먹고 가는 노인들.

손수레 가득 폐지 싣고 가는 노인들.

나는 이런 모습으로는 살면 안 된다고 강변을 토하는 사람 중에 한 사람이다.

눈 깜짝할 사이에 죽을 수밖에 없는 인생이기에 남들처럼 아무 생각 없이 헛되이 살 수 없다는 생각으로 살아온 나의 인생 여정이었다.

그리고 얼마 남지 않은 삶, 후회 없이 살다 갈 것이다.

비록 노인의 반열에 들어온 상노인이지만 그래도 난 역동적인 삶을 살 것이다.

삶과 죽음

인간이 죽음을 맞을 때 바람에 낙엽 날리듯 생명의 촛불이 꺼지고 영원한 안식의 잠에 드는 것이다. '방전된 배터리처럼 조용하게 죽을 수만 있다면.' 하는 게 인간의 소망이다. 이런 소망이 이루어지는 경우는 극히 드물다. 죽음이란 놈이 호락호락하지도 친절하지도 않기 때문이다.

인간의 한평생에 대한 정의를 장자(莊子)는 극구광음(隙駒光陰)이라 하지 않았던가.

나도 노년의 삶이 깊어 가니 내 주변에 유명(幽明)을 달리하는 친구들의 소식을 접하곤 한다. 나의 삶도 끝자락에 와 있다는 슬픔을 느낀다. 세상을 떠남은 진정 하늘의 뜻이므로 개개인이 지닌 운명의 불공정성을 탓할 수야 없지만 아직은 아닌데 하는 미련의 마음은 있다.

노년의 삶은 행복을 누려야 한다고 생각한다.

우리나라 노인 인구 중 노후 설계를 성공적으로 완성한 비율이 너무 낮단다.

취생몽사(醉生夢死) 같은 인생사를 살아오신 분들이라면 불행한 노후는 불 보듯 뻔하다. 또 '나에게는 노후 따윈 존재하지 않아 현실이 중요해.'라고 살아오신 분들 또한 편안하게 쉬어야 할 몸뚱아리를 계속 혹사시켜야만 한다니 안타까울 따름이다.

또 자식 뒷바라지에 종착역을 모르고 달려온 분들도 자식들의 삶은 있지만 본인들의 삶은 아무 곳에도 없다.

저승과 화장실은 어느 누구도 대신 가 줄 수 없다.

예쁜 여자는 남자의 발길을 머뭇거리게 하고 늙은 노인은 저승사자의 걸음을 멈추게 한다.

국가의 소원은 남북통일이요 나의 소원은 저녁에 잠든 눈 떠 보지 못한 채 저승사자 따라 염라대왕 앞으로 가는 거다.

죽음이라는 정의를 풀이하자면 피를 쉴 새 없이 순환시켜 주는 심장이 멈추면 죽음이다. 이 심장은 1분에 약 70번, 한 시간에 4200번, 하루에 10만 번 이상을 쉼 없이 심장이 뛴다고 한다.

이 심장은 엄마 배 속에서부터 뛰기 시작을 하여 죽을 때까지 1초도 멈춤이 없이 뛰다가 이 심장이 멈추게 되면 우리는 죽음을 맞았다고 한다.

또한 유체이탈이 되면 죽음이라고도 한다. 수십 년 동안 나를 위해 불철주야 혹사시킨 이 내 몸뚱아리, 이제는 쉬고 싶다고 하면 내 영혼도 어쩌지 못하고 내 몸에서 나갈 것이다.

마지막 생을 마감하는 순간까지가 인간의 영역이다. 이 인간의 영역을 벗어나면 자연과 신의 영역으로 넘어가는 것을 죽음이라 한다.

생자필멸(生者必滅)이라는 고사성어도 있다. 살아 있는 모든 것은 반드시 죽는다는 것이다.

죽음을 맞이할 때 우리 몸에서 엄청난 Adrenaline이 분출 되어 아무런 고통도 없이 오히려 크나큰 쾌감까지 느낀다고 한다.

나는 언제라도 하나님과 대면할 각오가 되어 있지만 하나님이 나를 만날 준비가 아직은 아니라고 한다.

사람들은 말을 한다.

시간을 잡을 수만 있다면 얼마나 좋겠냐고.

허나 그것이 불가능하다는 것을 알기에 흘러간 시간에 대한 우리의 애착은 슬프기도 하고 허무하기도 하다. 추억이 고프고 지난날의 아름다움이 있기에 아쉽다. 다시 돌이킬 수 없다는 것이 이 모든 것은 세월이라는 것에 인간은 시간을 잡을 수 없다는 자연스런 삶의 섭리에 그저 슬프기만 하다.

사람은 누구나 오래 살기를 원한다. 그리고 노인들은 더욱더 오래 살기를 바란다.

인간은 살아가는 일도 변화의 과정이다. 내가 아무리 변하지 않으려고 안간힘을 써도 시간은 나를 강제로 변하게 한다. 그렇게 시간에 따른 변화에 얹혀살다 보면 결국엔 사람다운 삶을 기대할 수가 없다. 시간이 나를 변화시키기 전에 내가 먼저 내가 원하는 방향으로 변해야만 미래를 나의 것으로 사람답게 살도록 마련해 준다.

내가 한평생을 살아오면서 부(富)를 쌓았지만 그 부는 나의 소유물이 아니다. 내가 그만큼 임대를 한 것에 불가하다. 그 부를 내가 사용할 때 내 것이다.

건강할 땐 내 것이지만 아프면 내 것이 아니다.

외로움은 혼자일 때가 아니라 아무도 나를 알아주지 않을 때 외로움이 밀려온다. 옆에 친구가 있건 가족이 있건 애인이 있건 마누라가 있건, 누군가가 있어도 내 마음을 몰라 줄 때 외로움이 스민다.

노년의 삶은 병과 외로움과의 싸움이다.

심약해진 몸과 마음을 어떻게 다스려 가야 하는가. 나에게 주어진 숙제다.

이런 나의 상태를 아무도 대신해 줄, 함께해 줄, 주변이 없다면 외로움이 스멀스멀 밀고 들어온다.

이 세상에 태어날 때 혼자였다. 그리고 이 세상을 떠나갈 때도 혼자라는 사실을 상기하자. 난 고독, 외로움이라는 단어를 떠올리면 산속 자연인의 삶을 살아가는 분들은 도(道)의 경지를 넘어선 분들이라고 말하고 싶다.

자연인의 마음자세로 살아가야 노년의 외로움을 이겨 낼 것 같다.

이제는 어디를 가나 나를 반겨 주는 곳이 없다. 관광지나 가면 상인들이 나를 반긴다. 한 인간으로 보는 게 아니라 인간을 돈으로 본다. 나를 반기는 게 아니라 돈을 반기는 것이다. 인간의 불안은 쇠를 갉아먹는 녹과 같아서 사람을 천천히 갉아먹는다. 이 불안은 인간에게 숙

명처럼 따라다닌다. 불안은 미래가 불확실해져 앞으로의 일을 통제할 수 없다는 것에 대한 불안이다. 동물은 미래의 고통을 모른다. 인간은 미래에 일어나지도 않은 일을 현실처럼 느끼며 그 고통을 고스란히 받는다. 나의 미래가 암담할 것이라고 생각하는 순간 인간은 불안에 휩싸이게 된다. 동물은 미래에 죽는다는 것을 모른다. 인간은 미래에 반드시 죽는다는 것을 알지만 언제 어떻게 죽을지는 모른다. 그러나 죽음이란 불안에서 벗어나야 한다. 벗어나지 못하면 그로 인해 죽는다.

남들은 내 문제에 관여도 해결도 해 주지 않는다. 다만 이권이 개입되면 나를 위해 약간의 움직임을 보인다. 고로 내 문제는 스스로 해결해야만 한다. 이것이 일생을 살아오면서 느낀 진리 중에 진리다.

노인이라는 단어는 늙은이라는 것이다. 늙었다는 것은 시간이 흐르면서 뇌세포가 쥐고 있던 기억들을 놓아 버린다. 그리고 몸은 근육량이 줄어들고 지방질도 줄어들고 쭈글쭈글한 피부 껍데기만 흉물스럽게 남는다. 이런 몸뚱아리가 노인이다. 이제는 더 맛있는 음식도 더 큰집도 메이커 옷도 다 부질없는 것들이다.

비록 늙은 몸이지만 하나밖에 없는 몸이고 한 번밖에 못 살기에 내몸은 지극히 소중하다. 이른 아침 화장실에서 거울에 비친 삶의 하중에 짓눌린 한 노인이 초췌한 얼굴로 나를 보고 있다.

언젠간 나도 이 거울을 볼 수 없을 때가 올 것이다. 지금은 느리게 그길을 피해 가고 있지만 나도 언젠가는 그 길을 가야만 한다.

모든 생물은 나고 죽음의 순환이다. 이 순환은 만물의 본성이다. 너나 할 것 없이 생물이 싹을 틔우고 열매를 맺고 다시 제 뿌리 속으로 들어간다. 이러한 영원한 순환이라는 길 위에서 먼저 가는 것은 후에 오는 것들의 영양분이 되어 주는 순환의 고리를 이롭게 한다.

돈, 집, 명예, 권력, 부인, 자식, 다 내 것이라고 생각하지만 내가 죽을 땐 가져갈 수 없는 것들이기에 내 것이 아니다. 내가 살아 있는 동안 아끼지 말고 마음껏 사용해야 한다. 그것들은 내가 살아 있는 동안만 내가 사용권을 인정받고 빌린 것이라고 생각하는 게 현명하다.

내가 아직 살아 있다는 사실, 그 하나만으로 행복한 나날이다. 생생하게 가슴을 파고드는 큰 행복이다. 누구에게 강요당하는 삶이 아니라 가고 싶은 곳을 마음대로 가고 잠자고 싶을 때 마음껏 자고 글을 쓰고 싶을 때 자유롭게 쓰는 그런 자유로운 삶이 나로서는 차고도 넘치는 행복이다.

넘치는 이 자유, 내 팔다리를 마음대로 힘차게 내뻗을 수 있는 나의 건강 체질, 행복에 대한 갈망이 아니라 나에게는 지금이 현실이다.

내 삶에 더 노력하고 충실해야 될 시간에 죽음이라는 논제를 가지고 있으면 인생에 활력을 잃어버리는 것이 될 수도 있다. 지금은 삶에 대해 깊이를 더해 가야만 한다. 내 삶을 윤기 흐르게 하려면 지금의 삶에 온 정열을 쏟아야 할 뿐 다른 생각을 하면 안 된다는 말이다.

삶의 종착역에서 지나온 날들을 되새김질할 때 슬픔이 아니라 아름다운 평화를 느낀다고 한다. 고생스러웠던 날들은 덧없이 구름처럼 어디론가 흘러가 버린다. 모든 것들을 끌어안고 우리는 우리들이 나왔던 그 집으로 다시 돌아가야 한다.

삶의 넋두리

행복은 저 하늘 높이 아스라이 떠 있는 무지개처럼 멀리 있지 않다. 행복은 내가 만들어 내는 것이다. 내 가까이 행복이 나를 기다리고 있는데 인간들은 잡을 줄 모른다.

돌연 사라진 나의 젊은 날들, 그 젊은 날보다 긴 황혼의 시간들이 나에게 펼쳐지는구나. 이제 이 여유롭고 아름다운 시간들을 내가 어떻게 즐길 것인가? 즐겁고 행복한 고민에 빠져 본다.

나의 밥상머리는 늘 혼자 밥을 먹는 날의 연속이다. 식사 자리라는 게 식욕만 채우는 게 아니다. 함께 식사 자리를 만든 가족이라는 구성원들끼리 밥상머리에서 온갖 세상 돌아가는 얘기가 오고 가고 하며 맛나는 반찬에서 숟가락 부딪히는 소리도 나고 식사 자리에 정을 나누는 교감의 장이 되어야 하는데 내 밥상머리는 늘 허전하다. 사랑하는 사람들과 함께하는 식사 자리는 식욕도 돌고 하는데 나의 밥상머리엔 라디오 소리가 가족의 목소리다.

어느 찻집에서 친구가 오기를 기다리는 7분이 이리도 길까. 이리도 지겨울까. 어찌 그리도 지겨운지 시계를 보고 또 보고, 7분이라는 시간이 이리도 지겨운데 어느덧 내 나이 70년이라는 긴 세월이 지나갔다. 이제 내 앞에 놓인 한 해 한 해를 소중하게 써야겠다. 나에게 무심코 흘러가는 자투리 시간도 소홀히 하지 말아야겠다. 그리고 신외무물(身外無物)이라하지 않았던가. 나이가 들어 가며서 노인이라는 반열에 들어가자. 이 말이 나에게 와닿는다. 내게 건강이 없으면 어떤 재물도 필요 없다는 것이다. 그리고 건강은 나의 하루 일과에 달려 있다. 운동과 느림의 삶으로 하루를 채워 가자……

세월의 힘 앞에 그 어느 누구도 대적할 수 없다.

우리네 인생은 극구광음(隙駒光陰)과 같거늘 이리도 아웅다웅할까.

인생사 살아 보니 누구와 만나 인연을 맺고 살아가는 방식에 따라 팔자가 바뀐다.

이제는 나의 나머지 삶을 뭘 하고 살까. 책을 읽고 자전거를 타고 운동을 하고 대학 동문들과 그리고 친구들과 맛나는 음식 찾아 전국을 돌아다니며 기행문을 쓰면서 살아 볼까?

이런 아름다운 삶에 내 모든 것을 걸어야겠다.

마음을 온화하게 하고 욕심을 누르고 살 수만 있다면 욕심의 반대는 마음을 비우는 것인데 잠시 머무름에 대한 나의 만족감을 느껴 보면서 살자.

치열한 도시의 정글을 떠나 노후의 여유로움을 찾아 평온과 만족의 마음과 부족함의 마음을 비우고 쉬엄쉬엄의 삶을 살자.

젊음과의 이별의 아픔을 딛고 노후의 삶을 맞이하자. '아름다운 노후의 삶을 꽃피우자.'라는 나의 다짐을 해 본다.

우리의 젊은 날의 삶은 바쁜 삶이었다면 이제 모든 걸 내려놓고 느림의 삶을 사는 게 어떨는지.

1. 헬스클럽에서 몸 가꾸기.
2. 텃밭에서 채소들과 정 나누기.
3. 자전거 타기.
4. 지인들과 주변 맛집 순례하기.
5. 불R 친구들과 만나 건강한 삶에 대한 담론하기.
6. 도서관에서 책 읽기.
7. 집에서 아주 편한 사장님 의자에 앉아 멍 때리기.

이렇게 삶의 속도를 늦추는 것도 의도적인 행복 만들기다.

노인이 나이를 먹는 것은 산을 오르는 것과 같다. 높은 산을 오를 때 숨은 턱밑까지 차올랐지만 눈 아래 풍경들은 아름답게 보인다.

구름도 내 발아래에 있다.

내가 지나온 삶이 노년의 발아래 펼쳐져 있다.

그렇게 힘들어 올라온 보람이 느껴진다.

힘들게 살아온 지난날이 있었기에 지금이 행복하다.

봄이 아름다운 것은 혹독한 겨울이 있었기에 가능하다.

나의 삶은 평범하지 않았다

때로는 현실성이 없는 젊은 시절 첫날밤의 아름답고 가슴 저린 장면 속 몽상(夢想)의 여행을 하면 어떨까?

나의 그 시절은 사모관대 족두리 시대는 아니었다. 그러나 상상의 여행에선 충분히 가능하다. 첫날밤 녹의홍상(綠衣紅裳) 곱게 입고 다소곳 앉아 있는 새색시 저고리 고름을 풀고…… 이불 속으로 들어가는 상상은 나에게 사라진 libido를 되찾아 올 수도 있다. 이렇게나마 내 삶에 기름을 바르지 않으면 모든 게 삐걱 소리가 난다. 가끔 몽상 속 영사기를 돌려 보는 것도 좋겠다.

노년의 Life style은 먼지 펄펄 날리는 일상이라고 한다. 하지만 그러한 삶을 떨치고 몽상의 세계에서 기름진 삶을 만들어 가는 것도 좋을 듯하다.

헬스장

헬스장은 내 몸을 관리해 주는 나의 병원이자 주치의다. 70이라는 나이에도 내 몸을 감싸고 있는 단단한 근육을 바라보면서 감탄사와 흐뭇함을 맛본다. 누구라도 시간과 의지를 투자한다면 단단한 근육질을 내 몸에 넣을 수 있다.

이것은 결코 꿈이 아니다. 이렇게 만들 수 있는 것은 시간과 본인의 의지다.

나는 헬스장에서 운동하는 게 인삼, 녹용 먹는 것보다 훨 낫다고 생각하고 있다.

나에게는 오라는 데도 없고 그렇다고 딱히 갈 곳도 없는 늙은이다. 그렇지만 난 헬스장에서 운동하는 기쁨으로 하루하루 삶의 재미를 누리고 살아간다.

모든 병은 병원에서 치료가 아닌 운동으로 고친다는 믿음을 가지고 살아왔다. 젊은 날 사무실 근무 중 컴퓨터 모니터가 보이지 않았다. 안과 병원에서 처방전을 가지고 안경점에서 고가의 다초점이라는 안경을 샀다. 그 고가의 안경을 끼고 계단을 내려오는데 발을 헛디더 그만 내 몸뚱아리를 땅바닥으로 내동댕이치고 말았다. 안경으로 모든 게 해결되는 게 아니다. 그럼 다른 방법을 찾아보자. 인터넷을 열심히 헤엄쳐 내가 원하는 답을 찾았다.

눈의 건강을 되찾으려면 혈액 순환을 원활하게 해야 한다. 그럼 이 혈액 순환을 잘되게 하려면 유산소 운동이 가장 적절한 방법이라고 기술되어 있다.

헬스장에서 건성건성 하던 지난날을 잊자. 그리고 이마에 땀을 쏟아내자. 숨이 턱밑까지 차오른다. 내 눈을 정상으로 되돌려 놓기 위해선 이 정도는 참아야 한다.

운동을 하면서 식이요법도 중요하다. 몸 관리를 위해선 운동과 음식 관리는 필수적으로 병행해야만 한다. 그리고 또한 소식 주의자가 되어야 한다. 몸 관리 차원에서 저녁은 소식으로 위를 가볍게 해 주는 게 몸 건강에는 아주 좋다고 생각한다. 시간과 의지력으로 나의 시력은

나의 삶은 평범하지 않았다

되찾을 수가 있었다.

  50대 초반 조기 퇴직을 하고 회사에 출근한다는 마음으로 매일 아침 헬스장으로 출근을 했었다. 하루 2시간을 그곳에서 유산소 운동과 웨이트 운동을 하며 몸을 만들었다. 나의 운동으로 다져진 몸은 나에게 떨어질 줄 모르고 따라다니던 병들 중 완쾌한 것들을 나열하면 시력과 청력은 되찾았고 하지정맥, 부정맥, 목과 허리디스크와는 이별을 고했으며 일 년 열두 달 감기를 모르고 살아오고 있다. 이 모든 것들은 나의 운동으로 치료할 수 있다는 생각으로 매일 헬스장에서 운동의 결과물이다.

  좀 더 구체적으로 정리하자면 운동을 하면서 다음과 같이 몸 관리해야 한다.

  1. 정신적으로 스트레스를 받지 말아야 한다.
  2. 1주일에 6일 이상 2시간 운동은 꾸준히 해 준다.
  3. 식사는 소식을 한다.
     (특히 밤 9시 이후엔 음식물 섭취를 하지 않는다.)
  4. 술, 담배는 하지 않는다.
  5. 단순 무식하게 살면서 스트레스는 받지 않는다.

기력이 다하는 그날까지 헬스장에서 운동할 것이다.

나만의 여름 산장

    여름이면 깊은 산속 텐트를 치고 그곳의 모든 것들과 교감을 하며 자연을 향유한다. 숲속의 나무들과 맑은 공기를 향유한다는 것은 진정으로 여름을 제대로 보낸다는 것이다. 아무런 간섭이 없는 이 공간에 책과 컴퓨터는 나의 친구다. 나와 어울림에 조금의 불평도 하지 않는다. 나 또한 이들과 친구함에 소홀함이 없다. 이들과 어울려 놀다 졸음이 오면 한 치의 망설임도 없다. 바로 지옥이든 천당이든 갔다 온다. 아름다운 풍경, 깨끗한 공기와 인간이 살아가는 데 딱 맞는 온도, 나무 사이를 지나가는 산들바람, 이름 모를 새들의 지저귐. 이곳이야말로 천당이고 극락이다. 집에서는 책상에 내 몸을 묻고 책을 보면 몸은 너무 편안한데 눈은 너무 아프다. 도서실도 내가 운신하기가 부자연스럽다. 그렇지만 이곳 산속 산장은 모든 게 자유롭다. 내가 하고픈 모든 것을 다 할 수 있다. 누구의 간섭도 없다. 어쩌다 지나가는 소나기가 나를 불편하게 만드는 것 말고는 아무도 나에게 명령하지 않는다. 이곳은 나의 정신건강에 도움을 주는 고마운 곳이다.

    산 아래 도시는 한여름 내내 머리 위로 불덩이를 내려 보내지만 이곳은 시원하다. 이곳엔 태양도 보이지 않는다. 이곳엔 폭염도 나무들이 방어막을 치고 있다. 아~~ 이곳이야말로 천국이고 무릉도원이다. 여름의 폭군도 없다. 오로지 최적의 환경만이 있다.

나의 삶은 평범하지 않았다

일 년 만에 만남이라고 숲속의 식구들이 나를 반긴다. 아름다운 울음소리로 반기는 이름 모를 새들과 아무런 소리도 없이 몸만 보여 주고 가는 다람쥐, 지난해 탯줄도 마르지 않은 상태로 인사 왔던 노루 새끼가 일 년 사이에 어른 노루가 되어 인사하려 왔다. 반갑다. 그냥 우리는 보는 것만으로도 반가움의 표시가 아닐까. 그래. 행복하게 아름답게 살아야 한다. 나는 일 년 만에 산속 친구들과 조우하고 깊은 낮잠에 빠져 든다. 한숨 푹 자고 나면 몸도 마음도 가볍다. 자고 일어나니 일 년 사이에 부쩍 커 버린 편백나무들도 이곳에 심어 줘서 고맙다고 감사의 인사를 한다. 그래. 나도 너희들과 함께해서 고맙다고, 나에게 피톤치드라는 그 물질을 선물로 주니 넘 고맙다고, 이제 올여름 너희들과 아름다운 시간을 보내자고 반가움의 인사를 나누었다. 올여름도 반자연인이 되어 삶의 또 다른 맛을 선사하는 이곳이 나의 여름 산장이다.

　체감 온도는 40도를 훌쩍 넘어선 것 같다. 여름 산장의 날씨도 인간의 한계를 시험하는 것 같다. 한낮의 더위에 지친 새들을 대신해 매미들의 떼창 소리만 들린다.

　나무 사이를 휘감아 부는 바람결은 처녀 같은 손길로 내 벗은 몸을 어루만지며 지나간다. 그 촉감은 비단의 촉감보다 더 감미롭다.

　자연의 질서를 무시하면서 내가 이곳에 건물을 짓고 들어온다면 통째로 자연의 질서를 무너뜨리지만 난 자연의 품에 잠시 머물다 가는 길을 택했다. 아주 작은 공간만 빌리고 하루 몇 시간만 머물다 가는 일상으로 잡았다.

오늘도 딱따구리는 내가 왔다고 환영의 노래를 부른다.

어제는 조용하더니 오늘은 바람도 나무 사이를 부지런히 오고 간다. 나뭇잎도 바람결에 춤사위를 보이며 나에게 환영한다고 환영의 손짓을 하고 있다. 내일부터 장맛비가 온다면 당분간 이곳에 올 수가 없는데 그동안 못 만나서 어떡하지…….

걱정하고 있어도 마음에 오래 담아 두지 않는다. 그냥 자연 속에서 아무 생각 없이 멍 때리며 마음의 평화를 찾는다.

한여름의 낮 시간, 숲속 나무들 사이를 지나가는 바람에 나는 꿈같은 잠속으로 빠져든다. 나는 없다. 내 정신세계는 아무것도 없다. 꿈나라로 여행하고 있다.

산장에서의 낮잠은 일상적인 휴식의 한 행태다. 낮잠의 미덕은 근육의 이완과 영혼의 안식을 가져다주는 꿀잠이다.

태풍이 지나가고 하루 지난 어느 날 나만의 공간인 산속 텐트 안은 맑은 하늘에서 내려앉은 따사로운 태양과 나무와 나무 사이를 지나가는 부드러운 바람결에 이름 모를 새들의 노래는 반가움의 인사다. 이 지구상에 나랑 동시대를 살아가고 있는 60억이라는 사람 중에 내가 제일 행복하다. 나의 삶을 참견하는 훼방꾼도 없다. 오로지 나에게 자유만 있다. 내가 책을 읽고 글을 쓰는 데 도움을 주는 것들로 가득하다.

나의 삶은 평범하지 않았다

욕심을 다 버리고 얻은 이 알락함의 자유 속에서 나의 감정을 정화시키고 마음의 여유를 찾고 내 주변에 펼쳐져 있는 아름다운 자연 속에서 나의 여름나기이다.

여름 산장에 기거할 때면 원시인이 되어도 누구나 참견하는 이 없다. 여기서 있는 동안은 진중한 모습이 아닌 격식 없는 모습이라 이곳이 좋다.

이곳이 아닌 곳에서는 부지런을 떨고 했지만 이곳에서는 한가롭게 마음의 비움을 실천으로 옮기니 몸도 마음도 건강해진다.

정신 나간 듯 소리 지르던 라디오가 배터리 없다고 "나 이제 소리 낼 수가 없어요." 한다. 하지만 자연은 내가 아무것도 준 게 없는데도 하루 종일 합창을 하는 새소리, 매미들의 떼창 소리, 불어오는 바람결, 숲속은 아낌없이 내게 다 내어준다. 참으로 고마운 숲속이다.

엄마의 품속 같은 나의 여름 산장이다.

나의 텃밭에서

텃밭에 대롱대롱 매달려 있는 아침이슬은 햇살이 따가워지면 내일 아침에 다시 만나자며 집으로 간다. 한여름 하늘에서는 불덩어리를 지상으로 쏟아붓고 있다.

채소들이 너무 덥다고/너무 갈증이 난다고/이러다 우리 다 죽겠다고 아우성이다.

오늘도 하늘은 저수지 수문을 열 생각이 없나 보다.

창고에서 푹 쉬고 있는 양수기에게 말했다.

"오늘 나하고 텃밭에 가서 너 일 좀 해야겠다."

"예!"

올해 들어 한 번도 바깥바람 맞아 본 적이 없는 양수기는 신이 나서 춤을 추고 난리다. 밭에 나온 양수기가 오랜만에 양수 작업을 해야 하는데 혹시나 작업 방법을 잊어먹었을까 봐 노심초사한 나의 노파심을 쉽게 하고 양수기는 한달음에 물줄기를 뿜어낸다. 채소들은 너도나도 온몸으로 물줄기를 맞으며 싱글벙글 춤을 추며 이제 살았다고 고맙다고 축제 분위기다. 그래. 미처 너희들을 챙기지 못해 나도 미안했다고 앞으로는 자주 너희들 곁에서 너희들과 함께하겠다고 약속을 했다.

이렇게 첫 여름을 맞은 채소들은 시원한 물줄기로 목욕을 하고 나서 푸른 비단과 같은 고운 잎사귀들은 산들바람에 너울거린다.

며칠간 쏟아진 비 때문에 오랜만에 사랑하는 아이들을 만나려 텃밭에 갔더니 땅두릅나무가 울면서 말한다.

"주인님 제발 저 좀 살려 주십시오!"

"왜?"

"제 머리 위를 보십시오. 깡패 같은 놈들이 저의 숨통을 옥죄고 있어요."

나무 전체를 휘감고 있는 가시넝쿨 식물들을 보자 내 몸에서 공격성이 쓰나미 일듯 밀려온다. 오늘 내 이놈들을 죽여야 내가 살 것 같다. 잡초의 뿌리부터 제거하자. 생명줄을 끊어야 한다. 잡초들이 나의 살기등등한 얼굴에 시퍼런 낫을 보더니 애걸복걸한다. 살려 달란다. 난 너희만 보면 살기가 돋는다. 난 너희를 죽이는 데 아무런 죄의식이 들지 않는다. 오히려 신이 난다. 그 이유를 나에게 묻지 마라. 우리 아이들을 괴롭힌 죄 너희들을 즉형으로 다스릴 것이다. 죽음의 곡소리가 텃밭 가득 울려 퍼진다. 난 너희들을 조금도 배려할 마음이 없다. 난 너희들이 내 눈앞에 있는 한 낫을 들 것이다. 죽음 직전까지 갔다 온 땅두릅나무들이 고맙다고 내년 봄 주인님께 맛나는 땅두릅으로 보답하겠단다. 그래. 내가 너희들에게 좀 더 많은 관심을 가질게.

삼 일 전에 뿌린 씨앗들이 이른 아침 머리에 이슬 모자를 쓰고 나를 반긴다.

"저 어젯밤 땅속에서 나왔어요."

"그래. 반갑다."

너희들을 많이 기다렸다. 앞으로 나랑 재미나게 지내보자.

글을 마치며

이제 내 어깨를 누르고 있는 모든 걸 내려놓을 시간인 것 같다. 내가 그토록 쓰고자 했던 자서전을 탈고하고 나니 시원함과 허전함이 교차한다.

최종까지 나의 가족사를 두고 많은 고민을 했었다. 결국은 나의 자서전에 기술하지 않기로 결정하고 나니 균형이 무너진 것 같기도 하다. 그러나 본인들의 의사를 반영하지 않을 수 없었다.

그리고 많은 여인들과의 로맨스와 나쁜 놈의 일상은 최소한으로 줄여 책 속에 넣을 수밖에 없었다.

많은 여성들과 자유로운 로맨스는 아내와 종교 문제로 젊은 나이에 헤어짐의 아픈 상처를 가진 나였기에 가능하지 않았나……

무엇을 하든지 결과물이 나오면 좀 더라는 아쉬움이 남는다. 그러나 현실의 벽을 넘지 못하면 그 아쉬움을 감수해야만 한다.

나에게는 처음 쓴 글이고 많은 양의 원고지를 채운다는 것은 나에게는 매우 힘든 작업이었다. 그리고 대학교에서 글쓰기 교재와 매 학기마다 제출했던 과제물 작성이 나에게 많은 도움을 주었으며 또 많은 작가님들의 책을 읽음으로써 많은 양의 원고지를 채우는 데 도움이 되었다.

나의 삶은 평범하지 않았다

남들이 나에게 "넌 자서전이란 글을 쓸 자격이 없는 사람인데."라는 말들을 많이도 해 주었다. 그러나 자격보다는 나를 아는 분들이 나의 인생 여정에 도움이 되는 하나라도 있으면 베낌의 삶을 살아가기를 바람에서 나는 글을 쓰고 싶었고 또한 나의 긴 일기장을 남기고 싶었다.

지나간 70 평생 나의 삶에 수많은 사람들이 음으로 양으로 도움을 주셨다. 특히 현대라는 대기업 근무에 물심양면으로 도움을 주신 중역 분들께 감사를 표하고 싶다.

나름의 파란만장한 삶이라 생각하고 나에 대한 글을 마치고 나니 이제 모든 것을 다 해낸 나의 삶에 화룡점정(畵龍點睛)을 찍었다.

이 땅에 남자로 태어나 남자가 누려야 할 모든 것들을 다 하고 살아온 나의 삶에 만족하며 앞으로 황혼의 삶에 풍요와 느림의 삶을 살아갈까 한다.

이 땅에 살아가고 있는 젊은이들에게 내가 살아온 여정들을 함께 나누고자 하며 내가 살아온 여정들이 그대들의 삶에 작은 나침판이 되었으며 한다.

나의 삶은
평범하지 않았다

ⓒ 조영식, 2024

초판 1쇄 발행 2024년 4월 17일

지은이   조영식
펴낸이   이기봉
편집   좋은땅 편집팀
펴낸곳   도서출판 좋은땅
주소   서울특별시 마포구 양화로12길 26 지월드빌딩 (서교동 395-7)
전화   02)374-8616~7
팩스   02)374-8614
이메일   gworldbook@naver.com
홈페이지 www.g-world.co.kr

ISBN   979-11-388-2999-1 (03810)